这就仍讲是一个寓言。

但殊不知，这个世界的本初，便是建立在寓言之上，神也藉着寓言来向我们昭明祂自己。这本书的作者、读者、出版者、在线名头，都是"我等"，而且，我等"私下结盟"的这个角落，是以就设在寓言的地盘上——说是我等是天然的主角。

由此，也引见多关于诵之草率，正这样的之乎水温里，状惜此事，而且自得其乐，享有某种"博物馆式的"、"闲呈的"趣味，实该著存。如果我等因此还感到强烈的幸福，那也就没之乎被也非普顾的一个福祉——

在祂眼里，依然将此事看功宝贵。

千舟

新力量

所有的故事

弋舟 作品

陕西出版传媒集团
太白文艺出版社

目录

谁是拉飞驰

少年躺在铁轨边。他把那只空啤酒瓶的瓶口贴在自己的一只眼睛上。他闭上另一只眼睛。他看到黄昏变成了墨绿色的。一辆火车呼啸而过。在少年的啤酒瓶里，火车蛇游了一周，消失在深沉的墨绿色中。他一直保持着这个姿势，等待着下一辆火车再钻进瓶子里。可是守望了很久，却再也没有火车的影子了。他的眼睛都被瓶口硌疼了。他感到了绝望，好像这个世界永远都不会再有火车的到来。

少年扔掉了啤酒瓶。这时候夕阳已经染透了天边。他摸出了那张照片。他看到父亲在照片中和一头狮子亲密无间地依偎着。母亲把这张照片和一叠钱塞给他，让他去找这个和狮子为伍的父亲。"他可能在兰城，他就是在那里失踪的。"母亲迟疑着说。母亲显然也不是很有把握。十年前，父亲跟随那个马戏团去了兰城，然后就消失得无影无踪了。父亲是动物园里的驯兽师。他是被领导连同那头狮子一齐租借给马戏团的。动物园后来派人去兰城寻找过，但是一无所获。很快这件事情就不了了之了。动物园损失了一头狮子。少年损失了一个父亲。动物园的损失不是很大，他们有一笔押金在手。

少年的损失却很大，从此父亲对于他就成为了一个莫须有的人。在少年眼里，照片上的这个男人和那头狮子并没有本质上的区别。父亲离家的时候他只有五岁。他一点也不能把自己和这个男人联系起来。他试图把照片还给母亲。他知道，父亲留下的照片并不多，也许这是唯一的一张。母亲不安地看着他。他看到母亲始终在颤抖。于是他把照片装在兜里了。他握住母亲的手，轻轻地抚摸。他显得出奇的温柔。母亲突然哭了。他与往日判若两人的举止格外地打动母亲。母亲抽泣着说："你跑吧，跑得越远越好。"

少年把照片随手丢在了一旁。他并不想去兰城。他并不想去寻找那个父亲。现在，他再也不想找什么了。他感到了厌倦。可是他的目光依然不由自主地看向照片跌落的地方。当看到照片被一阵风吹得翻滚了一下时，少年的眼眶突然湿润了。

少年把身体缩住。昨天夜里，他躲在动物园的饲料房时也是这样缩着的。那间房子在大象馆后面，是他的秘密据点。他把自己埋进饲料堆里，那只不停抖动的右手，令干草发出窸窣的声音。好在他很快就睡着了，醒来后，恐惧就成为了一种恍惚的情绪。少年觉得自己的感受就像感冒时那样——某种和身体迥异的东西钻进了身体，使得自己对自己的身体感到隔膜。他从饲料房走出来，趴在大象馆的玻璃窗上向里张望了一下。他没有看到大象。他只看到自己的脑袋映在玻璃上，头发上尽是茅草。少年照着玻璃清理自己的脑袋。他把一根摘下的茅草放在眼前看了看。于是他看到了手上的血迹。血迹已经干裂，几乎布满了整个右手。这让他的手掌看起来仿佛是戴上了一只暗红色的陈旧的手套。手背的血迹却是从指缝间爬出来的，像几条虫子干瘪的尸体，蜿蜒进了他的袖口。少年把这只手伸在空中。手中的那根茅草立刻就被晨风吹走了。少年看到，在晨曦中，几只苍蝇落在了自己的掌心。少年在公园的湖边清洗自己的手。一些天鹅远远地凝视着他。平时少年最喜欢用石头投掷湖面上的水禽，为此没有少挨过母亲的责骂。但是今天他只是和那些天鹅呆呆地相互眺望了一阵。他走进不远处的那间亭子，向那个刚刚换上工装的女饲养员说："有香皂吗？"女饲养员惊恐地看着他。少年冲着她伸出了那只水淋淋的右手。女饲养员突然压低了声音说："你怎么还没跑啊？"少年木然地看了她一眼。他甩甩手上的水，转身走了。女饲养员在身后短促地叫了一声，仿佛一声鸟儿的啁啾。她说："回去看看你妈吧，她恐怕被警察吓坏啦。"

少年回过头去，犹豫了一下，对她说："知道了，谢谢。"

少年在清晨离开动物园时，走了最熟悉的那条路：穿过一片枫树林，越墙而过，来到了那条街上。骑在墙头时，少年感到了一些非同寻常的异样。因为什么呢？少年想，也许是清晨吧，是清晨让自己觉得新鲜吧？他已经很久没有见到过清晨了。他的黑夜与白天很早以前就颠倒了。可是清晨多好啊。骑在墙头的少年深深地吸了口气。然后他恍然大悟地想：哦，刚才自己居然对那个女人说了声"谢谢"。

但是少年并没有立刻回去看望母亲。他回到了那条街上。清晨的街道在少年眼中变得陌生。他觉得一切都变得湿润了，不再像往日那样干燥。街道两边的商铺蒙着一层灰白的光，在阒寂中，都被凝固在某种不可捉摸的秩序里。整条街上只有少年一个人。他来到了那家网吧门前。他看到网吧的卷帘门上贴着封条。门前的地面上依然血迹斑斑，它们呈黑褐色，它们的流向不仅仅是平面的，似乎更多的力量是在向地面下渗透着。这让它们看起来就像是种在地上的一样，显得有根有据，难以抹杀。少年不太确定这些血迹与自己的关系。他拍了拍卷帘门，咣咣的声音显得格外空旷。网吧二楼的一扇窗户打开了，伸出阿昆光光的脑袋。阿昆大张着的嘴看上去更像是在打着一个连绵不绝的哈欠。

阿昆跑了下来。他只穿着一条肥大的短裤。他的嘴依然大张着，喉咙里滚出一串梦呓般的疑问："你怎么还没跑？你还敢来这儿？你不想活了？"

少年有些憎恶阿昆的这副样子。在昨天之前，少年对这个体壮如牛的成年男人还是有些敬畏的。少年皱起了眉头，不屑地说："你怕什么？我都不怕你怕什么？"

阿昆的嘴张得更大了。他迷惑不解地端详着眼前的少年。后来阿昆对人说，他在这天清晨发现，少年的脸在一夜之间变得让他不敢相认了。"他的下巴铁青，好像一个刮了几十年胡子的男人一样！"阿昆激动地说。

"知道吗？你捅死的是谁？"阿昆闭上眼睛，艰难地说出了一个名字。

他的声音太小了，少年并没有听清楚。所以少年大声说道："你大点儿声！"

阿昆好像都要哭出来了。他大声说道："拉飞驰，你把拉飞驰捅死啦！"

"你不用这么大声，我听到了！"少年厌恶地退开了一步，然后他喃喃自语道，"可是，谁是拉飞驰呢？"

阿昆认为少年被昨晚的事件搞傻了。他怎么会不知道拉飞驰呢？像他这个年纪的街头少年，谁会不知道拉飞驰呢？阿昆想，他一定是被吓坏了。"你快跑吧，被警察抓到还好，被拉飞驰的弟兄们抓到那可就惨啦！"阿昆摆着手说。

少年想起昨夜的情形。当那帮家伙开始砸网吧里的电脑时，少年本来是想跑掉的。他本来可以置身事外，这帮家伙找的是阿昆的麻烦。但是阿昆眼睛里的绝望留下了他。阿昆这个粗壮的男人那一刻的眼神像一个婴儿一样。阿昆对他真的是不错，从来没有收过他的钱，有时候还让他睡在网吧里。少年记得很牢，阿昆一共还给他买过三次盒饭。少年手里的刀子就捅了出去。他根本没有看清楚自己的目标。当时太乱了，闹哄哄的。刀子捅出去后，少年的目光就盯在了自己的右手上。他低下头，看着自己的右手随着刀子固定在了某个人的肚子上。少年试着拔了拔刀子。那是把普通的水果刀，刀柄太短，刀刃却太长。少年觉得掌心里一片溽热。他用力拔出刀子，眼前就是喷薄的血。少年想，那么这些血就是拉飞驰的了？

"可是，"少年依然疑惑，"谁是拉飞驰？"

阿昆已经转身走了。他不想回答少年的问题。可是少年跟在他身后。阿昆只好在楼洞里停下。他向少年摊开手说："你跟着我也没用哇，我的网吧已经让警察封掉啦。"阿昆还想说些什么，但是被少年脸上的表情阻止住了。在阿昆看来，少年的表情很古怪。他好像是被一个问题困扰住了，面色凝重，甚至有些不怒自威。"要不，我给你些钱……"阿昆和他商量道。

少年其实是听说过拉飞驰的。他只是不能将自己捅出的那一刀和这个传说中的人物联系在一起。他想，自己并没有看清楚那个人，甚至连他穿着什么样的衣服都没有任何记忆，但这个人却成为了一个与自己性命攸关的人。少年想，那一刀应该是捅在了一个具体的人身上，而不应该只是一个名字。谁是拉飞驰？

阿昆塞了些钱给少年。当他返回屋子，趴在窗户向下张望时，他看到少年消瘦的背影在清晨的第一抹霞光中踟蹰不前。他多像一只鹤啊！阿昆想，那个在动物园喂鹤的女人把她的儿子也喂成一只鹤了。阿昆本来对那个喂鹤的女人充满了渴望，但在这一刻，他彻底打消了念头。

少年的确有些茫然。已经有人出现在街上了。那个卖"阳光早餐"的女孩推着她的餐车从少年身边经过。少年叫住了她，要了一个面包。"夹一片火腿吧！"少年有些没来由的兴奋。女孩把夹好火腿的面包递给他。她始终不去看少年的脸。少年知道，她有些怕自己。自己一定欺负过她吧？抢过她的面包还是摸过她的脸呢？少年在这个清晨对自己往日的行径惭愧起来。他付了钱，转过身时，脸上已经布满了泪水。其实少年是有些喜欢这个女孩的。他们曾经是同学。女孩的父母也是动物园的职工。有一段时间，两个人之间还萌发过一些似是而非的情绪。但是自从少年混迹街头后，他的情感就变得粗糙了。那些柔软的情绪没有了。现在，他重新怜惜起这个女孩，好像突然才意识到，她怎么也不上学了呢？一夜之间，恐惧让少年又恢复了纤柔。少年抹去了脸上的泪水。他转身对女孩说："知道吗？我杀死了拉飞驰！"他的嘴里塞着一团面包，因此说得含混不清。

女孩抬头看看他。他脸上残存的泪水让女孩惊讶了。

说完那句话，少年就飞奔而去了。他没有听见女孩的问话："谁是拉飞驰？"

是啊，谁是拉飞驰？少年一边跑一边也在想着这个问题。他要去找到这个答案。他有些迫不及待。他觉得这可是个大问题。他再也不能忍受这个世界的虚无。他再也不能忍受被一些莫须有的事物所决定。他希望让一切清晰起来，哪怕结果是绝望的，也要让绝望成为真切的。

少年首先来到了最近的一家医院。那时朝阳已经喷薄而出。太平间在医院一个隐蔽的角落里。当少年看到太平间的铜牌子在朝阳下熠熠发光时，突然为自己骄傲起来。他有些无法说明的感动。看守太平间的是一个老头。他阻挡住了少年。少年像一个有教养的体面孩子。他彬彬有礼地问："大爷，昨晚是不是送进来死人了？"

“这还用问？”老头洋洋得意地说，“哪天不送来死人！”

“怎么死的呢？”少年问，“是被捅死的吗？”

“怎么死的都有，轧死的，摔死的，淹死的，捅死的！”老头有些兴高采烈。

“我能进去看看吗？”少年请求道。

“不能！你以为这是什么地方？”老头瞪了他一眼，自豪地说，“这是太平间！”

少年摸出一张钱递过去。他没有料到，老头的脸一下子变紫了。“滚！到这儿搞腐败来了！”老头说着就面目狰狞地扑了过来。少年被吓坏了，转身没命地奔跑。他觉得身后步履杂沓，仿佛有一群横死者在追逐自己。老头在他的身后纵声大笑。少年一口气跑到了街上。他是怀着一股兴冲冲的劲头来到医院的，可是他却碰壁了。

已经是上班的高峰时间了。街上车水马龙的景象令少年一阵心酸。他漫无目的地在大街上走着。在一个十字路口，少年目睹了一场车祸。他眼睁睁地看着两辆小车迎头撞在了一起。交通很快就堵塞了。处理事故的警察赶来了。少年挤在围观的人群里，出其不意地向一个正在拉隔离绳的警察打问道：“您知道拉飞驰吗？”

警察怔了一下，问另外一个警察：“有姓拉的吗？”

那个警察很有把握地说：“有，应该有，姓啥的都有。”然后他却质问起少年来，“谁是拉飞驰？你捣什么乱？”

少年支吾着挤出了人群。他努力憋着气，走出很远了才抑制不住地笑起来。但是笑着笑着，他就抖了起来。那种巨大的恐惧再一次淹没了他。他从那个警察的语言中，回味出一种可怕的逻辑。当他意识到终将面临这种逻辑的堵截时，那种巨大的恐惧就扑面而来。少年因此一下子虚弱下去了，那股兴致勃勃的劲头荡然无存。

消极起来的少年继续走在街上。快到中午的时候，一根电线杆上张贴着的寻人启事启发了他。于是他在一家文具店买了一盒粉笔。他开始用粉笔四处乱画，走到哪儿画到哪儿。他在一面墙上画了个倒下的小人儿，肚子上插着一把刀子。然后他写下了几个字：**谁是拉飞驰**。少年退后几步欣赏自己的作品，发现那把刀子画得并不好。它的位置似乎不对，而且也太直了，好像一根翘起的阴茎。这个想象把少年逗笑了。所以接下来他不再画那个场面了。他只是写那几个字。起初写得还很认真，端端正正的，慢慢地就潦草起来。后来少年感到自己的右手已经写酸了。他有些百无聊赖，似乎已经忘记了自己的处境。在一条狭窄的巷子里，少年被两个妇女拦住了。他受到了她们的呵斥。进入这条巷子后，少年已经没有兴趣写字了。他只是倚着墙根走，手中的粉笔随之在墙上拖出一条曲折的长线。两个妇女要求他擦掉这条长线。她们甚至动起手来，企图扭住少年。如果是往日，少年一定会做出凶蛮的举动。他会用脚恶狠狠地去踢这两个女人。但是此刻少年却非常的温顺。他耷拉着脑袋，靠在墙上，用自己的袖子去抹那条粉笔留下的痕迹。他只是在抹到一半的时候拔腿跑掉了而已。

这时候已经是正午了。在一家电影院门前，少年再次向几个蹲在路边的同龄人打听了起来。但是他们听到拉飞驰这个名字后，居然四散而逃了。其中有一个还发出古怪的叫喊。少年觉得那声音宛如鹤唳。他熟悉这样的声音，尖锐，凄厉。他母亲告诉过他，那是鹤在哭泣。可是他也明白，母亲那是在敷衍自己。他早就知道了，那是鹤在发情。少年因此想到了自己的母亲。他决定回家看看。

少年在午后重新回到了那条街上。街上此刻当然已经是热闹非凡了。这条街毗邻着动物园，少年从记事起，就觉得它常年都洋溢着一种节日般的气氛。少年站在街边。他看到摊贩把花花绿绿的气球挂在长长的竹竿上，看到寻找车位的车辆正在焦头烂额地蠕动。

他仿佛能够看到一个单薄的家伙在这条街上呼啸而过——身后响起一片咒骂之声。少年想，这个家伙就是我啊，瞧，他多野！这个想法让少年有些羞愧，也有一些哀伤。他想，他是多么熟悉这条街，如今却感到了隔膜。少年想到了"缅怀"这个词。没有辍学前，每个清明节，学校总会组织他们去"缅怀"的。少年想，自己现在内心的感受，就是"缅怀"吧。这个想法让少年的眼眶盈满了泪水。他觉得自己在一瞬间变得苍老。

少年穿街而过。他感觉到了身边那些异样的眼光。他眼睛的余光看到了人们在交头接耳。他一直垂着头，有一种发自内心的顺从在支配着他。经过网吧门前时，他看到有无数的苍蝇在那块黑褐色的地面上盘旋。少年来到了自己家的楼前。上楼时，他被堆在楼道里的蜂窝煤打动了。他在一瞬间伤心不已。他想也许再也不能帮母亲把蜂窝煤搬到楼道里来了。他想起了往日的许多劣迹。他有一次甚至在争吵中动手打了母亲一拳，那一拳打在母亲怀里，发出空洞的声音。

母亲果然在家。她一直在焦急地等待着。少年想，母亲负责饲养的那群鹤今天吃什么呢？母亲显然是有所准备的，这一点从那沓钱可以看出来。她一定是去银行了，否则家里不可能会有这么多的现金。母亲尽管已经被恐惧折磨得形容憔悴，但是依然保持着她的镇定。她一直就是个不凡的女人，像她饲养的那些鹤一样，有种凛然的风度。十年前丈夫失踪都没有损害她的这种风度。她告诉自己的儿子，警察昨夜已经来过了。她为儿子准备了一些钱，还有那张他父亲与狮子的合影。她让儿子去兰城找他的父亲。母亲只是在儿子企图还回那张照片时才露出了崩溃的迹象。

少年看到母亲不可遏制地颤抖起来。其实母亲始终在颤抖，只不过她一直在竭力掩饰着。现在她已经控制不住自己的恐惧了。少年握住了母亲的手。他动情地将母亲的手捧在怀里，忍不住放声大哭起来。母亲在他的哭声中恢复了镇定。她只是显得有些心神不宁。但是她也哭了。母亲深深地被儿子突然而来的温柔打动了。她催促自己的儿子："你跑吧，跑得越远越好。"

少年揣着一沓钱和一张照片离开了家。起初他的确是去了火车站。但是他并没有在那里逗留。他并不想去兰城寻找一个传说中的父亲。他们已经分别十年了。他曾经想象过会在某一天见到自己的父亲。但是现在，他已经无法想象。他一直走出很远，终于看到了铁轨。他买了一瓶啤酒，一边喝，一边沿着铁轨走下去。黄昏的时候，他躺在了铁轨边的草丛中。

少年在晚霞中极目远望。铁轨缓慢地向天边延伸出去，它更像是流淌出去了一样。和地面连接在一起的天空，信号灯，树，房舍，世界仿佛井然有序。但在少年眼里一切却宛如一个装腔作势的传说。他看到有几个人向自己走来。夕阳下，他们狭长的影子笔直地指向自己。他们用了甚至是漫长的时间才吹着口哨来到了少年的身边。他们的影子提前将草丛中的少年覆盖住了。少年侧过头去看。他看到有一双脚踩在了自己丢弃的那张照片上。那个莫须有的父亲和一头狮子被踩在了脚下。少年坐了起来。他的动作有些大，裤兜里的那沓钱撒了出来。那几个人立刻被这些钱吸引了。于是搏斗发生了。少年对于拳头并不陌生。当拳头打在脸上的时候，他甚至有种无端的甜蜜。他们在夕阳下追逐跳跃着。少年无论如何也不会让对方得逞。他知道这些钱可能是母亲全部的积蓄。他怀着一种无与伦比的正义感与对方殴打。但是他并不愤怒。他兴奋了，生机勃勃。直到那把刀子捅进他的胸膛，然后又骤然拔出时，他才觉得有某种东西奔涌而去，离开了自己。少年踉跄了几步。他感到有些茫然与困惑。他想起了自己的那把刀子。它在哪儿呢？他想，自己的刀子一定是遗失在动物园的饲料房里了。

　　少年沿着铁轨跌跌撞撞地向前走。这时候一辆火车呼啸而来，挟着强劲的风，与少年擦肩而过。地面仿佛都在震动中倾斜了。火车的不期而至引动了少年的忧伤。他想找到那只空啤酒瓶，再一次把火车装进酒瓶里。当火车完全消失的时候，少年瘫倒在了铁轨边。他感到自己被人翻了过来，感到自己的钱被人拿走了。他听到那个动手抢劫自己的家伙不无得意地说："妈的，知道吗？老子是拉飞驰！"少年努力睁开自己的眼睛。他觉得自己还有机会看清楚眼前的世界。但是他始终难以达到自己的愿望，一切似乎永无止境。少年在这冗长的时刻，觉得这一切宛如一桩奇迹。

空调上的婴儿

退休后女人常常起得很晚。她不是一个懒惰的女人，实际上，多年来她总是起早贪黑的。那时候，她是动物园的饲养员，负责饲养一群鹤。丹顶鹤。黑颈鹤。白枕鹤。灰冠鹤。这些鹤，不是国家的一类就是二类保护动物。她习惯了为这些国家的珍稀动物而操劳。不是觉悟高，是养出了感情，成为了习惯。它们吃窝头、玉米、蔬菜、泥鳅、鲫鱼，膳食不比她家的伙食差。为保证它们的发情和交配，在繁殖前期，还要加些牛肉末、熟鸡蛋、鱼粉，多种维生素和矿物质添加剂。这让女人在某种程度上，接近于一个营养专家了。她用这样的经验来喂养自己的儿子，将儿子也喂得瘦瘦长长，像一只鹤。

这个工作女人从十八岁做起。过去的二十七年她日复一日地如此饲养着鹤群：将窝头掰成小块。将肉末、熟鸡蛋、青绿饲料洗净切碎。每天喂两次，上午、下午各一次。加添加剂。玉米粒随时投饲。淡水鲫鱼一天喂一次。笼内要常备饮水，每天换两次。冬季增加一些花生。中间间隔着她自己的婚姻和生育。

　　她本来可以再干若干年，干足应该退休的年龄。但是她提前退休了。因为她的丈夫失踪了多年。那个动物园里的驯兽师，被领导连同一头狮子一齐租借给了私人的马戏团。人和狮子去了兰城，然后就消失得无影无踪。动物园后来派人去兰城寻找过，但是一无所获。丢了。还有，她的儿子也死了。这是压垮骆驼的最后一根稻草。女人倒下了。倒下的表现就是，她提前退休了，离开了那群朝夕相伴、已经和她的生命连在一起的鹤。丹顶鹤。黑颈鹤。白枕鹤。灰冠鹤。丈夫。儿子。她真的是一无所有了。

　　今天女人依然醒得很早。醒来后习惯性地躺在灰白的晨曦里。她醒得早，却起得晚。女人一动不动地躺在床上，眼睛盯着某个并无深意的角落。这是她退休后养成的习惯。她已经习惯于活在习惯当中了。所以，当她离开了自己的鹤群，从一个习惯进入到下一个习惯中，就没有太多的不适。不过是习惯。

　　那些熟悉的鹤唳随着晨风传来。春天里，发情的成鹤性情凶猛，不但攻击同类，而且也攻击饲养员。最初的时候，女人没有为此少受伤。至今她的额头上还留着一块明显的啄痕。女人听得懂这些叫声。耳畔的鹤唳尖锐凶狠。女人知道，这种单音节的叫声，意味着警示和威胁。

　　在这个早晨，女人从退休后的习惯中爬起来，没有在床上多逗留。起身后，女人首先打开了窗户。屋内有那个男人留下的气味。她早早打发走了那个男人。那时候天还没亮。男人很顺从，一声不响地起来穿衣，然后蹲在沙发上吸了根烟，就离开了。他总是喜欢蹲着。他有些怕她。

　　丈夫失踪后，女人身边有很长一段时间没有男人。她把精力投入到鹤群的交配上了。鹤们兴致盎然，生气勃勃。她很了不起，靠着眼睛和鼻子，就能分析出雄鹤精液的质量。当然，她掌握着给鹤群人工授精的办法。助手捉住雄鹤，将鹤的尾部朝着她。她拨开羽毛，用食指轻轻按摩雄鹤的尾腺，泡沫状的腺体从那里排出来。雄鹤的器官被压出了体外。她堵住排粪口，防止采出的精液被粪便污染。接着，她慢慢向上挤压。助手随时用吸管提取精液。整个过程不超过两分钟。但，毕竟也是一场完整的性事。雄鹤在她挤压下的每一个颤动，都波及在她的身上。这些，对于一个中年女人，也够了。也够了。

男人以前在街上开着一家网吧。他怕她，觉得她像她养的那些鹤，有种凛然的风度。男人粗粗壮壮，蹲着，像五十斤的大米装在了四十斤容量的口袋里。女人看惯了鹤的纤瘦，渐渐就厌恶一切粗壮的物种了。但男人对她好。尤其在儿子刚死的那些日子，她需要一个男人搭把手。即使是一个粗粗壮壮的男人。男人陪她处理了儿子的后事。认尸。火化。在陵园里买一块地。埋起来。

男人昨天夜里对她提出了一个建议：

"咱们在乡下租块地，养鹤吧！"

女人不吭声，敦促他先把该穿的衣服穿好。她不习惯完事后还面对着一个裸身的粗壮男人。女人常常有这样的隐忧：自己失踪的丈夫突然回来了。打开门，是衣衫褴褛的丈夫。丈夫的身后，是那头随着丈夫一同颠沛流离的狮子。这一对儿，都毛发脱落，瘦骨嶙峋。丈夫会向她要儿子的。

男人得不到响应，兀自喋喋不休。他说：

"我打听过了，我的个妈呀，这玩意儿挣钱。你本身就是做这个的，你是专家，你要发挥余热！"

发挥余热？这话刺耳。女人想，如今自己和这个男人睡在一起，就是发挥余热。至于"专家"，首先令女人想起了自己给雄鹤人工采精的手段。她想，是的，我是这方面的专家。这样就联系到了身边的男人。这让她有些忍俊不禁，也有些灰心丧气。男人一晚上都在说着自己的计划。女人顾自睡了。养鹤？哪有这么容易？动物园里那块人工湿地，前前后后，是用几百万搞成的。何况，她已经对于养鹤没有了兴趣。她想，那些鹤，都是国家的珍稀动物，而她自己，是连一个儿子都没养好的。她给动物园的领导都是这么讲的，作为申请提前退休的理由。领导无话可说。他们弄丢了她的丈夫，把她的丈夫和一头狮子租给了走江湖的。何况，早些腾出一个岗位，他们也求之不得。手下有一个丢了丈夫、死了儿子的职工，是一件很棘手的事。

初春的晨风料峭，从打开的窗户刮进来，发出微弱的呼哨声。风声鹤唳。

女人在风中打扫房间。屋子称不上整洁。一个丢了丈夫、死了儿子的女人，不能再苛求她了。多年来，她的家不如她操持的鹤舍。这个家常年充斥着动物的味道。丈夫在家的时候尤甚。驯兽师常年和他的那头狮子厮混。儿子活着的时候对此时常抱怨。他说他的同学们都不愿意靠近他，嫌他身上有一股"屎味"。最后，这种抱怨成为了借口。当儿子长成一个少年的时候，他弃学了，混迹街头。最终，伤人，被杀。儿子死了，这个家就更没有必要被打扫得窗明几净了。

这个清晨，女人动手打扫起自己的家。在过去的半年多时间，女人和两个曾经的同事走动多了起来。她们邀请女人去家里做客。都是平凡的家庭，但比她的家干净一些。而且彼此住得很近，都在公园旁的家属区，抬抬脚，就到了。两个曾经的同事依然在上班，一个卖门票，一个饲养大象，打算坚持到法定的退休年龄，这样在工资上可以避免不必要的损失。她们都比她理智些。还上班的时候，大家并不是十分的亲近。但受到邀请后，女人并没有感到格外的意外。

卖门票的女人离异了，女儿得了白血病，医治多年，终于死了。喂象的女人有一个儿子，但是似乎从来没有过丈夫。这个儿子去南方打工。一家很有名气的国际企业，却突然像是被施了魔咒，在一个时期，员工纷纷跳楼自杀。这个儿子步人后尘，也跳楼了，死了。所以，她们的邀请也并不显得格外的唐突。毕竟，她们和她一样，没有丈夫，身为母亲。这样的聚会，不过就是丧子母亲们的聚会。

女人们聚在一起，说说没有主旨的闲话。然后一起动手，做饭，像一家人围坐在餐桌边进餐。饭是家常便饭，顶多变些微不足道的花样，添几道凉菜，喝一杯酒什么的。肉不缺。鱼也不缺。在动物园工作，这些东西从来不缺。而且是新鲜的鱼和肉。她们习惯了，用饲养动物的鱼肉，来饲养自己。所以不要对她们相对来说还算是丰盛的饭桌感到惊讶。那不过是炝豆芽，拌黄瓜，花生米，油炸小鲫鱼，红烧鸡块，水煮肉片，孤身女人的悲伤。

今天她们约好来她家。这是头一次。之前都是女人受到邀请，去造访她们。被邀的次数多了，女人感到不好意思，郑重地决定自己也召集一次聚会。她们依然在职，时间没有她的空余。以往的聚会多是根据她们的方便来计划。所以女人倡议的这一次，便一直拖着，不是这个没法换休，就是那个离不了岗。好像这个世界依然离不开中年女人。为此，女人有些庆幸，感到自己如今可以醒着躺在灰白的晨曦里，是一件很好的事。

这次终于约齐了。昨晚那个男人来敲她的门，她本身是不想留他过夜的。这个男人烟瘾不小，有味，尽管不会大过她家里的"屎味"，但是一种不同的味。她不想让两个女伴嗅出不一样的味。她们比她大方。有几次聚会，她们都喊上了自己的男人。喂大象的女人找了个比自己要小十多岁的男人。当然不是很正经的男人。可能是下岗了，在动物园里租了摊位，卖啤酒。人倒是很乖巧。有他在，喂大象的女人不下厨的，也命令她们不要去搭手，让这男人操持出一桌的炝豆芽，拌黄瓜，花生米，油炸小鲫鱼，红烧鸡块，水煮肉片，悲伤。卖门票的女人找了本单位的人，后勤科的，副科长。副科长有家室，但也不避讳，和她们一起说说没有主旨的闲话。女人有时候突发奇想，想问问喂象的那个，大象是怎么交配的？那种事情，像大象一样做得轰轰烈烈，令人难以想象。她比她们小气。因为她是一个养鹤的。她像她饲养的那些鹤一样，有种凛然的风度。

　　昨夜女人原本让那个男人走的。但完事后男人说起了他的计划。男人的网吧自从发生了那次斗殴后，就被警察封掉了。那次斗殴和女人的儿子有关。男人对女人惦记了很久。谁都知道女人的丈夫和一头狮子一去不回了。但女人鹤一样的风度让人对她敬而远之。男人只好旁敲侧击，很迂回的，收买起她的儿子。她的儿子，那个混迹街头的少年，迷恋网吧。这让男人找到了示好的机会，常常收留夜不归宿的少年，让少年免费在自己的店里尽兴。有些时候，男人在背后看着在电脑上酣战的少年，心里会对这个长手长脚的孩子生出一种父亲般的感觉。这些时候，他会混淆了自己的身份，父亲般的，给少年送上一瓶果汁或者可乐。女人知道儿子的行踪，反而踏实下来。毕竟，那是一个确切的去处，总比让人无迹可寻的好。女人已经从失踪的驯兽师那里，饱受了"无迹可寻"的苦。对这个网吧老板，女人却依然排斥。她觉得她不需要男人。她可以投入在鹤群的交配中。结果，儿子却在男人的网吧里刺伤了人。对方其实是来找网吧老板麻烦的。儿子应当不是一个胆大的少年。这一点女人相信自己的认识。从小到大，一个儿子暴露在母亲眼里的胆小，没有比她这个做母亲的领会得更多。驯兽师走失的时候，儿子才五岁。他曾经对她说，他自己最大的愿望，就是去兰城，找回他的父亲。

但是，他害怕。最大的愿望被害怕阻拦，害怕也就会被放大成最大的害怕，让他成为了一个内心怯懦的少年。这个内心怯懦的少年，却在网吧里挺身而出了。网吧老板，这个居心曲折的男人，打动了她的儿子。少年想起了他买给自己的盒饭，想起了他送上的果汁和可乐。事发后，男人的网吧被警察封了。从此再也没有被允许开业。

因此，男人现在是个无业的男人。这种状况联系着那次事件，也联系着她的儿子。所以，昨天夜里，当男人说起他的就业计划时，女人就忘记了让他离开。她想着自己的儿子，顾白睡了。

拂晓的时候女人醒来，立即想起了今天的聚会。她捅醒身边的男人，让他快些走。男人被她从梦中捅醒，不是头一回了。她的手指像匕首一样，硬生生戳他的肋骨。

"起来，快走，起来。"

女人一边戳着，一边低声断喝。

男人乖乖地爬起来，努力平复着自己受到惊吓的心。对于这个女人，他始终唯命是从。自从他上了她的床，他就要求自己习惯这个养鹤女人的风格。在男人眼中，她是不同凡响的女人。她丢了丈夫，死了儿子，还养鹤。这些，都是她不同凡响的资本。对于这样的一个女人，有什么好讲呢？服从就是硬道理。而且，尽管没有受到追究，但在男人的心里，对于那个少年的死，一直怀有余悸。毕竟，少年是在他的网吧里捅了人，毕竟，少年是在替他出头。事发后少年找过他，他塞给了少年一把钱，让少年快些跑。孰料，这一跑，少年就跑成了一把灰。少年的骨灰是他陪着女人捧回来的，放在她家的老式半截柜上。少年的遗像立在骨灰盒上。唯一的一次，他自作主张了，去陵园买了块地，劝说女人把儿子埋掉。

"把儿子埋了吧。"男人说。

这块地真不便宜。男人不是殷实的人。下岗多年，他的网吧没给他挣下多少钱，否则他的老婆也不会跟人跑了。但这次他少有的慷慨。五千块钱，几乎是他无业后全年的最低保障金。事情出人意料地顺利。女人没有反对，让他陪着，将儿子的骨灰下葬了。女人只是在他说"把儿子埋了吧"的时候，矫正他：

"这是把灰，这不是我儿子。"

墓前立了块碑。上面刻着儿子、母亲、父亲的名字。无业男人在一旁寥落地站着，无所事事，仿佛旁观着别人的一家三口。从陵园回来，他就上了女人的床。完全是女人主动的。她沉默地侍弄着他，手指娴熟。男人少有地细腻了一回。他想，女人是在通过这件事情，来发泄她的伤心。一定是这样的。女人的肢体，像鹤一样瘦长，腿就差长到露着青筋的脖子上了。男人觉得床上的女人随时会从窗户飞出去。

地上扔着的卫生纸团令女人不快。她在晨风里首先将它们扫进了簸箕。其后，她顺手将扫帚探到了床下。她的胳膊颀长，加上扫帚柄，就是一个能够抵达罅隙深处的长度。床下积满了絮状的灰尘。女人忍不住咳嗽起来。一枚硬币在她的咳嗽声中滚了出来。好像是被咳嗽声叫了出来，不是被扫帚扫出来的一样。女人俯身捡起，放在眼前打量。

这是一枚游戏币。比五角钱的硬币大，比一块钱的硬币小，上面刻着圆鼻子的小丑。女人想起来了。有一次，她带着儿子去公园的游戏厅玩。一块钱一枚的游戏币，她给儿子买了十枚。那时候儿子还小，个头在她的胸部。儿子用七枚游戏币开了虚拟的赛车。剩下三枚，他打算以少博多，赌一把，盼望从那种叫"摇钱树"的机器里滚出源源不断的游戏币。没有成功。三枚游戏币投入后，机器里的财富摇摇欲坠，就是不见落下，让人欲罢不能。儿子不甘心。他认为自己只要再投入一次，就会大获成功了。但她拒绝了儿子。

她不是一个大方的女人，能省就省，儿子的头发都是她动手来剪的。如果不是因为丈夫刚刚失踪，她是不会把儿子带到游戏厅里来的。她这是在补偿儿子。但补偿的额度，她限定在十块钱之内。儿子还是懂事的。他没有纠缠，被她牵着离开了。走出几步，儿子却挣脱了她的手，飞快地跑回去，使劲踢那台恼人的机器。震荡之下，机器里的游戏币再次摇摇欲坠，甚至更加摇摇欲坠了，却依然不见落下。儿子很失望，他断定自己再踢两脚就会得逞。但工作人员上来阻止他了。是一个不大的姑娘，态度粗暴地揪住儿子的衣领，将他拎了出去。女人一瞬间愤怒了。她是这公园里的正式职工，而这个姑娘，不过是雇来的临时工吧，却这样对待她的儿子。女人冲过去，拔脚怒踢那台机器。她简直是像在搞破坏，完全是要把机器踢烂的架势。周围的人吓呆了，眼看着她发威。儿子也吓呆了，居然往那个拎着他衣领的姑娘怀里缩。那一刻，女人真孤独。她穿着工作时的长雨靴，甩起长腿奋力地踢着，踢得肚子都跟着一阵阵绞痛。但眼前的机器岿然不动，里面诱人的财富像坐在摇椅里的老人，怡然自得地前后摇摆。像一个恬不知耻的骗局。她就这样一直徒劳地踢下去。渐渐地，她忘记了自己的目的。她唯一的愿望就是，踢出一枚游戏币来。那样，世界才不会显得如此的令人绝望。就这样踢了无数脚后，一枚游戏币终于姗姗落下。当啷一声，好像世界打了个响指。它落在铁皮槽里，弹起来，跌在地上，旋转着滚动，一直滚出好几米。这是世界给予她的一个施舍。她有些呆愣，茫然地收住脚。儿子过来牵她的手。鹤一般的母子俩在众人鸦雀无声的注视下离去。他们经过那枚上帝赐予的钢镚。她庄重地昂着头，却心动神移。当儿子弯腰捡起那枚钢镚的时候，她觉得，自己的心，都要碎了。女人觉得很羞耻。她觉得这个世界令人羞耻。

就是这枚钢镚。现在被她从床下扫了出来。举着它，女人没来由地一阵心酸。她的儿子，小名叫钢镚。

可他一点都不像是一枚钢镚。即使当他长成了一个少年，一天天顽劣起来，也不像一枚钢镚。又一次，他们母子争吵的时候，他当胸打了她一拳。那一拳令女人伤心不已。不是因为被儿子打了。是因为，她以一个母亲的胸怀，感受到了儿子这一拳的软弱和无力。这一拳如此空洞，虚张声势，居然没有打痛她。她为这个感到伤心。儿子在网吧里捅了人，警察追到了家里。第二天儿子潜回来，失魂落魄。女人也心乱如麻。但在儿子面前，她努力保持着镇定。她一大早就去银行取了钱。她在家里等着儿子。她把那叠钱交在儿子的手里。她还为儿子提供了一张照片，那是驯兽师与狮子的合影。她让儿子去兰城找他的父亲。

"跑吧，儿子！"

她对儿子说。

儿子收下了钱。但他却企图还回那张照片。一瞬间女人几近崩溃。她不可遏制地颤抖起来。儿子握住了她的手。他动情地将她的手捧在怀里，忍不住放声大哭起来。女人在儿子的哭声中恢复了镇定。但是她也哭了。她给儿子取了钢镚的小名，是希望这孩子挺括刚硬一些的，但此刻，女人深深地被儿子突然而来的温柔打动了。她催促自己的儿子：

"你跑吧，跑得越远越好。"

女人对于驯兽师的行踪毫无把握，她实在难以确定，儿子此去，就会找到他的父亲。但那时女人想，上帝会给他们母子留下一丝微弱的余地，在她绝望的时刻，赐下一枚安慰性质的钢镚。她想，自己那个与狮子为伍的丈夫，离散多年，就是为了给她的儿子留下一个投奔的希望。

房间里的灰尘仿佛越扫越多。太干燥了，即使毗邻着一个有着湖泊与湿地的动物园。女人打了盆水，泼洒在地上。水迹很快就挥发了。她似乎可以看得到那些水汽从自己的窗户拥挤着奔逃的样子。

女人对着半截柜上的遗像发起愁来。她不知道是不是要把这张照片收起来。这样的照片，在两个女伴的家里都有。几乎是一模一样。都装在本色的木头相框里。都是黑白照。这让照片上的三个孩子，仿佛是同一个人了。女人不想让自己的家和那两家如出一辙。不知道为什么，对于那种相同的致哀，她一样感到了羞耻。是的，她感到羞耻。悲伤是那么羞耻。哀恸是那么羞耻。这样的羞耻大到一个地步，令她在埋葬了儿子的当天，不得不和一个男人去上床。她必须做些相反的事情。否则，她会被羞耻扯碎了。活着，真丢人。

犹豫再三，女人还是将儿子的照片收掉了，放在半截柜的抽屉里。这个抽屉里塞着许多照片。半年前，女人收起了家中所有可见的照片。那些影像，她看不得了。不是悲伤，是恍惚。她不能相信，这些镜头里记录下来的，真的就是她一段接一段的荏苒的光阴。她连儿子的遗容都难以辨认。那个黄昏，警察再次找到了她，将她带到了太平间。冷柜里的那个少年，是她的儿子吗？与她何干？在警察的说明下，女人似乎是听懂了。儿子在逃亡途中，还没有出城，就遇到了一伙打劫的少年。他们杀了他，抢走了他的钱。是一场突发的案件。没有预谋。即兴杀人。可是，为什么会有这么多的少年浪迹街头，拔出刀子，即兴杀人呢？她不懂，情绪裹挟在这样的疑问里，放弃了对于噩耗的感知。在太平间的院子里，一个看门的老头堵住他们，言之凿凿地说：

"我见过那死孩子。他一大早就跑来向我问东问西，问我夜里有没有送进来个被捅死的！"

随行的警察警觉了，上去盘问他。

"是这死孩子。没错！我见人见得多了，活着的死了的，加起来见得多了！"老头兴高采烈地说，"这死孩子，他还想跟我搞歪门邪道，想贿赂我，要进去看看。"

他要进太平间看什么？陪在身边的网吧老板听懂了。后来对女人讲：她的儿子在网吧里捅了人，害怕了，躲了一夜后就去太平间打听是不是有被捅死的人送了进来。其实那个人并没有死，不过是被送到了医院里抢救。但行凶的儿子，却就此走上了逃亡的路。结果，自己也挨了即兴的一刀，躺进了太平间。

看门的老头也这么说："哈哈！这下他不用搞歪门邪道了！这死孩子自己躺里面了，没谁能拦得住他，再大的官说了都不算！"

他一口一个"死孩子"，令警察都觉得不妥了，匆匆结束了盘问，示意女人离开。但女人木然着。她不觉得老头嘴里的"死孩子"与她有关系。那个"死孩子"顺溜地躺在冷柜里，恬静，安适，已经不是一个具体的孩子了。他是这个世界所有的"死孩子"。他们出了院子，还要去公安局办理相关的手续。坐进警车里，女人听到那个老头追着他们嚷嚷：

"这死孩子问我这儿的人都是怎么死的，知道我是怎么回答的吗？——怎么死的都有！病死的，轧死的，摔死的，淹死的，捅死的！"

女人把自己的脸贴在警车的玻璃上，看外面。太平间的铜牌子在夕阳下熠熠发光。这让女人突然有些无法说明的激动。她的怀里，抱着一只纸袋，里面装着儿子的遗物。一件染了血的旧衬衫。一条被医院用剪刀剪开的牛仔裤。袜子，只有一只。

现在，当女人把儿子的遗像塞进了半截柜的抽屉里，关上抽屉时，她再一次感到了那种无法说明的激动。女人感到自己的呼吸有些困难，仿佛是一种哽咽的感觉。但她确信自己没有哽咽。她很久没有哭过了，自从儿子成了"死孩子"后。

今天的客人来了。她们拎着袋子，袋子摩擦着她们的腿，窸窸

— 23 —

窘窘地被女人迎进了屋。她们带着自家的餐具。女人家里的餐具不足以提供一次聚会的需要。卖门票的女人从自己家里带来了碟子。碟子装在塑料袋里，每一只都用报纸分开包着。这些女人，什么时候把自己这样仔细地保护过？

女人诧异地认为她们来早了。但是随后她就明白是自己的时间感错乱了。时候的确不早了。太阳从洞开的窗户涌进来，让这间屋子都变得陌生。这好像不是她的家一样。

没有过多的寒暄。三个女人着手准备她们的午餐。作为主人，昨天她已经买好了菜。莲藕。豆腐。豆皮。茼蒿。平菇。年糕。木耳。大家都爱吃的宽粉。当然，还有悲伤。没有荤菜。荤菜由喂象的女人负责。虽然大象不吃荤，但她可以去向别的饲养员要。喂象的女人带来了切成片的新鲜牛肉，还有一只剁成块的、血淋淋的鸡。她们打算吃火锅。底料女人也已经买好。现在，她只需要动手将菜洗净切好。

女人在厨房里忙碌。客人在房间里四处打量。作为多年的同事，她们来过她的家吗？女人不记得了。她们不免会有些好奇，四处打量一下，也在情理之中。但女人突然忐忑起来。这个家，对外界，已经关闭多年。那时候，警察两度敲开了她的家门。第一次，是来抓她行凶的儿子。第二次，是来让她跟着去认尸。警察挺和气的，态度并不严厉。可能他们也觉得，不需要态度严厉了。对于一个母亲，还有什么，会比这两个来意更加严厉的呢？第二次，跟着警察一起来敲门的，还有那个网吧老板。警察先找到了他。此前女人和网吧老板只说过不多的几句话，多是关于儿子的，问一下儿子的去向，还有就是在街上遇到，打个招呼。他跟在警察的后面，双手插在穿着大裤衩的双腿间，像一个尿急的女人。他们连门都没有进。这让女人吁了口气。前一次警察闯进来的时候，除去那个惊人的来意，仅凭几条大汉进入到她家的这个事实，就足以令她心悸。

　　自从丈夫和那头狮子一同失踪后，她家的门，就对外界关闭了。这个家，宛如一个尘封的床底，里面全是絮状的羞耻。丈夫失踪了，舆论普遍的说辞是，驯兽师卖掉了属于动物园的那头狮子，带着不多的几个钱，跑到南方去了。他为什么抛弃妻子？舆论说因为女人乖僻，做丈夫的不堪承受这样的一个女人了。她乖僻在哪里呢？这也有部分属实。譬如，对于自己的家，她疏于照料，令自己的儿子身上有一股"屎味"。但是，每个星期她都会用来苏水给鹤舍消毒。舆论说，她像一只鹤。至于像一只鹤又如何，舆论就不管了。嘿嘿。大家自己去想吧。像一只鹤。公园的领导也被舆论左右了。她去向他们索要自己的丈夫，在他们眼里，似乎都没有太多的正当性。最后，舆论就成了结论：她乖僻，丈夫借机离家出走了，还拐带了动物园里的一头狮子。

　　现在，两个女人在她的家里梭巡。女人感到空气都紊乱了。怎么会忽略了这一点呢？怎么就没有想到，她已经不堪这样的窥伺。女人站在水池前洗菜，心思张皇。她想到了早起时床下丢弃的那几团卫生纸。踩下脚边的翻盖垃圾桶，幸好，它们在里面。和它们在一起的，有莲藕皮、菜根、包装袋、絮状的灰尘和悲伤。

　　厨房的门被推开了。两个女人站在门外。

　　"照片呢？"

　　她们一个开口问，一个用脸上的表情问。

　　女人不知所以，木讷地望着自己的客人。

　　"儿子的照片呢？"

　　喂象的女人似乎还顿了顿足。

　　女人立在水池边，两只手和菜一同浸泡在水里，一瞬间慌张不已。是啊，照片呢？儿子的照片呢？为什么要把它塞进抽屉里？为什么不将它隆重地摆放在醒目的位置上，像一张治病的药方或者营业的执照？为什么她不能像她们一样，正当地做一个被规定了的郁郁寡欢的母亲？她为什么羞耻？为什么因为羞耻而羞耻？她无法回答。好在，她们交换了一下心领神会的眼神，没有追问下去。

屋子是老式的屋子。没有餐厅。三个女人合力把餐桌搬在窗口，围坐在春天的阳光里。餐桌上摆着电磁炉。电磁炉？她怎么会有这样的设备呢？记不得了。可能是动物园发的福利。炉子上的锅在加热。三个丧子的母亲，在等着沸腾。动物园一墙之隔。楼下的街道常年洋溢着一种节日般的气氛。从窗口望出去，可以看到摊贩把花花绿绿的气球挂在长长的竹竿上，看到寻找车位的车辆在焦头烂额地蠕动。以前，女人经常在窗口喊自己的儿子。现在，她仿佛能够看到一个单薄的少年在这条街上呼啸而过。

两个女人一直在交谈。一个说死去的女儿。一个说死去的儿子。没有主旨的闲话。让各自的"死孩子"短暂地复活。卖门票的女人似乎说起了她女儿初潮的那些事。说得风生水起，让屋子里都有了一股少女经期的气味。

"你说呢？"

喂象的女人征求她的意见。

女人仿佛从梦中被叫醒。她已经从窗外收回了目光，也一直看着她们，貌似在安静地聆听。可是她没有听清她们在说些什么。好像是在追悔。一个说，早知道这样，就该在女儿生前满足她的一切愿望。一个说，早知道这样，就不该让儿子跑到南方去打工，养在家里，比什么都好。听着听着，女人就走神了。早知道这样，就不该生下他们。

"是不是，你说是不是？"

喂象的女人突如其来地催促她。

"噢，是。"

"就不应该放他们走,留在自己身边,总归是不会有太大的闪失。"

——不该放他们走吗? 这一点她拿手的。每到秋天,女人都会及时剪短幼鹤的飞羽,以防它们飞逃。

"是。是。"

"留在身边就保险吗? 我闺女从来没有离开我半步,也这样了。"

卖门票的女人不禁反驳。

大家一下子哑口无言了。这个反驳就像是当胸一击。毫不客气。有什么好说的呢? 这些没有主见的闲话! 什么也阻拦不住他们的离去。怎么死的都有! 病死的。轧死的。摔死的。淹死的。捅死的。女人们枯坐在春光里。电磁炉上的锅发出微弱的咕嘟声。快要沸腾了。

"天呐!"

卖票的女人陡然叫了一嗓子。另外两个女人吓了一跳。

卖票的女人用一只拳头塞在自己的嘴上,眼睛直勾勾地盯着窗外。顺着她的目光望出去,她们看到了什么?

起初, 女人认为那是一只被遗弃在窗外的玩偶, 趴伏在对面那座楼的一台空调外置机上。但是, 她即刻更正了自己的判断, 禁不住定格在幡然觉醒的那个瞬间里。那不是一个玩偶。这个裹着红毛衣的肉墩子,他在动。定睛去看,确凿无疑,是一个婴儿。他的身后, 也是一扇洞开的窗户。床, 一组长沙发, 一组不知为何物的木质装修, 连缀起来, 就是一条完美的通道, 错落有致地延伸到窗外的空调。屋内空无一人。透过窗框, 像在电视机里一样。

一只失控的气球飘上了天空。气球飘过婴儿。他抬头了, 张望自己眼前扶摇的过客。

"娃娃!"

"别动！"

喂象的女人低吼了一声。

三个女人都看到，对面的婴儿蠕动了一下。他可能感到了危险，试图缩回去。但是，他还没有学会这一招。所以，只笨拙地表达出来一个想要缩回去的意愿。但是这个意愿，已经令人感到目眩神迷。

女人困惑地看着眼前的这一幕。透过她家的窗框，世界整个都像装在电视机里一样。在初春的阳光里，一个趴在空调外置机上的婴儿，隔壁阳台护栏的影子在他的身上犬牙交错。那应该是七楼。高吗？对于这一幕，很高。一个婴儿悬在空中。进退两难。两难吗？一个婴儿，会有这样的判断吗？他应该感到了不爽。对于这一幕，她们所处的这个角度，堪称最佳。女人可以看到，婴儿的脸皱成了一团，苦巴巴的。那一刻，女人感觉自己不在屋子里，而是被一股力量顺手也撂在了悬空的境地。

"乖乖！"

"他在干啥？"

"自己爬出去的？"

"大人呢？"

"肯定是保姆！跑出去了！出事了吧！"

两个女伴在激烈地讨论。她们像她一样，都傻掉了。仿佛不是在目睹现实中的景致。仿佛是在看情节荒唐的电视剧。电磁炉上的锅发出噗的一声，红亮的汤水掀起了锅盖。终于沸腾了。三个女人面面相觑了一下，拔腿向门口挤去。还没有冲出楼梯，街面的嘘声就传了过来。

街上的人也看到了空调上的婴儿。是那个卖气球的人首先发现的。他的一只气球不翼而飞。他用目光懊丧地追踪着自己的气球。当死下心来的时候，他也像三个女人一样，有着片刻的困惑。他甚至还点了支烟。但他难以理解，自己的心为何这般沮丧。不过是一只气球，每天都是要损失几只的。但眼睁睁地目送着这只气球离去，却让他心烦意乱。终于，他丢下了手里的烟，仰天大吼了一声：

"妈呀！"

他发出了这一天最响亮的一个声音。其后，每一声惊呼的分贝都在递减。人们自觉地认识到了，大呼小叫，此刻就是谋杀。当然也有难以置信的。

"是个人？"

"不会吧？"

"谁家大人会这么粗心！"

"猫吧？"

"你见过穿红毛衣的猫？"

"是个人！动了！"

"动了吗？我没看出来。"

三个女人的到来让群众统一了认识。卖票的女人急促地说服每一个人：

"是个人，婴儿！没错的，我们从窗户里看得清清楚楚，就八九个月大吧……"

"男孩还是女孩？"

有人问。

卖票的女人愣住了。她回身征求同伴的意见：

"男孩还是女孩？你们看清楚了没？"

立刻有人质疑了：

"你不是看得清清楚楚吗？"

卖票的女人哇的一声哭了。但她哭得克制而沉闷，将拳头再一次塞在了嘴巴里。喂象的女人火了：

"爱信不信，快去喊警察！"

说着，她自己摸出了手机报警。

空中的婴儿似乎是一个自然现象，一个他们似乎习焉不察，但却从未掂量过的自然现象。街上的交通瘫痪了。没有刺耳的喇叭声。有热心肠的人专门跑前跑后，负责向司机们解释一切。不敢高声语，恐惊天上人。观望的人群在冒着兴奋的气泡，眼见也是要沸腾的架势，却好像被捂在了一口高压锅里，激动而压抑。有人举着手机拍照，将空中的婴儿像素化。大多数人向那个位置的下方涌去，不约而同地想到要在地面构成一道防护。

"嘘——"

"嘘——"

"嘘——"

世界在一片嘘声中寂静。春天的风吹过。公园里传来一声声熟悉的鹤唳。

风声鹤唳。

"嘘——"

女人遗落在人群的后面。她再一次感到自己的呼吸有些困难，仿佛是一种哽咽的感觉。半年多来，她，她们，三个丧子母亲的聚会，那些没有主旨的闲话，那些自欺欺人的追悔，那些仿佛与己无关的剧情，都在这一刻，揭穿了。世界逼真了，成为了一个当下的世界。现在，整个世界都在屏声静气，凝望着一个婴儿的安危。这个婴儿，甚至令人愤恨。他还没有长成人形，是男是女都叫人说不清楚。可他凭什么，就这样捂住了世界粗重的呼吸，牵动了世界那颗坚硬的心？他趴伏在一台空调上，把自己的一条命摆在了世界的眼前。他蜷缩在空中，像一个肉乎乎的倒下的问号，替所有夭折了的发问。

那只飘走的气球，晃晃悠悠，又飘了回来。它再一次靠近了空调上的婴儿。气球拖曳的绳子，如同天空的把柄——拽一把，天空就会轰然坠地。

"不要惊动他。"

一个女孩在身边轻声呢喃。

这是一个卖"阳光早餐"的女孩。女人认识她。她是儿子的同学，她的父母，也是动物园里的职工。这个早早辍学了的女孩，倚在自己的推车上，着迷地仰望着空中，嘴里动情地自言自语：

"——这是世界的婴儿。"

女人用手捂住了脸，顷刻间发出一声呜咽。像当年她的儿子空洞地打在了她的怀里。

赖印

——赖印。

小丑一再这样称呼那头狮子。

起初，驯兽师没有留意。说实话，他并不喜欢这个小丑。小丑是个中年男人，不用化妆，也丑得让人动容，每次看到，总给人戛然跃出一般的惊诧感。

在这家走江湖的马戏团里，驯兽师谁都不大喜欢。他像他的狮子一样，有种必然的倨傲。狮子是马戏团里唯一像样的动物。驯兽师觉得，作为狮子的主人，如果态度窝囊，就是委屈了自己的狮子，将一头百兽之王降低到了和那几头骆驼、几只猕猴一样的地位。

事实上，驯兽师和狮子都是属于动物园的。他们一同被动物园租借给了这家私人马戏团。马戏团老板阔绰地一次性付给了动物园十万块钱，作为租用他们两年的租金。至于驯兽师的报酬，马戏团的老板承诺，"比动物园的工资多两倍"。还有什么好说的呢？就此，驯兽师告别了自己的女人和儿子。他的女人也是动物园的饲养员，负责饲养一群品种珍稀的鹤。多年来，夫妻俩各自效力于不同的动物，日子久了，习与性成，彼此之间的差异，都有了物种意义上的不同。这样的告别，不过就是狮子与鹤的告别吧，没有多大的波澜。

马戏团的规模不大，几头骆驼，几只猕猴。据说之前也有大型动物，熊，但死了。至于那群吵吵闹闹的京巴狗，驯兽师顶多把它们视为道具。但就是这群道具，让驯兽师感到了难堪。它们太吵了，不可思议地对一头狮子毫无敬意。当装在铁笼里的狮子被塞进那辆卡车的车厢时，它们沸反盈天地叫起来。谁都听得出，叫声里没有敬畏，反而是一派恐吓与排挤的腔调。狮子很安静，安静得让驯兽师倏忽心痛。他从前面的车跳下来，跑去看自己的狮子。狮子卧在铁笼里，有些委顿，有些茫然。那群京巴狗，齐齐爬在自己笼子的铁网上，吵群架一样地围攻着狮子。骆驼和猕猴兴味盎然地旁观着。它们的主人也跟过来了，是一个驯兽师始终猜测不出年纪的女人。女人箭步跳入车厢，用一种让驯兽师大开眼界的方式训斥起自己的狗。

"阿三！阿四！麦克！建国！东东宝！铁林！"

她喊出一连串的名字。狗们倒是训练有素，一个个应声安静下来，噤了声，像课堂里被点了名的学生。

女人回头看看驯兽师，似乎是得意了。在驯兽师看来，那意思是对他这位新来的同行招呼：该你了。驯兽师站在车下，嚅了嚅嘴唇，却只是对着自己的狮子"喝"了一下。看到驯兽师，狮子有些激动。它也并不适应这即将展开的漂泊。狮子站起来，脸贴在笼子上，凝望着驯兽师。驯兽师突然有些动情。与自己喂鹤的女人告别时，他的心都很平静，但此时他却难过起来。他抬抬手，对自己的狮子做了个安抚的手势，又一次向它说：

"喝。"

其他的人也围过来看情况。老板，小丑，柔术师。

小丑哼哼着，像一声没有意义的吁叹：

"呃——赖印。"

驯兽师没有将这叹息一般的哼哼放在心里。他纠结在自己的情绪里——这么多年，为什么就没有为狮子起一个叫得出口的名字？

车队上路了。五个人挤在一辆破旧的桑塔纳里，老板亲自驾车。动物挤在改装后的加长卡车里。卡车封闭的车厢上喷着花花绿绿的涂鸦，马戏团的招牌卷曲，变形，被勾勒出火焰的造型。还有一辆同样被改装了的面包车，里面塞着帐篷、炊具。驯兽师挺喜欢卡车上的那些涂鸦——据说是出自那位沉郁的柔术师之手。这让他对柔术师有些刮目相看。柔术师在车厢上将马戏团的招牌弄出了动人的效果，那些字环环相扣，连绵不绝，看起来，都不像是司空见惯的汉字了，一下子就让人的心有了浪迹天涯的滋味。这种滋味，让驯兽师有些兴奋。但是，狗的狂妄和狮子的沉默，改变了驯兽师的心情。他有些牵挂自己的狮子。这头老家伙啊，驯兽师想，从来就没出过远门。这么一想，驯兽师就不免对前面的路伤感起来。

果然，狮子的状态很不好。晚上宿营的时候，驯兽师照例给狮子准备了半只鸡和十枚熟鸡蛋。狮子顾自卧着，将头枕在一只前爪上，不看嘴边的食物，深沉地看着他。他们的身边，那群狗，却吃得欢天喜地。驯狗的女人因此也跟着神气起来，阿三阿四地叫得响亮。

老板捧着一碗面条凑过来，一边呼呼啦啦地吃，一边担心地问："什么意思？它怎么啦？"

驯兽师冷淡着。他认为他的狮子赋予了他这种不亢不卑的权利。

驯兽师蹲在铁笼旁，轻声呼唤着狮子：

"喝。"

"喝，"老板用筷子头捅下他的腰，继续问，"生病了？你可要负责哇，这才没走多远……"

驯兽师头也不回地说：

"你先把这群狗弄得离它远点。"

老板还没有做声，驯狗的女人先不干了：

"哎呀我们碍它什么事咯？"

不用权衡，老板也分得清孰轻孰重，扬扬筷子，示意女人照办。于是狗笼被打开了，那群京巴狗争先恐后地钻出去，一路猖猖吠叫着跳下车。

"它还是不吃哇！"

观察了一会儿，老板忍不住大声说。

"你也离它远点。"

驯兽师回一句。

老板愣了一愣，讪讪地也蹦下车去。

"喁。"

驯兽师叫着狮子。

狮子有了一些反应，将枕着的前爪从头下抽出来，搭在自己的脸颊上，挤出些眼眵，依然静静地对视着他。驯兽师只得打开了铁笼上的锁头，侧身钻进去，盘腿坐在狮子的身边。他伸手去捋狮鬃。狮子的头摆动一下，贴在他的腿上。这个动作让驯兽师有了一种相依为命的感觉，幡然觉醒，自己如今已然是个离家的人。

车外面一片夕阳。帐篷已经支起。旁边的公路逶迤至天边。女人在教一群张狂的京巴狗学习算数。老板蹲在一棵树下吃着面条。几个打杂的捧着碗玩扑克。柔术师将自己的头从胯下钻出去，遥望着落日。小丑忽隐忽现，像出没在丛林里的山魈。驯兽师不是多愁善感的人，但是这样的一幕，依然令他惆怅起来。

在驯兽师的敦促下，狮子勉强吃了三枚鸡蛋，然后依偎在铁笼边。它显得那般厌倦。

这一夜，驯兽师睡得很不踏实。身边小丑和柔术师的鼾声此起彼伏。那群狗更是不时一阵狂吠。

"都是这头病猫闹的！"

隔壁老板帐篷里的女人大声抱怨，而后阿三阿四地嚷一通。于是就安静下来。但不久吠声又起。嚷过几次后，女人就懒得再嚷了。也许是睡死了。直到黎明的时候，一声沉闷的狮吼响起，一切才真的平息下来。可是，也该上路了。

挤在桑塔纳里，老板"嗯"一声，算是对后排的驯兽师打招呼，说：

"拜托咯，我还指望它给咱们钻火圈呢。"

"留心这回你要打错算盘！"坐在副驾驶位置上的女人很有把握地插话道，"你看看它那把鬃，稀稀拉拉，可见不是个健康的。"

"乌鸦嘴！"老板火了，"你有没有搞错！"

驯兽师沉默着。身边的小丑扭脸看他，笑了，自言自语地嘀咕：

"赖印——呃——赖印。"

驯兽师木然望着窗外。过了好久，他才发现原来自己心里一直在不自觉地拼着这两个音节——它们是"赖印"吗？什么意思呢？驯兽师认为，小丑这是在称呼他的狮子。小丑擅自给他的狮子起了这么一个怪名。驯兽师觉得，这个名字不错，至少比阿三阿四顺耳。

正午的时候，车队来到了一座小县城。老板临时决定，停下来，演几场。由于拉了一车的动物，未经允许，卡车是不能进城的，抓住会被处罚。老板安顿一下，自己开着桑塔纳进城去协调。狗们又吠叫起来。驯兽师到卡车上看自己的狮子。

狮子的状态仍然不好。它一动不动地卧在铁笼的一角，对身边狗的聒噪充耳不闻，见到驯兽师，也只是翻扇了一下眼皮，鼻孔合缩了几下，淌出亮晶晶的鼻涕。驯兽师蹲在狮子面前，与自己的狮子面面相觑。他很担忧。许久，几乎是鼓了鼓勇气，驯兽师试探着叫出了这两个字：

"赖印？"

声音从自己的唇间发出，驯兽师有股没来由的羞涩。他不禁回头张望。果然，小丑神不知鬼不觉地站在车下，向他龇牙垂眉，像是于丛林里戛然跃出。驯兽师朝他笑了笑，有些不好意思的善意。再回过头，微妙的事发生了：驯兽师看到狮子站了起来，警觉地侧着头，仿佛在谛听。

小丑在身后用一阵吱吱嘎嘎的怪笑来鼓励驯兽师。

"赖印？"

驯兽师再一次试探着召唤。狮子循声踱过来，温柔地注视着驯兽师。旋即它又趴下了，头昂着，专注地凝着神。

身边倏地多出一个人。那个女人也来慰问她的狗。狗们本来夹着尾巴，悄无声息，见到主人，立刻嚣张不已，奋勇地叫成一片。女人故伎重演，阿三阿四地叫，却不是训斥，是鼓励和怂恿。在这种较量一般的气氛中，驯兽师大声向着自己的狮子叫道：

"赖印！"

狮子闻声扭摆脖颈，抖擞一下鬃发。而后，一声沉闷的低吼在车厢里回旋激荡。那群狗窸窸窣窣地抖作一团，如泥委地。冷眼旁观的骆驼和猕猴，也都尽量收缩了身子。驯兽师满意极了，跳下车去给自己的狮子找东西吃。后勤的事情归柔术师管。此人蜷在路边，非躺非立，两条腿盘在肩膀上读着一本线装书，听到驯兽师的要求，头也不抬地叫一声：

"给他半只鸡！"

下午桑塔纳歪歪扭扭地载回了老板。看来一切顺利。老板一身的酒气。

车队准备进城，却发生了状况：一个打杂的小青年不见了。柔术师拷问了一番，得出结论：这个家伙昨天和同伴玩扑克输了钱，可能是为了赖掉赌债，跑了。柔术师拷问的手段让驯兽师长了见识：他命令那几个打杂的站成一排，自己拎一根小皮鞭，检阅一般地在他们面前踱步，小皮鞭出其不意地从各种刁钻的角度偷袭过去。柔术师使用了自己的专业技能，拎着鞭子的那条胳膊，声东击西，匪夷所思地抽在人身上，造成的疼痛，都远远不及那种令人防不胜防的惶惑有威力。很快就水落石出了。有个打杂的还额外交代说，潜逃者是蓄意的，他早就不满老板对他的克扣了。得出了结论，柔术师就若无其事地蜷进了车里，有种甩手撂下烂摊子的味道。

老板一直扶着一棵树在吐酒。他听到了最后那句交代，止住呕吐，错愕地看着自己手下的这班人马，脸上却是完全被委屈了的神情。最令驯兽师难以接受的是，桑塔纳居然依旧由老板来驾驶。他艰难地爬进车里，一边脸色煞白地压着酒嗝，一边抖索着发动引擎。

车子顿挫了一下，向着前方勉力冲去。

驯兽师的心莫名地焦灼起来。起初他还能够说服自己，力图让自己松弛一点。毕竟，坐在一辆酒鬼驾驶着的破车里，谁都会有一些不安。但是，渐渐地，他发现并不是这么回事。驯兽师听到了狮子的呜咽。相伴多年，驯兽师听得懂狮子的每一种叫声。现在，飘在风中的那一声声低鸣，在驯兽师的耳朵里，就是狮子的哭声。狮子怎么了？莫不是那群京巴狗冲破了两道铁笼，正在群殴一头狮子？怎么会！可驯兽师的心却愈加忧急。狮子的呜咽在风中时强时弱，偶尔颇为惨烈。驯兽师不断将头伸出车外，透过马路上的扬尘回望身后那辆加长的卡车。连身边的小丑也跟着不安起来，嘀嘀咕咕地吁叹：

"赖印——呃——赖印！"

驯兽师要求停车，他要下去看看狮子。这时候车队已经进入了县城。酒后的老板依然能够摆出回绝驯兽师的理由。他一边吞咽着口水，一边说：

"开玩笑，怎么可以在马路上看狮子？吓着交警可不是好玩的！"

狮子的叫声停息了。风中只有渐渐嘈杂起来的街市声。

老板已经落实了演出的场地，车队直接驶入了县城的体育场。停车后，驯兽师迫不及待地去探望狮子。车厢里一片阒寂。骆驼们，猕猴们，狗们，共同制造出一种陌生的、压抑的、消极的，还有充满悲戚情绪的宁静。狮子侧伏着，头颅浸泡在一摊浑浊腥臭的呕吐物中，显然是，死了。

一瞬间驯兽师觉得自己和车厢一起飘了起来。猛可冲进他脑袋里的，是他曾经教给儿子的绕口令：

山上有个死狮子

山下有个涩柿子

死狮子吃了涩柿子

涩柿子涩死了死狮子

屈指算来，这不过是驯兽师和狮子上路的第二天。

驯兽师的心神飘在遥远的地方。倒是老板如丧考妣。他用来租借狮子的那十万块钱，现在大概还余温犹在，狮子，却已经凉了。沉郁的柔术师又一次拷问那几个打杂的。他似乎也厌倦了，有气无力。因为事实俱在，基本上不劳他来追究。一目了然，是那个潜逃者用半只鸡毒杀了狮子——它是马戏团里最值钱的一笔资产。

暮色四合。女人在指挥那群狗从骆驼的身下钻来钻去，驼峰上立着呆若木鸡的猕猴。小丑两腿骄矜地迈着方步，嘴里喃喃吟哦：

"赖印——呃——赖印！"

而驯兽师，此刻脑袋里的绕口令已经升级到了这样的地步：

山前有四十四只小狮子

山后有四十四棵紫色柿子树

山前的四十四只小狮子吃了山后的四十四棵紫色柿子树上的涩柿子

山后的四十四棵紫色柿子树上的涩柿子把山前的四十四只小狮子给涩死了

驯兽师突然格外想念自己的儿子。儿子在他的记忆里向他发问：

"死狮子……怎么吃柿子？"

这个问题一度折磨着驯兽师。那时候，他不过是一名饲养员，只负责喂养动物园中的大型猫科动物。最先是老虎，后来是狮子。没有人要求他来驯兽，发情期的狮虎常常打架，死了也不会有人追究。实际上，他完全是为了博得儿子的欢心，才开始这么做的：将肉叉在棍子上，逗引狮子来吃。一次次抬高棍头。终于，狮子会随之跳跃了。后来，狮子越过了竹圈。再后来，竹圈换成了火圈。如果此刻驯兽师的心神能够落在实处，他会为自己最初将肉叉在棍子上的那一刻而后悔吧？

老板确凿无疑在后悔。他的酒彻底醒了，使劲踢了一通桑塔纳的轮胎。现在折磨他的事实是：他的十万块钱不到两天就打了水漂。如果狮子是另一种死法，老板会立刻调转车头去向动物园追讨他的十万块钱。但狮子死在老板自己人的手里了。反过来，动物园还有充分的权利来向老板索赔。眼前这个魂不守舍、瞳仁中浮映着往昔岁月的驯兽师，就是动物园的代言人，是一个债主。老板过来拍拍驯兽师的肩头，欲言又止，顿了顿，又走开了。

驯兽师怔忪地看到小丑在对着他笑。笑中杂糅着一个小丑特有的悲伤和嘲谑。他看到背对着自己的柔术师出神入化地朝他伸出了手，像是一个来自正面的拥抱。那双无影手在他的鼻子前轻抚而过，悠悠扬扬的气味如同食物一般哽塞了他的喉头。驯兽师倒下去，感到天空翻转了一周。

驯兽师在黎明前醒来。鼻涕、口水和眼泪糊满了他的脸，让他的脸也像那头狮子般的汤汤水水。他感到鼻腔里一股硝烟的气味，像是被撒了一把硫黄。他抹了把脸，诧异地发现自己躺在一片旷野之中。在这个黎明，驯兽师有片刻忘记了时间行经何处，颟顸地以为自己仍然活在过去的岁月里。他不过是要起身，洗漱，吃下女人做好的早餐，然后走进动物园那种气味独特的清晨中，走向他的狮子。殊不知，这种岁月已成过去。尽管，这个过去只与他相隔了短短的两天。他却再也回不去了。

当晨曦初露的时候，驯兽师恍然明白：自己这是被遗弃在了路上。那个马戏团丢下了他，而且，还带走了狮子。驯兽师是这样替对方盘算的：尽管那已经是一头再也钻不了火圈的死狮子了，但剥皮割肉，也自有其价值。马戏团的老板能赚几文是几文吧。同时，驯兽师也为自己做了盘算：回不去了，没法回去了，动物园的领导，是不会像他一样来为他盘算的。他们会向他要那头狮子的。而且，他的女人，也在憧憬他会带回"比动物园的工资多两倍"的报酬。

兀自在晨曦中坐了良久，驯兽师拍去身上的朝露，迎着那道螫人的红轮，只身向着兰城的方向走去。那里，本是马戏团此行的目的地。谁能想到呢？他这一走，踏上的几乎就是一条不归的路。驯兽师开始了漫长的漂泊。

　　当他踏上兰城的马路时，口袋里不多的几个钱已经告罄。好在驯兽师不是一个养尊处优的人。他的身上，有着统共缝合过几百针的疤痕。那都是兽爪给他留下的纪念，是他作为一个辛勤的体力劳动者的凭据。驯兽师不是一个吃不了苦的人。于是，他就在兰城吃起苦来。首先，他想到了去兰城的动物园谋一份差事。毫无疑问，他被拒绝了。醒悟过来后，驯兽师自己都颇感可笑——自己的动物园急着要把驯兽师租出去，人家的动物园怎么反而会聘用一个驯兽师呢？那种走江湖的流浪马戏团兰城也有。驯兽师在街头看到过他们那同样让人心生浪迹之心的广告。但是，一想到马戏团里必然会有的那些人物，老板，小丑，柔术师，他就不寒而栗。

　　在一家养貉厂，驯兽师找到了第一份工作。养貉厂养貉，是为了杀貉。驯兽师见不得这样的场面：刀子从貉的裆部顺大腿内侧一路挑开至腿腕，剥下腿皮。用铁丝拴住一只剥完皮的腿，吊于高处。而后，拽住已剥下腿的兽皮，脱衣服般的，铆足力气向下扯。用刀稍事削割，一张完整的兽皮便取下来了。前后不过半分钟。领了头一个月的工资后，驯兽师就不辞而别了。此番经历，让驯兽师认识到，除了动物园，自己眼下能够找到的任何一份与动物相关的工作，都将是以宰杀动物为目的。这让他打消了凭着技能谋生的念头，开始了五花八门的打工生涯。建筑工地，库房，车站码头，不过是些出卖力气的活计。最落魄的时候，他还拾过荒。

　　起初，驯兽师有目标。他想，挣够自己在动物园里两年薪水的两倍，他就回去。可现实离这个目标遥遥无期，实际上还经常与之背道而驰。渐渐地，他就忘记了这个目标。因为，干来干去，他都已经忘记自己曾经是一名能够让狮子钻过火圈的驯兽师了。更有甚者，在兰城，驯兽师成为了一个无以名之的人。无论做什么，他都被人"喁"来"喁"去。"喁"就是对于他这样一个寄居者的称谓。

直到那头狮子出现在他的面前。

驯兽师一眼便认出了自己的狮子。狮子似乎变得漂亮了，显得威武和庄重，甚至还有些油头粉面。它身上的毛发被打理得非常齐整，往日浅灰的色泽变成了茶色。它硕大的鼻头，湿乎乎的，像打了鞋油一般发亮。但驯兽师依然认出了它。如果较起真来，可以这么说——驯兽师和狮子待在一起的时间，比和自己儿子待在一起的时间都要长。狮子尾巴末端那簇深色长毛，驯兽师再熟悉不过了。还有，它的右前爪折断的那截指甲，也照样没有长齐。

这突如其来的相逢令驯兽师再一次感到世界漂浮起来。差一点，他的脑袋里又要冲进绕口令。

这是在兰城大学的自然陈列馆里。

几番辗转，如今驯兽师是这所大学里的花匠。他在这里工作了半年多后，不期然走进了这座陈列馆。驯兽师宛如置身在莽林之中。枝叶黏缠，藤树攀附，阳光从玻璃天顶涌入，透过纠绞的植物打下斑驳的尘柱。交媾的蛇。警觉的羚羊。猫头鹰。雉鸡。短尾猴。浸泡在水缸里的、没有皮的、分不清是什么动物的胎儿。驯兽师还看到了那个马戏团里的小丑，这让他大吃一惊。定睛端详，不过是树杈上一只猴子正对着他的屁股。这样惊异地走进陈列馆的深处，他便看到了自己的狮子。

当然，一切都是假的。或者说，是死的。塑料植物和实体标本而已。

驯兽师失神地望着自己的狮子。它被贩卖到了这里，却尽享生前未曾有过的尊崇。其他动物的标本都被错落地安置在整个景观之中，形同大自然里的茹毛饮血，风餐露宿，狮子却显赫地盘踞于一块铺着红地毯的台子上。而且，四周还被隔离绳圈出了禁区。其他动物隐没在幽深的天光之中，狮子的头顶却被灯光照射着。那几只射灯将狮子原本浅咖色的胡子粉饰成了金褐色。

而站在狮子面前的驯兽师，这个昔日的主人，形容粗卑，像一个畏手畏脚的穷亲戚。他谨小慎微地打量着自己的狮子，心想这个老家伙还认得出自己吗？流浪经年，驯兽师的面目发生了改变。他原本有着大型猫科动物般的面容，口鼻宽阔——那是职业日积月累将他塑造出来的。现在，他宽阔的口鼻都嶙峋起来。驯兽师暗自朝狮子打着只有他们之间才能会意的眼神。他笃信，狮子也认出了他。

狮子现在是一头不朽的狮子。在它的座前，有一枚卡片：

狮子（lion）

这让它被简化成了一个符号化的标识，一个狮类纯粹的代言者。

可这是我的狮子！

驯兽师的心里不由分说。他认为这是没得商量的。百感交集的驯兽师一直待到了闭馆的时刻，被工作人员"嗯"的一声喝醒。

黄昏中，他失魂落魄地坐在陈列馆外的台阶上。对面齐整的草坪和扶疏的花木，都是他辛勤劳作的成果。半年来，他和他的狮子近在咫尺，但一个花匠几乎毫无走进殿堂的理由。若不是今天他突发奇想，偷闲溜了进去，只怕他和他的狮子便永难重逢了。一这么想，驯兽师便觉得自己受到了一次难得的优待。

一连几天，驯兽师都忘我地流连于陈列馆里。他和自己的狮子默默交流。驯兽师确信这位老伙计听到了他的心声。它知道了这些日子他过得有多不容易。

驯兽师让狮子看自己脚踝上的新伤。那是前段日子他修剪花木时被一只恶犬咬的。兰成大学的家属区，养狗成风，知识分子们将此视为一种文明的风尚。咬就咬了吧，骨子里，驯兽师依然是人群中最不怕咬的那一类人。但狗主人的态度，却让驯兽师寒心。狗主人非但没有道歉，反而一迭声地吆喝驯兽师：嗯嗯嗯！快躲开快躲开。随后，换了腔调亲昵地呼唤自己的狗——蜜雪儿。

驯兽师并没有只顾自己倾诉。他藏了一块生肉，趁人不注意，丢在了那个被隔离绳圈开的禁区里。第二天再去时，肉当然没有了。驯兽师宁愿相信，那是被狮子吃掉的。

不久，他的举动引起了注意。尽管，他并未因此荒疏自己的本职工作，但人家还是干涉起他。

"喎，不要来了，这里和你有什么关系呢？这里的树叶不用你来剪。"

一个戴着眼镜的管理员驱逐他。

驯兽师服从地离开了。但是来日依然我行我素。

"喎！你这个人怎么不听话！"

管理员再次看到他就恼了，正正经经发起火。并不是他进来参观这件事本身可恼，是他对人家的吩咐置若罔闻惹人羞恼。

就有他的直接上司训斥他了：

"喎，你好好做你的花匠，不要瞎转！"

驯兽师垂头不语，倏忽有了决定。如果没有遇见狮子，或许他会在这所大学一直做下去。毕竟，花匠这份工作，算是他离家后找到的最合宜的一份差事。虽然薪水连他在动物园的一半都不到。现在，他和狮子重逢了，却被禁止会面。那么，还留在这里做什么呢？

月朗星稀的夜晚，驯兽师背着一只帆布工具袋来到了陈列馆前。拾级而上的时候，他听到了狮子在里面对自己发出深切的呼应。他是有备而来的。他从工具袋里摸出了一把钣金铁剪来对付那圈链锁。铁和铁咬合的声音在午夜琤琮作响。很顺利，陈列馆的门被打开了。里面并没有想象的那般黑暗。月光罩顶，给这个人造的莽林涂抹出一层银光。所有的标本都复活了，风吹草动，发出物竞天择之下独有的狡狯声息。狮子温柔地打着响鼻。驯兽师穿越密林，径直走向他的狮子。

拂晓的时候，驯兽师顶着正在隐去的星月，再次踏上了漂泊之路。昨天，他最后一次打理了自己侍弄的花木，除掉了月季影响长势的花蕾，修剪了草坪，重新牵拉固定了爬墙虎。晨风中，驯兽师感到一身轻松。自从他被马戏团遗弃在旷野的那个夜晚，他就失去了一切行囊。如今他是一个连名字都放弃了的人。他不惧就这样无以名之地走下去，就这样被"喝喝喝"地呼喝着去颠沛流离。

自然陈列馆洞开的大门很是让校方紧张了一番。但仔细扒梳后，却没有发现丢失任何财物。陈列馆的馆长也是这样对校领导申辩的：

"我敢保证，一片树叶都没丢。"

没有人会将这件事情和一个失踪的花匠联系起来。驯兽师非但秋毫无犯，而且，他给自然陈列馆还郑重地添上了一笔。就像没有人觉察和在意他的消失一样，也没人觉察和在意，那头狮子标本座前的卡片上凭空多了一项条目：

狮子（lion）

赖印

安静的先生

离职后安静的先生开始了自己的迁徙生活。他决定每年冬天的时候，就去温暖的南方旅居。常年生活在北方，他对自己委身的城市已经受够了。但南方春天梅雨的潮湿，他也觉得受不了。考察了几次，安静的先生给自己制定了这样一个候鸟般的计划。

深秋的时候，安静的先生整装待发，一俟立冬将至，就奔赴南方。待到来年，惊蛰的时候，安静的先生像从冬眠中苏醒的动物，踏着春天的惊雷，回归北方。至于南方与北方的界定，很简单的，在安静的先生这里，就是黄河流域与长江流域的分别。他委身的省份，是一块不折不扣被黄河横穿而过的土地，而长江流域的面积不小，严格说，毗邻的青海，都是要算在里面。但显然，青海不是安静的先生眼里的南方。地理学意义上的这些知识，很折磨人的，安静的先生不耐烦去梳理，只结合着本能与直觉，比附约定俗成的概念，草草在心里制定了蓝图。可不是吗，哪只候鸟会怀揣着一本地理教科书呢？离职后，安静的先生就甩掉了一贯的严谨作风，坚决地让感性压倒理性的那一面，将一切都大而化之，删繁就简，粗粗弄出个轮廓就行了。

第一年，安静的先生去了江苏。他的祖籍在无锡，所以选择江苏开始自己离职后的第一次迁徙，就没什么可说的了。家乡已经没有任何血亲了，起码，安静的先生无从知晓这里还有谁流着与自己同宗的血。眼里的故乡，尽管陌生，但心里终究是要暗示出一些熟悉的。他不免会伤感，有些乡关何处的喟叹。但安静的先生勉力纠正了自己的情绪。他不允许自己伤怀，认为这不符合如今他对于自己的要求。他对自己有什么要求呢？那就是，如今，他百无所欲，但求安静。安静的先生在每一个内心起伏的时刻，都会提醒自己的心：安静，请你安静。按理说，有些乡愁，并不会过分有碍一个人的安静，但考虑到刚刚离职这个背景，安静的先生如此约束自己，就不难理解了。他是怕这些貌似正当的情绪会被借助，不可避免地衍化为恋栈怀禄。

安静的先生转身去了苏州，在同里古镇住下来，潜心临摹了一个冬天的王宠，归来时，本就不凡的一笔小楷，愈发精妙了。就是在这里，安静的先生找到了自己旅居的方式。

本来，安静的先生住在一家私人客栈里，倒也不是很贵。由于要常住，店家给了他优惠，统共每月收他两千块钱。住了不足一月，一位当地的老先生和他熟起来，向他推荐自己的家，说也收他两千块，但管饭。

这位老先生日日黄昏要在镇里的思本桥上肃立一回，如是肃立了几十年。就是在这里，他和同样在黄昏中前来流连的安静的先生搭上了讪。当时安静的先生立于桥头，正在以指为笔，在自己的肚子上默书。老先生善书，看出了名堂，这就和安静的先生投缘了。一来二去，两个老人熟络起来。老先生的家同样临水，还搭建了伸向河面的阁楼。安静的先生受邀去体验了一下，立刻就一拍即合，回去收拾了行李，搬进了老先生家。那管着饭的两千块，就只是一个象征，表明安静的先生不白吃白住而已。但安静的先生没有体察到老先生的善待。对于金钱，以及金钱的市值，安静的先生缺乏实践性质的体会。他也懂 GDP，也懂 CPI，只是不懂两千块钱在同里包吃住意味什么。所以安静的先生安之若素，平静的心没有丝毫波澜。

其实他是有些冒失。三言两语，就住进了一个陌生人家，难怪他的儿子要在越洋电话里替他担心：

"您知道这家人底细吗？住私人客栈我都不放心，您这可好……"

安静的先生摁了手机，不愿听儿子的聒噪，保守着内心的宁静。这家人的底细？有什么呢？安静的先生觉得是一目了然的：一个退休多年的老先生，儿女都在苏州，只一个在镇里做导游的孙女陪在家里。"国泰民安的！"安静的先生在心里向着异国的儿子咕哝了一声。想一想也是，要说冒失，这家的老主人比他还冒失。平白无故，就领回一个老头，连吃带住地只收一个象征性的两千块，连赢利的目的都说不过去，何苦来哉？当夜，安静的先生就听到祖孙俩在外屋说起来。孙女当然是在埋怨，有一句没一句地被安静的先生听到。大意无外乎是说人心不古，爷爷老糊涂了。

老先生吼了一声："哪有那么多鬼！鬼都是人心里生出来的！"又压低了声音，说，"小小年纪，你不要那么复杂。"

安静的先生心如止水，对因自己而起的争执充耳不闻，蘸着茶杯里的水，在茶几上写王宠的句子：水怀丽泽兑，时歌角弓篇。

老先生的确心里无鬼。对安静的先生，他根本没有过多的打探，甚至两个人互相连姓甚名谁都没有多问，说应该是说了，只是彼此之间几无称呼，不过点头示意，开口讲话，就忘了姓甚名谁这回事。这一点，很令安静的先生宽慰。如果遇到的是一个饶舌之人，即使连两千块都不收，他也不会跑到别人家里来。两个老人的媒介是王宠——这位同里名人，明代的大书法家，穿过五百年的时光，使两位爱书者在这个冬天惺惺相惜，结伴数月。当安静的先生在黄昏中流连桥上，以指画肚时，他们之间便犹如打了暗语，接上了头。

在这个南方的冬季，安静的先生获得了自己迄今最为安静的一段时光。笔墨是现成的，茶饭是清淡的。在安静的先生心里，还额外加了两般好：无丝竹之乱耳，无案牍之劳形。白天，两位老人伏案摹写。老先生的一笔行草不激不厉，颇得王宠神髓。安静的先生也不简单，笔随心走，亦是疏淡秀雅，直追前人。日暮时分，二人并肩立于桥上，拍遍栏杆。安静的先生觉得，岁月静好，现世安稳，已经在自己的眼前徐徐呈现。

住到来年惊蛰，安静的先生与主人作别。二人以书结缘，自然以书为别。安静的先生临了王宠的《游包山集》，老先生临了王宠的《自书五忆歌》，二人互赠，多余的话依然是没有。只是在最后的时刻，安静的先生坐在开往上海的大客车里，朝着车下的老先生挥手时，不自觉又是一副矜重的派头了。这个不由他的。车外在下雨，车窗上雨水纵横。老先生举着把伞，冲着窗内朦胧不清的安静的先生耸了耸伞尖。

飞回北方后，安静的先生在自己的皮包里发现了一沓钞票，恍惚了一阵，才觉醒，老先生这是将他的住宿费全还给他了。安静的先生有些感动，生出给人家寄回去的念头，但苦于没有一个确切的地址。这件事，如果安静的先生坚持去落实，还是不会太费周折，有人会给他办妥的。但离职后，安静的先生就给自己立下了规矩：不再因为私事动用以前的任何权力。最后，一个两全其美的办法被安静的先生想了出来。他亲自去了一趟红十字会，将这笔钱捐了出去，名字呢，安静的先生留下的是：王宠。

第一次南徙堪称完满,愈发坚定了安静的先生去做一只候鸟的心。

第二年，安静的先生去了江西。有了上一回的经验，他打算在当地租间民居住。不是付不起酒店的费用，是同里一行，让他落实了自己迁移的模式。他觉得，在一个地方栖息这么久，住在酒店里就仿佛没有接上地气。安静的先生联络了当地的一家中介公司，让对方提前为自己租下一套住宅。同样的，在价钱上安静的先生听由对方张口，他只是提出了一个要求：住宅的窗口，要看得见长江。这种事情，办起来不免琐碎，但就是这样琐碎的事情，居然被安静的先生做成了。在银行给对方的户头打了定金，安静的先生不禁对自己颇为满意。这件事情的办理，对于安静的先生有着别样的意义，说明了在俗世中事必躬亲，他依旧有这样的能力。

由北而南，安静的先生首先飞到了南昌。当晚住在酒店里，他便遭到了电话的侵扰。这让他安静的心倏忽躁烦。安静的先生忍不住摔了电话，依然不能平愤，连连掌击了数下床头的矮柜。换在离职前，他是要追究责任的。安静的先生坐在床上，努力安妥自己紊乱的心，对自己的心说：安静，请你安静。刚刚有所平息，房门又被敲响了。门外站着的，当然是一个女人，横看有十五六，竖看有四十五六。安静的先生知道这是怎么一回事，但他不知道该怎么处理。安静的先生没有处理一个失足妇女的经验。他不知道该怎样开口，训斥和规劝都不恰当，只好不怒自威地挡在门前。女人居然试图挤进来。老实说，安静的先生在一瞬间有些失措。他什么时候遇到过这样的局面呢？

"请你离开！"安静的先生重重咳了一声。这也是习惯使然，以前，每逢在会场上要强调什么时，他都会用重重的咳声打出预先的招呼。安静的先生沉声说："否则我要报警了。"

女人知趣地离开了。也不知是那声咳嗽还是安静的先生声言要报警吓退了她。

安静的先生认为自己受到了侵犯和羞辱。手在微微颤抖。现在，让他不满的已经不是那个离去的女人，是这种尴尬的状况，居然会强加给他。安静的先生不能忍受这种强加给一个人的干扰，觉得这是不合理的事情。安静的心被扰乱了，他打电话给前台：

"喊你们经理来。"

经理很快就来了，不过是一个毛头小伙子，不像一个他心目中的经理。听完他简单的陈述，经理不解地看着他：

"怎样呢？你有什么要求？"

安静的先生一愣，难道是自己说得不够清楚吗？这个经理怎么就不能领会他的精神？

"作为酒店的管理者，"安静的先生严肃地说："你们负有责任！"

经理笑了，一摊手说："这个责任我们可不好负，我们总不能把女人都挡在外面吧？谁知道她们是做什么的？而且，真要挡，连有些男人都是要挡的，那样我们关门好了，不要做生意了。"

"你们不负这个责任？"

"这个责任要你来负。你不是就负责任地把她挡在外面了吗？"

安静的先生一阵眩晕。少顷，他挥手让对方离开。安静的先生一再对自己默念：安静！请你安静！如是良久，他才打消了进一步打一通电话的念头。

翌日一大早，安静的先生就离开了酒店。连南昌他都不愿待下去。本来他是可以在这里逗留几天的，像一只途径的候鸟，盘桓几日。但昨夜的遭遇让安静的先生对这座城市厌恶起来。他决定立刻奔赴自己此行的目的地——九江。为什么会是九江呢？也没有一个非常令人信服的理由，不过是因为白居易。秋天的时候，安静的先生捧读《白氏长庆集》，香山居士被贬江州的史实启发了他。尽管，安静的先生是正常离职，但从江州司马的遭际中，他隐约体味出了某种感同身受的况味。当然，抚今追昔，好像还略显无病呻吟，这有悖于他对自己的要求。但毕竟留下了印象，所以，计划南飞的一刻，安静的先生将目标随机定在了九江。这也说明了如今的他，还是有些盲目的，随心所欲，没有条分缕析、足以说服人的什么动机。安静的先生以为，盲目有什么不好呢？自在而为，恰恰有利于心的宁静。安静的先生不愿再像从前一样目标明确地规划什么。

南昌到九江有动车。安静的先生很久没有坐过火车了。所以，坐在车上，他有一股孩子般的兴奋。这一次，安静的先生任由自己的心波动荡漾。他想起了当年考上大学时第一次坐火车的情形。安静的先生宛如看到了那个当年的自己：单纯，羞涩，满怀着憧憬和离家的伤心，一路上提心吊胆地看护着自己的行李——那口皮箱，是父亲特意买给他的，当年算得上是一件贵重的家什了，如今丢在哪里了呢？安静的先生不禁怅惘。他动情地安抚着自己的心：安静，请你安静。车上有九江的宣传册，上面印着这样的内容：九江境内的鄱阳湖水域是现今世界上最大的候鸟越冬栖息地。这句话瞬间感染了安静的先生，让他那颗候鸟一般的心仿佛找到了依据。

车到九江，只用了五十分钟的时间。这样的速度令安静的先生感到惊诧。他不是不知道动车的快捷，但亲历一番，毕竟和简报上读来的认识不同。安静的先生想，当年，他离家的时候，是在火车上颠簸了整整三天啊。

按照地址找到那家中介公司，出乎意料的事情发生了。此地依然还是一家中介公司，但说了半天，安静的先生才明白，此公司已经非彼公司了。换人了。安静的先生走出店门，抬头看那招牌，果然不是与自己有合约的那一家。那家叫"百亿"，这家叫"百忆"。这两个店名之间神奇的差别，让举头仰望的安静的先生一阵目眩神迷。他感到自己一脚踏在了虚空里。毕竟是安静的先生，多年的历练，已经造就了他的临危不乱。简单分析了一下局面，他不得不承认，自己是跌在了一个骗局里。世风坏到了如此的地步，不能不令他义愤。但眼下他无暇追究，当务之急是，他需要先在这座城市安顿下来，住进一栋窗口看得见长江的房子。接待他的公司职员一边替他的遭遇鸣不平，一边飞快地从电脑上替他找出一长串的房源。

然后马不停蹄地去看房子。房子当然有优有劣，一直奔波到了正午。陪同的公司职员买了盒饭给安静的先生吃。盒饭没什么，安静的先生访贫问苦时，和群众吃过更糟糕的饭食。是吃的方式为难了安静的先生。这家街边的简陋排档，坐落在他们刚刚看过的一栋房子的楼下，说是违章建筑也不为过。而且人满为患。于是，他们只能捧着塑料饭盒蹲在路边吃。一时间，安静的先生不得不再一次说服自己的心：安静，请你安静。他不想继续看下去了，吃完盒饭，就决定重新回到楼上去，租下刚刚看过的房子。

房子不好。三十年前的两居室。唯一符合要求的是：推开北面的窗户，长江便尽收眼底。入冬的长江已经进入了枯水期，江滩裸露着，江面上漂浮着静止的船舶。一瞬间，安静的先生消极到了顶点。进入这座城市，他就不断妥协着，随波逐流地被现实拖拽着走。他不愿意自己的心被激起不满和抱怨，一再告诫自己随遇而安好了。但一再妥协之后，当这幅冬天的江景横陈在窗外时，他还是深深地失望了。

安静的先生有些沮丧。草草签了租住合同，付了全部的租金，他就打发对方走了。一个人枯坐在这栋目前归自己支配的旧房子里，安静的先生恍若禅定。后来他便睡着了。一觉醒来，安静的先生虚汗淋漓。他一动不动地躺在一张老式的木板床上，怔怔地打量着这个陌生的所在。已经是傍晚了，房间里幽暗阒寂，仿佛有氤氲的气流萦动，那股尘封已久的气味扑面而来。安静的先生依次在幽暗中看到了五斗柜、沙发、写字台，还有书柜的轮廓。他突然觉得，时光倒流，这一切都变得熟悉起来。安静的先生似乎回到了自己的壮年。那时候，他在一所大学教书，住在一栋与此情此景近乎一致的二居室里。木板床，五斗柜，沙发，写字台，还有书柜。那种上个世纪的况味，陡然重现。

回到从前——安静的先生在这个冬季，找到了安抚自己内心的理由。他开始在一栋看得见长江的房子里，重温过去的岁月。他租住的这户人家，据说主人举家去了国外，把房子全权委托给了中介公司。从房子的陈设来看，应该许久没有人居住了。好在铺盖是收在柜子里的，除了一股经久不散的樟脑味，倒也勉强可用，只是被子的棉胎很重，压在身上，让人的梦境都沉甸甸的。安静的先生不紧不慢地搞了一周的卫生，晒被褥，除灰尘。随着房子一天胜似一天地清洁起来，他渐渐找到了一些主人的感觉。家务活他有几十年没做过了，一旦上手，发现自己居然还很在行，这让他甚感喜悦。那时候，他在大学教书，常常和妻子吵得天翻地覆，吵过之后，所有家务就甩在了他的头上。后来，随着他的升迁，吵架和做家务的日子，就都一去不复返了。妻子三年前离世了，死前他还没有学会让自己安静，等他赶到妻子的病榻前时，妻子已经咽了气。咽了气的妻子，眼睛却依然睁着，仿佛下了决心，要和他最后吵一架，把多年来被冷遇了的愤懑一次性地倾泻出来。安静的先生在这个异乡的冬天，一边做家务，一边追忆亡妻。他当然会安静地总结自己的人生，那些得失与成败，都被他安静地重新界定着。

这些日子安静的先生都是在楼下那家小排档就餐的。他已经习惯了那样的就餐，人多的时候，很自然地蹲在马路边。后来房子的厨房也被他收拾停当了，他决定自己做饭，彻底地过过日子。他去超市采购了必备的油盐酱醋和大米蔬菜，费了番力气才拖到家。一切就绪后，他却吃惊地发现，这个家使用的仍是蜂窝煤炉子，厨房最上面的那扇窗户，还开着以备穿烟囱的圆洞。可是如今，哪里还有蜂窝煤呢？这个打击一下子挫伤了安静的先生，他颓然地靠在厨房的墙壁上，望着那个圆洞，感到了一股无法说明的悲伤。有一瞬间，他几乎决定立刻返回北方，回到自己衣食无忧的日子里去。在那里，尽管已经离职，但无时无刻总有几个人会围在他身边的。秘书，保姆，司机，最不济，大院里的警卫员还是随叫随到的。但也只是一转念，安静的先生很快就平复了自己仓皇的心。请一个保姆吧？他和自己商量道。

在一家劳务市场，安静的先生找到了一位保姆。之前每一个被雇佣者都严格地盘问着安静的先生。老伯你一个人住吗？家里人呢？您身体有什么毛病？妇女们对于一个孤身的老头都很警惕，让安静的先生觉得自己反而像一个待价而沽的。只有这一位很沉默，连酬劳都没有自己的主见，于是就被安静的先生带了回来。她是位中年妇女，不像是乡下人，瘦得惊人，走在安静的先生身边，像一根嶙峋的拐棍。好在做起事来一点也不含糊。当天，她就置办齐了一套新的炊具，一个人将新买的煤气瓶很有气概地扛上了楼。晚上，安静的先生吃到了此行的第一顿家里饭。两个彼此陌生的人对坐在餐桌旁，就着一盏几乎吊在了鼻尖的五十瓦的灯泡。

日子就此按部就班了。安静的先生，这只越冬的候鸟，可以安心地蜗居在南方等待春天了。也的确是蜗居。对于这方胜迹如林的土地，安静的先生并无踏访的兴致。他不是来旅游的，就像上一次住在古镇同里，老先生的孙女就是当地的导游，他都没有因此遍游一番。安静的先生将自己置身异乡，不过是为了回到日常的安静，给自己以往亏欠了的岁月做些人间的补偿。在这个冬天，安静的先生沉浸在对于《白氏长庆集》的阅读里。

一个夜晚，有人敲响了房门。安静的先生已经睡下，听到保姆在外面压低了声音和人说话。他没有在意，以为是收水电费的物业人员。但是旋即保姆叩起他的门来。造访者是一位老年女士，一头银发像漂亮的丝缎。此人于昏暗的灯光下，看到从内室里出来的安静的先生，禁不住呜咽了一声，扶墙跌坐在客厅的一张椅子里。安静的先生莫名地打量着对方，直到对方站起来，颤抖着向他靠近时，才威严地咳了一声。这个奇怪的造访者显然很激动，以至于语无伦次。

"你回来了，你终于是回来了，"她说，"我在楼下看到了你家窗户上的灯光……"

安静的先生默默地告慰自己的心：安静，请你安静。他对造访者同样沉声说道：

"安静，请你安静。"

可是，让对方安静却并不容易。她反而抽泣起来，并且伸出双手，试图抓住安静的先生。安静的先生临危不乱，机敏地避开了那双抓过来的手。他后退一步，冷静地向对方指出：

"你认错人了！"

造访者短促地哽咽了一声，说："你好绝情哇！"

这里面有误会，这是毫无疑问的，但安静的先生一时间难以澄清。他看到那个保姆愣愣地站在一边，瞪大了眼睛狐疑地旁观着。

"扶她坐下！"安静的先生命令道。

保姆如梦方醒，从身后拖住了造访者，几乎是将她拦腰抱回了那张椅子。

"把所有的灯都打开。"

安静的先生继续吩咐。

房子里所有的灯都被打开了。造访者凝泪注视着安静的先生，渐渐地，目光散乱开。当她再一次起身靠近时，安静的先生没有回避，而是挺了挺腰，为的是让对方验明正身。造访者再一次猛烈地哽咽一声，转身跌跌撞撞地走了，就像来时一样的莫名其妙。安静的先生本来已经做好了询问与解释的准备，此刻望着洞开的大门，一下子如在梦中。

其后有一天，安静的先生不经意间在窗前眺望江面时，又一次看到了这位造访者。她茌弱地坐在一张水泥凳上，痴痴地凝望着他的窗口。安静的先生不由大吃一惊，那颗安静的心突然有些发虚和紧张，促使他迅速地闪回了身子。这一次，他忘记了约束自己的内心，躲在窗帘后，偷窥着楼下的女士。那天夜里这位造访者来去飘忽，没有给安静的先生留下审视的机会，但此刻，安静的先生躲在暗处，便有了认真端详的方便。她一头的银发，即使遥望过去，都能给人传递出一种别样的风度。看得出，年轻的时候，她一定很美。作如是想，安静的先生感到了一种莫名的快乐。一种尘世中频仍然而于他却是久违了的快乐。

此后安静的先生就常常看到这位老年女士了。她遥望着他的窗口，和身后的长江融为了一副凝固的画面。经过几次试探，安静的先生认为，她的视力是不济的，其实，纵然他大大方方地立于窗口，对于她，也大约是看不分明的。她看着的，只是一个方向，一个空洞的方向。就像守望着无尽的岁月。安静的先生不由要去猜想了。猜想她与这栋房子主人的故事。不用说，这种专属尘世的故事，许久已经不曾被安静的先生所关注。多年来，他的眼目都是投注在那些所谓的宏观事物之上。这人间的烟火，他已经如此隔膜。现在，一种探幽入微的猜测，渐渐唤醒了他内心某种直觉的能力，唤醒了他碰触世相的微妙警觉。

安静的先生试图在这栋房子里找到一些线索，譬如主人的旧照。但这栋房子就像一栋时下的样板房，看上去一应俱全，却唯独没有人的气息。在那架老式书柜里，安静的先生发现了一本黑壳的笔记簿。它一定很有年代了，款式是那种半个世纪以前的款式，壳面上压印着"为人民服务"，里面的字迹，多少都有些漫漶了。它的主人用一种奇崛的笔法在上面记录着自己的日记，第一页如是写道：

激情四溢者乘上了西去的列车，前方，新的生活等待着他。他的行囊是一只昂贵的皮箱，这是父亲特意为他买来的。一路上他小心翼翼地看护着自己的箱子，眼睛总是不由自主地要盯向行李架，看看它是否还在那里。每一次落实，他的心里都会吁一口气，对自己说：哎呀，它还在！就这样，他的心里既欢欣鼓舞，又战战兢兢，开始了人生的征途……

安静的先生被这样的叙述迷惑了，感到这个"激情四溢者"，就是当年自己的写照。安静的先生在这几天冷落了《白氏长庆集》，将目光贪婪地放在了这本笔记簿上。它记录了那个"激情四溢者"的大学生活：入学的兴奋转瞬即逝，接踵而来的，是爱情的忧伤，但那种忧伤尚未足够透彻，突然的饥馑却降临了。"激情四溢者"将自己的皮箱换了粮食，后来，居然和同学走进了火车站的候车室行乞……

安静的先生在阅读中逐渐丧失了安静。忧愁如此绵长，细密地裹缠着他的心。接下来这本日记会记录些什么呢？如果它写得下，那么，捶楚，刑求，一个时代的基本脉络也不外乎如此吧？安静的先生一度想走下楼去，和那位女士沟通一番。她也是从那个岁月走过来的人，安静的先生想和她谈一谈那个岁月，谈一谈那位"激情四溢者"。对于这位造访者的出现，安静的先生将其视为了某种玄秘的启示，她造访的不是这栋他人的房子，而是安静的先生苍茫的老年。他们在时光中不期而遇。这个想法令安静的先生心神不安，他像一个少年般的突然感到了些许的羞涩。安静的先生克制着自己，对自己的心温柔地说：安静，请你安静。他打算还是先读完这本日记再说吧。但"读完"这个念头，也倏忽令他犹疑。他在想，自己这样窥伺他人的隐私，是道德的吗？正在举棋不定，干扰却来了。

这天午后，他的房门被人擂得震天响。保姆打开门后，就惨叫了一声，回头疯了一样地跑进了内室。一条汉子紧随而至。安静的先生还没有反应过来，便看到这两个人在自己眼前撕扯起来。

"贱货！看你还躲！"

汉子薅住女人的脖领，就地便将女人悠了一圈。女人的手凌空虚舞着，奋力向汉子的脸上抓挠。几个回合下来，双方的脸上都弄出了血。安静的先生终于回过神来，大喝一声：

"住手！"

汉子这才注意到他的存在，一把扔了女人，回头瞪住安静的先生。

"好哇！"汉子咆哮道，"原来你跟这么个老东西姘居！"

言罢左右徘徊一下，还是把目标锁定在了女人身上，再一次扑将过去厮打。

女人嗷嗷叫着，披头散发地向外冲，房子里乒乒乓乓乱作一团。安静的先生不断向后退着，以免自己遭到冲撞。终于，女人挣脱了，一溜烟跑出了房子。汉子紧随其后，也追了出去。安静的先生犹如遭遇了一场飓风，心脏狂跳着一阵绞痛。他知道，此刻能安抚自己那颗心的，唯有药物了。他努力让自己在床上坐下来，动作缓慢地平躺下去，然后抖索着摸出了口袋里的速效救心丸。

有那么一刻，安静的先生想，自己不会把这条命扔在这栋无人问津的房子里吧？他直挺挺地躺着，很想给异国的儿子打一个电话。房门洞开着，冬天的风回旋着刮进来，不知道什么东西被吹得簌簌作响。他恍然发觉，其实这栋南方的房子，并不比他北方的家里温暖。那么，是什么让他如此漂泊？安静的先生闭上了眼睛，少有地怜惜起自己。然而事情并不算完，就在他正要沉沉睡去的时候，却再度被人吵醒了。一名年轻的警察，带着两名不穿警服的中年人，站在他的床前。

他们说了些什么，安静的先生根本没有听进去。当他们要求安静的先生跟他们走时，安静的先生咳了一声，指责道：

"你们进来应当敲门！"

几个人面面相觑了一番，年轻的警察皱着眉说：

"我们敲了，你没听到。而且，你的房门是开着的。"

他似乎有些权威，身后跟着的两个人应声给他帮腔。

安静的先生其实并不需要一个解释。他始终是恍惚着的。直到被一辆警车带进了派出所，他才约略知道了一些因果。那种多年来养成的通观全局的能力，让安静的先生在身心俱疲的时刻，依然抓得住问题的要害。总之，他被人告了，那位保姆的丈夫，说他拐带妇女。

现在，安静的先生面临着复杂的局面。他首先被检查了身份。身份证他倒是随身带着，但身份证后面他那个真实的身份，却足以引起轩然大波。其次，他需要说明，无亲无故，他这把年纪，为什么要跑到异乡来独居。在这一点上，他还有违法的嫌疑，喏，没有来派出所登记暂住证。盘问者的重点更在于：他是如何拐带妇女姘居的。

安静的先生再一次表现出了一个久经风浪者的风度。对于这些荒唐的问题，他气敛神肃，保持着庄重的沉默。他的身份证已经被拿去在网上比对了。他知道，一切行将结束。那个巨大的存在，将要把他迎接回去，让他连坐在派出所里的自由都宣告完结。是的，那位造访者与江面融为一体的画面完结了，将永远凝固在岁月里，所有尘世的故事，还未及展开，便告终了。此刻，令安静的先生迷茫的是：他该如何让他们明白，一只越冬的候鸟，是不需要办理暂住证的呢？

问不出什么名堂，年轻的警察将安静的先生一个人丢在了办公室里。窗户上焊着铁条。窗外雾蒙蒙的，望出去，隐约可以看到一座古典的楼阁。那应当是"琵琶亭"吧？

浔阳江头夜送客，枫叶荻花秋瑟瑟。主人下马客在船，举酒欲饮无管弦……

安静的先生不由得默背起香山居士的名诗来。但背到"夜深忽梦少年事"时，他却无论如何也想不起下句了。这个遗忘突然令他痛苦万分。时隔多年，他在这间派出所的办公室里，恍然想起，自己原来是一个学中文的啊！当年，他踌躇满志地离开了教职，哪里想得到会有这样的一天，那些古典的诗句将如此令他眷恋。安静，请你安静！安静的先生轻声慰藉着自己的心。当遥远的诗句重新在心里萦绕而出的一刻，他感到那种从未有过的、巨大的安静将他托举了起来。他觉得，像一只候鸟般的，自己终于长出了自由的羽翼。

龋齿

我感到了骨头的牙　咬住另一些阴天
紧紧地　不松口
从去年咬到今年

——沙戈《一年》

　　除了一双眼睛，他的脸基本上被白色遮盖住。无影灯下的白色
非常耀眼，有种趾高气扬的光芒。躺在那张古怪椅子上的她，很难
把这个男人和昨夜联系在一起，因此，她意识到，这个男人终究还
是一个陌生人。他们认识一年了。当时，她恰好刚刚离异一年。同
事把这个牙医介绍给她，他们用了一年的时间，走到了昨夜。她知
道自己并不年轻了，但依旧难以做到坦然。昨夜并不顺利，起码，
在她是有种隐含的抵御。牙医不能理解她的态度，也许还觉得那些
额外的摩擦有点多余。牙医吮吸她，她突然咝咝地吸起凉气来。她
无可遏制，那一瞬间，牙医的舌头纠缠而来时，有尖锐的痛，牵扯
了她的某根神经。整个过程伴随着她的吸气声。平静下来后的牙医

发现了她的异样。她冲进卫生间，拼命地漱口。牙医免不了产生误解，赤裸着趴在卫生间的门框上，禁不住责问她："有必要吗？"而她，显然也明白了牙医的不快，嘴里含着一口水，用手指盲目地示意。她在艰难地表达，仿佛急于澄清事实。而她要澄清的事实，无非是——她的某颗牙齿痛。可这有必要吗？当眼前的男人终于露出恍然大悟的样子时，她觉得有股无以复加的委屈淹没了自己。看着她的眼眶涌出泪水，牙医笑了。他果断地决定：第二天就给她解决这个问题！

所以此刻她躺在了这张古怪的椅子上。

来之前她有些犹豫。那个疼痛的根源，似乎已经模棱两可了。其实，昨夜的痛是否真的来自于一颗牙齿，她自己都不能完全确定。她指认着某颗牙齿，无非是需要把虚无的疼痛安放在一个确凿的位置上。是牙医，最终敲定了这个位置。昨夜，他打开了卫生间的浴霸，炽热的光照耀着她大张着的口腔。"张大些，再大些。"牙医用手卡住她的下颌。暴露的口腔，令她倍感羞辱。她觉得自己的疼痛迅速转移了，流窜到某个永远无法确认的部位。颌骨在隐隐作痛，发出细碎的咔嚓咔嚓声。"就是它了，一颗龋齿。"牙医卡着她悲伤的脸说。她怒不可遏地挣脱了自己的脸，长发掩盖了她瞬间的愤怒。牙医没有觉察出她情绪的变化。在这个女人的口腔里，他发现了一颗龋齿，这让他萌生出职业的优越感。这个女人一年来在他心目中所有的矜持于是都瓦解了。因此，牙医以高高在上的口气向她指出了一颗龋齿所能造成的危害：牙髓炎，关节炎，心骨膜炎，乃至慢性肾炎以及全身的其他疾病。"这种细菌性疾病……"牙医用近乎傲慢的口吻说。这种细菌性疾病——这样的句子令她难堪，仿佛一语中地定义了她的生活。同时，那最终波及全身的后果，也令她不寒而栗。那时她的心理几乎崩溃了，不明白自己为何这样，赤身裸体，待在一个陌生男人的家里，被检测，并且被诋毁，生活中所有纠结着的哀伤，都凝聚在那颗糟糕的龋齿上。

今天早晨，他们在牙医家门前分手。她钻进出租车里，牙医趴在车窗外，敲打着车窗玻璃，叮咛她准时来医院就诊。她茫然地点了头。然后她赶到了学校，她是一名小学教师。在校门口，她遇到了送儿子来上学的前夫。前夫匆匆向她打了声招呼，一瞬间，那种无以复加的委屈又淹没了她。这种细菌性疾病——她想起了牙医的这句术语。目送着前夫踌躇满志的背影，她怨怼地认为，这个人就是"这种细菌性疾病"的病灶，虽然如今已离她而去，却给她的生活留下了一颗巨大的龋齿。

儿子由前夫抚养，上三年级，正是顽皮的时候，中午和她一同在学校吃饭，该午睡的时候，却吵着要出去买雪糕。她神经质地烦躁起来。"雪糕会弄坏你的牙齿！"她恶狠狠地说，并且伸手卡住儿子的胖脸，把儿子的嘴掰开，检查起儿子的牙齿。儿子粉嫩的口腔令她茫然，她分辨不出那些牙齿的优劣，只是感到失措的慌乱。直到儿子大吼着哭起来，她才落寞地释放了儿子。

怀着这样的情绪，她完成了一天的工作。一共是四节课，却让她有筋疲力尽之感。放学的时候，前夫并没有来接儿子，他的母亲，她曾经的婆婆，一脸冷漠地从她的手里接走了孙子。儿子向她告别，走出很远了，突然回过头朝她龇牙咧嘴地做了个鬼脸——他在炫耀自己的牙。她也想回敬儿子一下，但嘴角牵动了一下，终究只是露出了一丝苦笑。这时她已经忘记了和牙医的约定。她独自走在回家的路上，昨夜的效应此刻显露出来。她感到了身体的异样，毕竟，她是个离异了一年的女人。她在路边的橱窗里看到了自己，发现自己的衣服折皱很多。这让她一阵不安，仿佛暴露了巨大的破绽。她隐约记起了昨夜那个牙医凶猛的进攻以及自己本能的抵抗。她觉得自己的呼吸有些短促，并且有些轻微的耳鸣。她凝视橱窗里的自己，依稀看到一个熟悉的身影一闪而过。她回头张望，看到前夫正捧着一束明媚的黄玫瑰站在马路边仓皇四顾。恰在这时手机响起来。起初她并没有听出对方的声音，直到那个人理直气壮地要求她，她才恍然大悟。"来治牙！"牙医斩钉截铁地说。

身下的这张椅子令她不安，她很容易就把它和记忆中的损害联系在一起。她曾经躺在类似的椅子上，张开双腿，根除掉自己的第一个孩子。那时，她刚结婚不久，怀上了第一个孩子，但却被诊断出了心脏病。医生说她并不适于生育，那样很危险。于是只有打掉。她躺在妇科诊室，和现在一样，同样需要暴露自己隐秘的洞穴，扩张，照射，将身体无望地呈现着。她身下的那张椅子，高大，冰冷，可以升降，唯一不同的是，有两根支架，用来恶毒地举起她的双腿。这唯一的不同并不能把它和眼下的这张椅子区别开，它们的本质是相同的，强硬，不由分说，充满了机械与医学的暴力，能够迅速剥夺人的尊严。她觉得自己被这张椅子绑架了，被无形地勒索着。

被白色包裹的牙医与昨夜判若两人，甚至他的声音也在口罩后面发生了改变："张嘴，别紧张。"——有股椅子的味儿。可是她反而更紧张了，双手不由自主地攥紧了椅子的扶手。她的手指苍白、修长，指甲里残留着白色的粉笔末，右手中指的关节上还有一团批改作业时遗留下的红色墨水。牙医观察到了她的紧张，有些正中下怀的愉快，随即做出了令她吃惊的举动。他捧起了她的手，放在掌心，温柔地拍了拍。她感到突兀，心脏一阵抽搐。她似乎厌恶牙医的这个举动，但却用力地握住了对方的手。牙医在口罩后满意地笑了，发出被遮蔽的咯咯声。仿佛得到了许可，他终于肆无忌惮地探究起她来。她觉得，牙医的脑袋几乎完全扎进了自己的口腔。"很糟糕，嗯，很糟糕……"牙医的声音瓮声瓮气地回响在她的口腔里。

他开始使用工具了，口镜，探针。一阵难以言传的酸痛被这些工具激活，猖獗地蹦跳在她的神经上，然后直抵心脏。她不禁发出了呻吟般的呜咽。牙医却因此变得兴味盎然，饶有兴致地越发捣鼓起来。她的口腔里有一个焦点，仿佛是她神经中枢的神秘按钮，一经碰触，就能令她彻底崩塌。牙医持续地敲打这致命的地方，浅尝辄止，锲而不舍。他似乎是在考验着她能忍受多久，也似乎是在检验着自己能坚持多久。

她流泪了，完全是生理性的。每一下敲打都令她痉挛，大张着的嘴呜噜出含糊不清的声音。她突然有了某种不可名状的兴奋，有种恶毒的摒弃一切的亢奋情绪风暴般地席卷了全身。她痛恨，同时也渴望这种施虐般的折磨。她认为生活对于她，就是一个反复施虐的过程。起初是心脏病，莫名其妙地选中了她，她因此被扔在了妇科诊室的椅子上，不得不掏空自己的子宫；她并不甘心，吃了三年的药，把自己弄成了一个浑身散发着苦涩的女人，然后，冒着生命危险生下了一个健康的儿子。她精心将儿子喂养到小学三年级，却被前夫带离了身边，为此她和前夫经历了艰苦的诉讼，但最终的判决依然是——剥夺；她并不是一个前卫的女人，除了前夫，她在昨夜之前没有和任何男人共宿过，她的道德观排斥婚姻之外的床笫之欢，但是她终究被生活强硬地改造了……一切都仿佛丧失殆尽，活着的态度，与生俱来的荣辱观，都呈现出一片狼藉。现在又是龋齿！"这种细菌性疾病"再一次将她扔在了毫无尊严的境地，被窥视，被玩味，被不由分说地侵犯。

牙医终于放弃了他游戏般的诊断。现在，他决定填充那颗牙齿上的龋洞，仿佛是要给她身体的漏洞打上一个补丁。但她却断然拒绝了，粗暴地说："拔掉！"她是脱口而出的，不假思索。"拔掉？"牙医再一次捉住了她的手。但是她的手挥起来，坚决地说："拔掉！"

"嗯，没有炎症，可以拔——也好，一劳永逸。"牙医执着地捕捉着她扬在空中的手，抓住，握紧，迎合着她。不错，一劳永逸，这正是她此刻的想法。

她被注射了麻药。注射前，牙医询问了她的病史，她隐瞒了自己的心脏病。她并不是有意要隐瞒，她只是感到厌倦，她不愿把自己描述得千疮百孔。麻药让她的知觉空旷。她感到口腔沉重，像是塞进了一颗铅球，仿佛有一个粗鲁的大汉，在她的嘴里伐木。她隐约觉得自己的骨头被撼动了，身体的一部分被连根拔起。

那颗龋齿终于出现在她眼前，带着一缕血丝，当啷一声，掉在一只金属托盘里。看着这颗脱离了自己的牙齿，咬着一团纱布的她，心情在刹那间抑郁起来。"要吗？"牙医的声音仿佛无限遥远。她明白他指的是什么，费力地表示出了她要。于是，拔掉的龋齿连同进入过她口腔的那些器械，被装进了一次性的盒子里。"这只盒子你带走，下次复诊时带上。"牙医突然变得有些冷漠了，恰如一个男人房事后惯常的那样不耐烦，也许是拔牙的过程让他回到了自己的职业角色中。他机械地叮嘱了她一些注意事项：不要做激烈的运动，勿高声谈笑，不要用舌头舔创口，两小时后方可进食，等等，总之，一切都需要暂时地改变，一切都乱了。她依旧躺在那张古怪的椅子里，发现自己已经被汗水浸透，身体像经历了一场肮脏的战争那样无力自拔，所有的洞穴都麻木并且凌乱。牙医还说了一些话，但她完全听不清楚了，耳朵里一片蜂鸣。她的脸色灰白，表情涣散，眼角的细纹在无影灯下浮现出来，似乎还在蛇游着蔓延，这令她的脸看起来仿佛正在不可逆转地龟裂。她可是真的并不年轻啦！牙医在内心感叹着。两人之间特殊的关系，使牙医忽略了眼前这个女病人的异样。

后来，她捧着那只一次性盒子离开了诊室。牙医追出来，塞给她一样东西。那样东西藏在一只装药片的袋子里，因此她很自然地将它当作了药片。她很疲惫，有些迟钝，连礼貌性的告别都没有，就迅速走出了医院。她是走得有些急了，仿佛要立刻摆脱什么。但是她全身一点力气也没有，一阵快步后，她只得在医院门前蹲了下来。

此刻已经是黄昏了，天边有一团乌云遮住了夕阳。

她蹲在路边，头垂在怀里，觉得自己像一块被压缩在罐头里的肉。她知道自己的姿势很不雅观，平时她非常讨厌蹲姿，但现在她身心交瘁，心脏的压力迫使她放弃掉内心的好恶。她蹲在那里，很委顿，很哀伤。稍微缓过些劲儿，她就顽固地站了起来。一阵头晕目眩，她觉得世界有一瞬间是颠倒着的。此刻她愣了一下，以为自己产生了幻觉，因为她在窒息中又一次看到了前夫的背影。那个熟悉的背影和全世界一同倒立着，在她眼里旋转了一圈，才脚踏实地了，但是依然在左右晃动，世界宛如波涛荡漾的海面。

果然是前夫。她略感惊讶，今天实在是蹊跷，他们居然第二次不期而遇。正当她恍惚的时候，前夫恰好回头了，一眼就看到她。他们距离并不远，也就十来步的样子，但彼此的眼神却仿佛是无尽的眺望。很显然，前夫有些尴尬，他在犹豫，是不是该过来打个招呼。她却异常平静，她的注意力完全集中在前夫胸前的那捧玫瑰上了。那一团很大的黄色，完全充斥在她的视觉里。她想，他就这样捧着这些花在街上乱转吗？他不是这样的人啊，以前鲜花是会令他害羞的，他是一个耻于把自己和华丽联系在一起的男人。她嘴里紧咬着的那团纱布，已经被唾液浸透了，药水的气味混合着血腥，辛辣无比，呛得她咳嗽起来。前夫终于走了过来，不过抢先到达的还是那捧黄玫瑰。他说："很巧啊？"她不知道怎么回答他，拿不定主意是否该告诉他自己刚刚拔了一颗牙齿，她有这样的愿望，甚至还很迫切。但是她欲言又止。

这时一个年轻女人从她身后冲了上来，几乎是蛮横地插在了他们之间。于是，前夫胸前的那捧花转移到了这个女人的怀里。她立刻就明白了眼前的局面，手捧鲜花的前夫，是在等这个女人。女人对前夫热烈地说着话，不经意地一回头，就让她感到了自卑。她觉得这个女人真年轻啊，完全还是个孩子，你看看，她还穿着那种有卡通图案的裤子！可是这和自己又有什么关系呢？但是她却没来由地火了，隔着年轻女人，突然厉声向前夫吼道："你还有一点责任心没有？你就是这样带儿子的吗？你把他一个人扔在家里，你也做得出……"她的情绪不可自控，麻木的口腔让她发出的每一个字都显得像石头一样浑浊有力，她觉得快要上不来气了，只能一边吼一边用力呼吸，结果，那团浸着血的纱布从嘴里飞了出来，居然飞过年轻女人的肩头，跌落在那捧玫瑰花里。年轻女人惊叫了一声，这令她无地自容，同时也加剧了她的冲动。她继续激烈地斥责："你知道儿子的功课已经有多糟糕了吗？你现在应当待在他身边，那才是你正确的地方！你不愿为他负责，为什么当初要抢走他？"前夫的脸憋出了紫色，他不能理解她此刻的态度，他从未见到过她如此暴怒的样子，即使在他们关系最恶劣的时候，她也没有这样威风凛凛过。

手捧鲜花的女人吓坏了，试图拉着前夫离开，但刚一抬脚，就被她凶狠地阻挡住。她拦在他们面前，咄咄逼人地迫近年轻女人的脸，当她们近距离对视的一瞬间，她被年轻女人眼里那种不易觉察的轻蔑给激怒了——她轻蔑什么？她懂什么？一个穿着卡通图案裤子的小孩！她将自己所有的愤恨都归咎于这个年轻的女人。虽然残存的理智告诉她，自己并没有任何权力，但是这又如何？即使对方真的无辜，此刻她也需要将自己的愤怒有所针对地倾泻出来。有那么一刻，她似乎平静了下来。其实她是在酝酿。她酝酿着的，是一口含着血的唾沫。她觉得自己的口腔里有一个源泉，那是她身体里的洞，所有的一切都从那里汩汩流出。当她觉得这口唾沫已足够充沛的时候，她对准年轻女人的脸吐了出去。但她没有勇气去看自己这口唾沫达到的效果。她在一瞬间吐空了自己，明白自己做了不可思议的野蛮的事情。她拔脚欲走，刚刚转身，却瘫软在地。她觉得自己的胸腔有种紧缩感，随即一种压榨性的疼痛贯穿了她的肺腑。她清醒地意识到，自己的心脏病突发了。虽然她在很久以前就已经被诊断出了这种疾病，但从来都没有发作过，疾病始终只是张着隐形的翅膀威胁和恐吓着她，让她活在阴影里，时隔多年，今天，它终于降临了。她甚至有种千回百转的感慨，禁不住泪流满面。

她发现自己的四周迅速聚拢了一群人。最早贴近她的，是一个老年男人，年纪很大，几乎可以做她的父亲了，还穿着那种竖格条纹的病号服，看来是医院的病人。老头将她的身体搬成侧卧的姿势，用自己的腿担在她的脖子上，以与实际年龄不符的洪亮嗓门大声对围观的人宣布："我要给她急救。"然后，居然伸手去松她的腰带。她的意识正在逐渐丧失，那只扯在自己腰带上的手却令她骤然复苏了。她神奇地坐直了身子，令她欣慰的是，此刻前夫向她伸出了援手。他从身后抱住了她，双手插在她的腋下，协助她站了起来。那个老头立刻大声疾呼道："你这样做会要她命的！她必须就地躺着！"老头是在警告前夫。尽管她知道老头言之有理，指出的是一个重要的常识，但却非常反感老头的态度。因为当前夫的手插在她腋下的一刹那，她感到了汹涌的伤心，可是她多么渴望这样的有所依托的伤心。所以她反感老头的干涉，仿佛对方是要驱散自己的希望。她配合着前夫，努力站稳身子，怀着一种优胜者的近乎炫耀的情绪，向围观者表达了自己的立场。她要表达的立场是——他们，她，还有前夫，他们是一个共同体。

一切宛如奇迹。在前夫的搀扶下，她居然缓步向医院里走去。好事者尾随着他们；那个老头兴奋地大张着嘴，喋喋不休地说："看着吧看着吧，她就要死了！她走不了几步啦……"他甚至大声数着她的步子；还有，那个年轻女人，收拾起所有委屈，脸上挂着残留的血沫，手捧着黄色的玫瑰，顺从地跟在身后——她都有些怜惜起这个年轻女人了。以她为中心，一支队伍形成了。在她的意识里，这支队伍有种隐隐的庄重之感，仿佛浩浩荡荡，如同一场肃穆的仪式。她被自己感动了。她觉得自己是用生命为代价进行着一场跋涉，好像童话里的人鱼，每一步，都走在刀刃上。她已经感觉不到心脏的压力，某种玄秘的力量替代了心脏，支撑着她的肉体。她动情地将头依靠在前夫的肩上，那一刻，她觉得原谅了生命中的一切，非常甜蜜。

眼前出现了医生。她有片刻的迷惘，任由医生们把她放在了一张推车上。但是她很快惊醒，急迫地去寻找前夫，当她终于发觉自己已经无法支配自己的身体时，那种巨大的无可转圜的残酷的无能为力，铺天盖地而来。

四周都是忙碌的白影，有人在往她的舌下塞药片。她依稀看到了前夫，很模糊，像是映在橱窗里的影子，她看到，有一团朦胧的黄色依偎在前夫的怀里，前夫在抚慰着那团黄色，她都能想象出前夫的神态了，一定是一脸的小心，低声下气。想到这儿，她甚至想笑了，恍惚着在心里嘀咕："这下，你可是有了大麻烦了……"

依然是除了一双眼睛，他的脸基本上被白色遮盖住。无影灯下的白色非常耀眼，有种趾高气扬的光芒。

看到她苏醒过来，牙医如释重负地捂住自己的脸。

事实是，她连那张古怪的椅子都没有下来，就直接昏厥了过去。

心脏病发作得令人措手不及，几乎没有任何先兆，而且，当时牙医完全沉溺在某种违背医学原则的兴致勃勃中，根本没有注意到她的变化。当那颗龋齿刚刚脱离她的牙槽，她就不省人事了。

牙医被吓坏了，对于自己的轻率追悔莫及，他明白一场致人死亡的事故意味着什么。她被送进了抢救室。整个抢救过程牙医都守在旁边，因此，牙医在忐忑地祈祷之余，也目睹了一个最奇怪的昏迷者所表现出的症状。她面色苍白，嘴唇发紫，仿佛化了浓艳、奇异的戏妆，而且，丧失了意识的她，居然有着丰富多彩的夸张表情，时而哀伤，时而喜悦，有那么一刻，她还绽露出和煦的微笑。这一切，都令她宛如一个正在表演的演员，而她头顶的无影灯，也恰如舞台上孤独的灯光。其他医生无暇他顾，只有袖手旁观的牙医捕捉到了她的每一个表情。牙医不能理解她的表现，他的医学知识不足以为他解释这其中的奥秘。牙医把这一切当作自己的幻觉了，他想自己一定是被恐惧搞晕头了。

她苏醒过来，仿佛穿越了一条无尽的隧道。这是一条环形的隧道，光滑，紧迫，却又布满粗粝的阻碍，如同母亲的产道，从生到死，周而复始，终点即是起点。她的意识顺畅地与昏迷之前的记忆对接起来，她明白自己经历和臆造了什么，她的心脏一度停止了跳动，在那条死亡的通道上她洞见了自己内心所有的秘密。她的确是被掏空了，就像在谵妄中奋力吐出那口血水、向整个世界唾弃一样，此刻，她变得空空如也。

她继续留在医院里治疗。第二天，她的同事来看她。这个同事正是她和牙医的介绍人。她一眼就看出了这里面的原因，她知道，牙医把同事叫来，是基于一种怎样的逻辑——喏，看看你给我介绍的人吧！这也正是牙医的想法。牙医很愤懑，他不能原谅，自己结识的这个女人居然有严重的心脏病，他本来是很认真的！他觉得自己被欺骗了，有种蒙受损失后的追究心理。同事带来了一束花，令她吃惊的是，那居然是一束黄玫瑰。由于受到了牙医的埋怨，同事的情绪有些低落，只是简单地慰问了她几句，就匆匆告辞了。临走前，同事对她说起了她的儿子："你儿子今天没来上学，你通知他们了吗？"她知道，同事所说的"他们"，是包含着她的前夫的。在这座城市，除了"他们"，她再也没有其他的亲人了，如今她出了事情，在所有人看来，最应当被通知的，就是——他们。一念及此，她本来空空如也的心立刻灌满了悲伤。她始终一言不发，像一个真正的病人那样虚弱。

同事走后，牙医来到了她的身边。他依然把自己包裹在白色后面，他这样的装扮，令她根本想不起他真实的面貌了。他很专业地翻了翻她的眼皮，又将手指搭在她脖子的动脉上测了测，俨然一副主治医生的派头，尽管，他只是一名牙医。接着牙医又看了看液体瓶上贴着的配方，然后，他将一只药片袋子塞在她枕边。那里面放着的，是一件礼物吧，也许是一枚宝石戒指。牙医决定用这枚戒指结束他们一年来的交往。结果是，这只袋子和她昏迷中经历的某个细节重叠了，她不由得一阵心悸，有种梦魇走进现实的惊惧。同时，这也令她想起了一件重要的事情。"它呢？"她说出了苏醒后的第一句话。"什么？"牙医疑惑不解，而且，他也没有足够的耐心去搞明白。"我的牙，我的——龋齿。"她严肃地说。"牙？"牙医愣了片刻才回过神来，他有些恼火，仿佛听到的是一个不可理喻的问题，所以他没好气地质问道："你还要它干什么？不过是一颗龋齿！"她深深地吸了口气，这一刻，她才充分感觉到了自己口腔里缺失了某样东西，当她开口的时候，那个豁口仿佛刮过了一阵风。她在这阵风的伴随下，空空荡荡地说：

"它是我的牙，是我身体的一部分，尽管，它是一颗龋齿。"

夏蜂

　　一场暴雨后，屋檐上像长蘑菇一般长出了硕大的蜂巢。家中的老人试图将之捅掉，结果不出所料地没有得逞。也许只能听凭黄蜂肆虐，在长日无尽的盛夏里将屋顶啃光了。在这种令人无力的想象中，母亲终于答应带着男孩去省城。

　　出门坐了两个多小时的车，母子俩先到了县里。在县里的客车站，母亲让儿子等在原地，自己去买开往省城的车票。烈日炎炎，天上一片云也没有。男孩局促地站在停车场明晃晃的空地上，感到两个脚底板在融化。目送母亲离开的背影，男孩发现，这么热的天，母亲却穿着一条很厚的深色裤子。没准是父亲的？男孩惊讶地猜测，不明白自己为何此刻才发现了这一点。也许出门时他太兴奋了，根本无视母亲的穿戴；也许身边经过的那些女人，她们光着的大腿，让男孩比照出了母亲的古怪。

　　烈日下的一切都是亮的，母亲穿着厚裤子的背影却是暗的。母亲像一条鱼湮没在一片光明中。后来她又破水而出，在浮动的热气中袅袅现身。太亮的地方，人的轮廓反而是虚的。男孩觉得母亲走来的身影总是离自己遥不可及。她似乎永远都走不到他眼前了，虚虚地蠕动在光影里，突然弯下腰不动了。随后她蹲了下去。男孩知道，母亲又呕吐了。

男孩走过去，无助地站在母亲身旁。母亲吐出来的不过是一小摊水，微不足道，里面有几片芹菜叶。那摊水在炽热的阳光下迅速消失，似乎还嗞嗞作响。出门前他们用一只大可乐瓶灌满了浆水，在来县里的长途汽车上，母亲不停地大口喝着。浆水是母亲自己用芹菜沤的，灌进可乐瓶后，她还加了白糖。现在这只可乐瓶拎在男孩手里，里面的浆水泛着气泡，余下小半瓶。男孩笃定地认为，自己手里的浆水，对于正在呕吐的母亲不啻为一剂药。这些日子以来，母亲频繁呕吐，呕吐后，便大口大口地灌浆水。

男孩将可乐瓶递给母亲。母亲伸出手，却一把抓住了儿子的手腕。她因此借了些力，艰难地站起来。但男孩觉得母亲就像一个落水的人，不过是抓住了一根稻草，然后自以为得救了。母亲向儿子勉强地笑一笑。她的笑凝固在脸上，失去了勉强着收回去的力气。母亲牵着男孩的手，手心冰冷。酷热的世界在母子俩握着的掌心里形成了一块汗津津的水涡。

"你不喝点儿浆水吗？"男孩提醒母亲。

母亲恍然大悟地接过可乐瓶，就着瓶口灌下一口浆水。那个笑一直板结在母亲脸上，这让她看起来都不大像她了。她把可乐瓶还给儿子，像是偷喝了别人家的浆水一样神色忸怩。

母亲牵着儿子，儿子拎着可乐瓶，母子俩在停车场里寻找开往省城的客车。县城的客车站男孩来过，每次都是下了车就出站离开，从未有过逗留。因此他从未发觉这里宛如一座迷宫。一排排汽车在烈日下反射着刺眼的光。世界仿佛被钢化了，而且还电镀了一遍，却又被暑气蒸腾得动荡不安，人的每一口喘息都能令空气随之微微摇颤。男孩原本以为母亲会轻车熟路，牵着自己，轻易地找到那辆开往省城的客车。但是母亲比儿子更加迷惘，东张西望，犹疑不定。男孩不禁怀疑，母亲从前一次次离家去往省城，是否都是真实的经历呢？

梭巡了一圈后，母亲沮丧地停下，鼓起勇气向人打问。对方是一个油光锃亮的男人，额头上的汗光可鉴人。

母亲从裤兜里掏摸出车票，向这个男人问道："去省城坐哪辆车？"她的口气不像是一个问路的人，这让她显得有些唐突和没礼貌。好在那个笑依然歪打正着地僵在她脸上。

男人看看母亲，看看票，看看男孩，看看男孩手里的可乐瓶，一摆头说："跟我走。"

母子俩跟在男人身后找到了目标。司机站在车下检票，一行三人令司机侧目。这不怪司机，连男孩也觉得将他们三个人视为一家，是件令人难以置信的事。客车里凉爽至极，爬上去后宛如换了人间，男孩身上的毛孔立刻都张开了。每排座椅可以坐进三个人，男孩和母亲落座后，那个男人，母子俩的引路者，理所当然地和他们并排坐在了一起。

母亲靠在窗边，男人隔着男孩向母亲搭讪："妹子，你们是哪里人？"

母亲侧脸望着窗外，置若罔闻。

"我们是陈庄人。"男孩嗫嚅着替母亲回答。

"陈庄啊，那是出美女的地方！"男人满意地笑起来，好像果然不出他的所料，"去省城玩吗？"

母亲依然不置一词。男孩尴尬地看男人一眼，只好垂下头去。本来这次出行，对他而言的确是一次玩耍，但这一刻，他对自己的目的没有了把握。

得不到回答，男人并不甘心，再次追问道："究竟去做什么嘛？"

男孩有些紧张，认为还是应该给出一个答案，只好向母亲求证。

"妈，我们去省城做什么？"男孩碰了碰母亲的胳膊。

母亲转过头，木讷地看着儿子。那个面具一般的笑顽固地罩在她脸上。母亲不知所以的样子让男孩觉得丢人。

"我们去省城做什么？"男孩轻声嘀咕，头垂下去不再看母亲。

母亲居然迟钝地重复了一遍儿子的问题："我们去省城做什么？"

"干吗问我？"男孩恼了，向母亲低声埋怨："你自己不知道吗？"

"哦，你不是要去玩嘛。"母亲喃喃地说。

男孩觉得乱套了，这并不是事实。不是因为他要玩，母子俩便有了这趟行程，而是母亲要去省城，男孩才提出了要跟着去玩。玩，并不是此行的目的，起码不全是，它只是一个顺带着的要求。以前母亲去省城，目的都很明确——她是去给城里人做保姆。一个月前母亲回来了，表示再也不会离家打工。爷爷对母亲的选择颇感欣慰。爷爷老了，捅不掉屋檐的蜂窝也养不动孙子了。所以今天早晨男孩央求着要和母亲一同上路，得到了爷爷的支持。被黄蜂蜇伤的老人可能觉得，即便母亲会一去不返留在省城，只要男孩也随着去了，他就不会再有"养不动"孙子的烦恼。母亲此行，到底要做什么？这个问题倏忽变得尖锐，变得令男孩坐卧不宁。但男孩可以确定，母亲不会是去玩。他认为那不可能。母亲吐了半个月，随时令人猝不及防地弓下腰吐天哇地。她这副样子，是不会有玩兴的。

男孩怀抱着那只可乐瓶，开始在心里杜撰一个答案。这个答案渐渐成形，后来他几乎要忍不住大声对身边的男人宣布：我们去省城找消灭黄蜂的办法！

车子启动后很快驶上了高速公路。世界在摇曳，笔直的路面泛着白灼的光。

男孩从没见过高速公路——尽管他的父亲常年在南方打工，据说就是在修着这样的路。这样的路太平坦、单调了，如今亲身体验，让男孩觉得车子像是悬浮在虚空的水面上那样不真实。连带着，男孩觉得父亲在远方所从事的劳务都像是一个谎言了。

母亲一直望向窗外。身边的男人好像睡着了。男孩夹在中间，感到无所适从。他焦灼地等待着某个时刻。那个时刻果然如期而至——母亲毫无先兆地剧烈发作起来，双手徒劳地推着车窗玻璃，像一只装在罐头瓶中盲目振翅的、狂乱的蛾子。然而车窗是密闭的，母亲无法打开。于是，她只能将自己的胃液喷射在自己的怀里。邻座的人厌恶地掩鼻，身边的男人也被惊醒。男孩只有把头埋得更深，默默地将怀里的可乐瓶塞给母亲。

母亲大口地灌着那救命的浆水。她在家里呕吐时躲躲闪闪，只在儿子面前吐得肆无忌惮。可男孩并没有觉得这是一件天大的事。此刻，他们像滑行在冰面上一样行驶在高速公路上，他们坐在一辆别有洞天的过分凉爽的汽车里，母亲的呕吐一下子显得这么不合宜。男孩将头抵在前排的椅背上，无地自容，觉得冒犯了整个世界，同时也为母亲担忧起来。

"晕车了这是。"身边的男人咕哝着，站起来，向着车后的空座走去。

母亲平静下来。她胸襟上的黏液散发出浆水馊掉后的酸味儿。

抵达省城已经是午后了。烈日当空，弥天盈地，正是最嚣张的时刻。男孩的双脚站在了省城的地面上，却并无格外的欣喜。从凉爽的车厢里下来，男孩感觉不过是迎面被热浪劈头盖脸地猛揍了一通。脚底板依然像是要被融化掉，他无视眼前林立的高楼，从未有过的兴味索然。此刻，那个玩的念头已经被动摇，男孩也就没有了天经地义喜悦的理由。

母亲拽着男孩去了车站的卫生间。男孩以为母亲要解手,不想母亲却脱下了衣服,只穿着贴身的背心,就着卫生间里的笼头揉搓起衣襟上的秽物。那个油光锃亮的男人尾随着他们。他钻进了男厕,提着拉链出来后凑在水池边冲手。男人一边冲手,一边斜觑着母亲。

"陈庄出美女啊!"男人十拿九稳地说。得不到母亲的回应,他甩着湿淋淋的手走开。经过男孩身边时,男人向男孩挤挤眼睛,"我知道了,我想了一下才想通了,"男人得意地宣布,"那个娘们是怀孕了!"

男人的口气好像男孩跟他是一伙的,而男孩的母亲,不过是一个"陌生娘们"。男孩十分憎恶这个男人,意识到自己的这趟省城之行,已经完全被这个家伙不依不饶的盘问和自以为是的指认给毁掉了。男孩怔忪着,也像是看着一个陌生人一般地看着母亲的背影。母亲回头看了一眼,抬胳膊蹭蹭额头的汗,露出蓬勃的腋毛。她的脸色煞白,依然挂着乖张的笑。从这一刻起,男孩接受了母亲的面容可能将要永远这样笑下去的事实。

洗净的衣服被母亲拎在手里。母子俩重新走进赤日下。在车站的广场前,母亲将衣服抖开,像一面旗帜似的迎着太阳招展。男孩出现了幻觉,他觉得自己看到了这件湿衣服在赤日下有声有色地蒸腾着水汽,水汽四散奔逃,只一瞬间就融化在空气里。而怀抱一只可乐瓶的男孩,也只在一瞬间,就随之被炙烤得蔫头耷脑。男孩想这下好了,母亲不会再呕吐了,她身体里的水分肯定也被晒干了。如果母亲还要吐,吐出来的怕只会是她的胃了。

穿回衣服的母亲貌似振作了一些。男孩饿了,却一点儿也没有食欲。出门前他因为兴奋而毫无食欲,现在他因为兴奋的烟消云散而毫无食欲。男孩觉得自己身上隐秘的渴望,一切积极的、贪婪的情绪，都像那件衣服上的水汽一样，冒着烟，被蒸腾进了省城的酷热中。

"你要喝水吗？"母亲问儿子。

男孩并不看母亲，因为他不想看母亲脸上的笑。母亲就像一个陌生娘们，不再是男孩所熟悉的那个母亲。她不需要儿子的回答，自顾在冷饮摊买了瓶饮料。饮料是冰冻的，喝下一口后，男孩觉得自己缓过了一口气来。

"你要喝浆水吗？"男孩问母亲。

那只大可乐瓶里的浆水已经所剩无几。母亲摇摇头，让儿子把它扔掉。不知出于怎样的动机，男孩却执拗地坚持把它拎在手里。

母子俩乘上了一辆公交车。车上的人不少，但母亲身上的酸味使他们免受拥挤之苦。乘客自觉地错开母子俩，像避开两罐气味浓郁的浆水。乘车现在对于男孩是件费神的事。他觉得他们今天可能就要这样永无止境地换乘一辆又一辆的汽车，直到日落西山，直到黑夜来临。这个想法令男孩疲惫。

好在这趟车坐得短暂，母子俩在一条小街下了车。下车后母亲走在男孩的前面，街边的树荫剪碎了母亲摇摇晃晃的背影。看得出，母亲满腹心事。

"妈，我们要去哪里？"男孩在身后向母亲发问。

他难免要为自己未知的前途而忐忑。出门的时候，这并不是一个问题，因为男孩知道，他们要去省城。而现在，母子俩已经走在省城的一条小街上，于是男孩迫切地想知道，下一步，他们将去向何方。此刻，玩，已经确凿地不在他的盼望里了，仿佛他此行的目的，只是为了搞清楚自己要去往哪里。母亲并不回答儿子。即使浓荫匝地，街道也像是被无形地粘在一起。男孩觉得自己眼前的一切都离地半尺，悬浮着，被热浪暗自托举了起来。

一个赤裸着上身的男人骑着摩托车从他们身边轰然驶过，下坠的肥肉像水囊一样甩着。这一幕突然让男孩气愤不已。

"你怀孕了吗？"男孩向着远去的摩托车手喊叫。

母亲买给他的那瓶饮料已经喝完，男孩将空瓶狠狠地投掷出去。瓶子划出轻飘飘的抛物线，似乎在空中遇到了超乎寻常的阻力，它几乎像是要恒定地悬浮在空气中了。世界折叠了起来，就像一块巨大的水面陡立而起。

母亲停下步子，回过头苦恼地看着儿子。可是男孩不想看母亲的苦恼挤在一张笑脸里。他埋头从母亲身边走过去，手中甩动的可乐瓶撞在母亲的大腿上。

母亲碎步赶上，"好吧，"她好像下了一个决心，"我告诉你，我们要去丁先生家。"

丁先生男孩知道，那是母亲在省城做保姆时的东家。

"去丁先生家做什么？"男孩问。

"大人的事，你不要问这么多。"不出所料，母亲就是这样回答的。但母亲回答得并不是那么不由分说，她用商量的口气跟儿子说："你会替妈保密的，是不是？"

"可是我都不知道你有什么秘密，我怎么为你保密？"

"你不要再问了！总之回去后什么都不要讲出去！"母亲焦躁地将儿子甩在了身后。

男孩尾随着母亲，渐渐在心情上假装不是前面这个女人的儿子，而是一个不相干的别的什么人。这种假想出的疏离感，让他觉得有趣了些。

小街的一侧出现了大块的草坪，路边的围墙变成了爬满藤蔓的铁栅栏。母亲始终不再回头，带着儿子来到了一座小区前。小区有着喷泉的大门口站着一个穿制服的保安，里面的车子出来时，此人很有威仪地用手里捏着的按钮升起挡在车道上的栏杆。他看到了母亲，正正衣冠，在阳光下堆起一脸碎银般的笑。

"回来啦？我就说你还得回来！城里的饭吃惯了，就没有人还吃得进乡下的饭了！"保安嘴里说着，不忘举手向驶过的车子敬礼。

"我一会儿就走，我不会回来了。"母亲急切地纠正道，"我不会再回来了！"

"干吗非要走？丁先生人很不错的，丁太太也知书达理的样子，他们没有亏待你吧？"

母亲不再作答，径自走了进去。男孩很怕会被拦下来，小跑着凑近了母亲，重新回到了一个儿子的角色里。

母子俩在一栋楼下按响了门铃。

一个声音凭空而来："谁？"

男孩觉得自己的兴致被轻微地唤醒了。

丁先生家的门前摆着门垫和几双拖鞋，母亲指示男孩换下了脚上的鞋子。

开门的是一个中年女人，系着条围裙，不太友善地盯着母亲瞧个不停。

房子很大。水晶吊灯，地毯，通向跃层的木楼梯。一个肥胖男人坐在客厅的沙发里，戴着眼镜，背心下腴起的肚子让他像是怀抱着一只篮球。男孩想，他一定就是丁先生了。

母亲不期然呕吐起来。但这一次她有所防备，左手飞快地捂住了嘴巴。她的确没什么可吐的了，只是肩膀毂觫着干哕。男孩想，也许母亲真的吐出了自己的胃，如果她的手挪开，她的胃没准就会跌在脚下那块厚墩墩的地毯上。男孩再次将手里的可乐瓶塞给母亲。母亲抓住了，很理智地没有去就着瓶子喝。那里面所剩无几的内容，只会让任何一个举着它去喝的人显得滑稽。她紧紧地捏着瓶子，把瓶子捏得七扭八歪。男孩不安地看着母亲，很想贴在母亲的身上。他觉得内心慌张，也需要一个像可乐瓶一样的什么东西能够被抓在手里，成为自己的一个依赖。

丁先生胳膊拄在膝盖上，支颐着脑袋，神色略微有些好奇，爱莫能助地看着这对母子抖作一团。当母亲终于平复下来时，男孩才发现，一个精瘦的女人无声地站在楼梯上望着他们。

"看来是真的了。"女人发出一声叹息。

母亲的惊慌显而易见，她看看丁先生，再看看这位女主人，脸上不恰当地板结着笑意。男孩知道，这并不是母亲的表情，母亲只是变成了一个笑面人。更加可耻的是，当母亲放下捂住嘴巴的手时，她的嘴角粘着一枚腐烂的芹菜叶。

"你不要吃惊，"女人皱着眉说，"你知道，老丁什么都不会瞒我的。"

母亲像个笑脸傻瓜，两只无处着落的手一同抓在可乐瓶上，好像扶在了一根想象中的扶手上。

"我就知道没这么好打发，看到了吧，"女人对着自己的丈夫说，"这就找上门来了。"

丁先生讪笑着，揪揪自己的耳垂。他圆滚滚的，让人颇有好感。

"究竟唱的是哪一出呢？"女人站在楼梯上，居高临下地看着母子俩。

"我在电话里都跟丁先生讲了，我也没想到……"母亲的声音低得几乎听不清。男孩可以作证，早晨出门时，母亲的确在村里的小卖部打过一个电话，那时母亲捂着听筒，满脸愁云。

"你也没想到？"女人吁口气，"你没有做过措施吗？"

"有的。可是，医生说也会有意外。"

"你看过医生了吗？"

"嗯。"母亲畏葸地点头。

"村里的医生？"

"嗯。"

女人再次吁了口气，拍一下楼梯的扶手："上来说吧。"

母亲将手中的可乐瓶塞还给儿子，顺从地走向了楼梯。男孩有些迟疑，很想跟在母亲身后，但那个女人凌厉的目光让他却步。她们消失在楼梯上。男孩不知所措地站在原地。他觉得有点冷。这栋房子的温度比他们来时乘坐的空调客车还要低。

"过来。"置身事外的丁先生坐在沙发里，向男孩招着肥胖的手，"过来过来。"

男孩慢腾腾地走到他眼前。他真的很庞大。有一瞬间男孩不禁猜测这就是那个刚刚在街上裸身与他们擦肩而过的摩托车手。男孩想丁先生要是行动起来，身上的赘肉势必也会像水囊般地甩动吧。

丁先生嘭嘭地拍着沙发："坐下来坐下来。"

男孩坐在了他的身边。

"多大了？"丁先生在男孩头顶摩挲了一下。

男孩报出了自己的年纪。其实他并不想回答。

"喔，这么大了，"丁先生搓着双手，若有所思了一阵，像电视里的人说着那种抑扬顿挫的普通话："你想不想要个小弟弟？"

男孩惊讶地抬头看他，态度僵窘地用力摇了摇头。从男孩坐着的角度看去，丁先生一侧脸颊的肤色发暗，像是遭人殴打后留下的瘀痕。

"你可能会有一个，"丁先生看了眼楼梯，压低声音神秘而严肃地说，"不过很快应该就又没啦。"说完他摆出正襟危坐的样子，像是终于说出了内心抑制不住的秘密后立刻开始心有余悸地矫正自己。

“我听不懂。”男孩如实说。

“听不懂？”丁先生颇为苦恼地挠挠头皮，“嗯，其实我也不大搞得懂。”

“我听不懂。”男孩坚持这么回答。他认为这是自己目前唯一能说的最保险的话。

“你能帮我个忙吗？”丁先生权衡了一阵，犹犹豫豫地说。

男孩默不作声。

“嗯，你替我跟你妈妈说声对不起，给她道个歉。”丁先生的双手插在两腿间，身子前后摇晃，眼睛望向天花板，估量着眼下的形势，“怎么样，可以吗？”

“我听不懂。”

“好吧，算了。”丁先生不得要领地胡乱笑起来。他这么通情达理，好像他完全理解男孩的处境，好像他也在经历着同样的困扰。“你想喝点儿什么？”他问。

男孩像是被什么力量控制住了，只会用力地摇头。

“喝杯咖啡吧！”丁先生拍了下巴掌，“加点儿糖吧！”

系着围裙的女人应声端来了他要的东西。男孩想，这个女人所做的一切，以前就是母亲做着的吧，如今女人顶替了他的母亲。

那杯咖啡冒着热气，泛着油亮的泡沫。

“喝吧，”丁先生心不在焉地招呼男孩，“喝吧喝吧。”

男孩将手中的可乐瓶放在地上。不用再和丁先生说话，这让他如释重负。咖啡男孩见过，在电视里。电视里的人们常说：喝杯咖啡吧；有时候，他们也会加一句：加点儿糖吧。当男孩捧起眼前这杯咖啡的时候，倏忽认为自己今天坐了五个多小时的汽车，就是为了来到这杯咖啡的面前。它就是一条路的终点，就是他们在盛夏里动身前往省城的一个目标。如今，男孩把它捧到了鼻尖。他扭脸去看丁先生。丁先生也在看他，肥厚的嘴唇湿漉漉地耷拉着，冲他浮出心事重重的笑。

客厅里只有空调发出的换气声。男孩觉得在这杯咖啡的周围，有一种独特而私密的氛围正在生成。咖啡很烫，他只能噘起嘴，小心翼翼地去试着接触那新鲜的滋味。

——这时候母亲下楼来了。

母亲的手里捏着一只牛皮纸的信封袋，神情恍惚，像个梦游的人。她似乎完全忘记了儿子的存在，径直走向门口。男孩只有仓皇地放下手里的咖啡杯，并且没有忘记拿起自己的可乐瓶。他匆匆跑向母亲。尾随着母亲出门的片刻，男孩回头瞥见丁先生拄着一根不知从哪儿摸来的金属拐杖吃力地站了起来。

是的，男孩并没有尝到咖啡的滋味。他的上嘴皮，第一次和咖啡接触，不过是刚刚沾到了一丝泡沫。这似是而非的一丝泡沫粘在男孩的嘴皮上，当母子俩走出楼洞，潮热的空气迅速将之驱散殆尽。男孩无法甘心，谨慎地伸出舌尖，仔细探寻留存在意识里的那种感觉。他的嘴唇起皮了，在烈日下像一片片细碎的鱼鳞。可是他觉得自己的嘴唇非同往昔，总有依稀的滋味回味不尽。男孩无法形容它，只能凭感觉在心里臆造它莫须有的醇香。他以自己有限的经验将之想象为油脂与蜜的混合物。

母亲魂不守舍。她整个人都是坚硬的，也像是被烈日钢化了一样，有股一意孤行的味儿。一辆小车在身后不停地按着喇叭。但母亲充耳不闻，也像一辆车子般的当仁不让。那位保安正靠在小区门前一根有涡旋形花纹的柱子上，他升起栏杆，目送母子俩从行车道走出去，庄重地向他们敬了个礼。

尽管男孩不认路，但还是发现他们并没有走回来时的方向。母亲走在前面，男孩不知道将被引向何方。他有种被劫掠和捶打的感觉，就像被扔进了盛着沸水的洗衣机里搅拌。他感到被热得浑身发痛。男孩看到母亲后背的汗水已经洇湿了衣服。她也在经受着劫掠和捶打，想必也被热得浑身发痛。

"妈，我们要去哪里？"得不到母亲的回应，男孩无聊地独自嘀咕："他让我跟你道歉，他说对不起。"

一路上母亲又干呕了几次，每次男孩都把那只可乐瓶塞给母亲。这只是一个安慰性的动作，并没有实质性的意义了。烈日晒透了塑料瓶，原本还剩下的一点浆水化为了乌有，几片芹菜叶贴在瓶壁上，已经变成了黑色。男孩觉得手中的这个瓶子渐渐在膨胀，在变成一只气球，如果他撒手，它就会飘向空中。

母子俩走进了一条狭窄的小巷。小巷的路面上污水横流。在一家小诊所门前，母亲让男孩等在外面。她从那只信封袋里摸出了一张百元钞票，塞给儿子，让儿子不要乱跑，但可以就近找地方吃点东西，吃完后回到原地等她。

男孩何曾得到过这么多的钱呢？这让他不免有些激动。对于那只信封袋，他也充满了疑惑。此前他一度猜测，那只信封袋里，没准是装着一份如何剿灭黄蜂的方子。他还没有回过神，母亲已经走进了诊所。小巷里挤满了摊贩。卖菜的，卖肉的，诊所正对着的，是一家卖活禽的。鸡被塞在铁笼子里，遍地褪下的鸡毛和腐臭的下水。男孩走开一截，在一家五金店前的台阶上坐下。此刻，他破天荒地拥有着一张百元大钞，但却丝毫没有挥霍的欲望。这张钞票之于男孩，就像喝空了浆水的可乐瓶之于母亲，徒具象征性的意义。

男孩感到累了，抱着可乐瓶尽量坐在路边的阴影里。他和这只瓶子之间浮动着一种特殊的感情。身后的五金店飘出金属特有的甜丝丝的气味。他想着这已经过去和即将过去的一天，认为如果还有下一次，自己再也不会来省城了。这里和他想象中的完全不同，比他们村里热一万倍，这条巷子里的气味，比他爷爷施过肥的菜地都要复杂一万倍。在不可一世的骄阳之下，省城真的算不了什么了。

不远处的鸡下水招惹了很多苍蝇，四下飞舞，拖曳着绿色、蓝色、乃至金色的弧线，像电焊时迸溅的火花。它们让男孩想到了自家屋檐下那群不祥的黄蜂。总有几只苍蝇在男孩的头顶挥之不去。赶了几下后，男孩再也懒得挥动手臂，任由它们飞矢般地打在脸上。男孩很饿，也很渴。但他不知在跟什么较劲，心里恢恢的，同时还有一些没来由的伤心，执意不用手中的那一百元钱去解决自己的饥渴。男孩让饥渴都塞在自己的身体里，似乎那样他才能保持住必要的分量，不至于如一滴水珠般被这座城市轻易地挥发掉。

来自乡间的男孩就这样席地坐在省城的一条小巷里昏昏欲睡。

起初他还不时留意张望一下那家小诊所。其间有个穿着白大褂的护士拎着一只塑料桶出来，将一桶血糊糊的垃圾倾倒在路对面的那堆鸡下水里。苍蝇四起，像凭空绽放了一朵流光溢彩的金属花。后来男孩把头埋在两个膝盖之间睡着了。醒来的时候，烈日依旧耀眼。男孩喉咙干涩，下意识吞咽了一口唾沫，只觉得一阵刺痛。他闭起眼睛，伸出舌尖轻舐嘴皮。嘴皮上那个模棱两可的局部，残存着某种不可捉摸的魔力，它让男孩口舌生津，获得了一种莫可名状的快感。男孩用舌头抵着嘴唇，仿佛整个身体的重量都找到了一个可资依靠的支点。

母亲在黄昏时摇醒了儿子。当空的太阳终于下落，高温却俨然一台滚烫的马达，凭着惯性兀自继续空转。暮色四合，小巷蒙上了一层金灿灿的光芒。男孩张开眼睛，感到有些头晕和恶心。他睡意惺忪，眼中的母亲变得有些陌生，可是究竟哪里发生了转变，一时却难以说清。母亲整个人光芒闪耀，披着金色的纱巾，宛如站在未来的世界里。

男孩站起来，一阵天旋地转。在他坐过的地方，留下了一块汗湿的烙印。他忘记了两腿间夹着的可乐瓶。可乐瓶被男孩在睡梦中夹成了"K"形。它掉在地上，骨碌着滚出去，滚的过程中瓶体复原成圆柱状，好像不断被充进了气流。但它并没有像男孩所担心的那样飘向空中。男孩想去把它追回来，却被母亲阻止住了。

"我们去吃饭吧，你一定饿了。"母亲的声音虚弱不堪。

母亲终于想起来儿子会饿了。说起来，男孩内心的失落也是有道理的。从早上到现在，他不过喝了一瓶饮料。男孩忘记了母亲曾经阔绰地给过他一张百元钞票，他只是感到莫名的委屈。今天他并没有比在村里时更糟蹋自己，没有翻墙爬树，没有就地打滚，可是现在他觉得自己从没有过的邋遢。他想自己是被热坏了，是被热脏了，是被热病了。他甚至希望母亲继续忽视他的饥饱，乃至无视他的存在也好，好像现在母亲对他冷酷一些，反而会给他起到降温的效果。

男孩磨磨蹭蹭地跟在母亲身后，震惊地发现母亲的屁股上洇湿了很大的一块。男孩猜想，难道她在诊所里尿裤子了吗？母亲走得缓慢而笨拙，是一种古怪的步态——两腿叉开着，脚步蹒跚。

金黄的天边浮着一轮银白的娥眉月，薄薄的，几近透明，轮廓给人随时会淡化下去直至无存的脆弱感。男孩不经意间抬头看到了这日月并存的天象，心里只觉得一阵空茫。

母子俩走进了路边的一家小饭馆。母亲双手撑在餐桌上，慢慢地偎进椅子里。这时候，男孩才如梦方醒，原来发生了转变的，是母亲的那张脸。那张母亲面具一样罩着的笑脸不见了。母亲从诊所出来，就像是被剥去了身上一层隐形的壳。这让她整个人仿佛都缩小了一圈。同时，她也不再显得僵硬和呆板。她重新变得柔软，像一段弱不禁风的柳枝。

母子俩对坐在一张圆形的餐桌前。母亲用一种儿子从未见过的目光动情地看着儿子。而男孩，也突然身不由己地感到了伤心。饭馆实在不算高级，不比他们村口的那家强多少。母亲的两条胳膊放在油污的桌面上，一只手捏着那只牛皮纸的信封袋，一只手将儿子的手捂在自己的掌心下。母亲的嘴角掀动着，她有些不能自持地想说点儿什么，但是她有些不能自持地什么也没说。母亲生命的律动从掌心震颤着传递给男孩，一切都让人感到绝望，但似乎又有希望暗自生长，就仿佛那只信封袋中，真的如男孩所想象的那样，装着一个一劳永逸的对策。

男孩干燥的舌头猛然变厚，抽动着，感觉像是要缩进喉咙里。在他身体的深处有一种相反的、无法控制的气流一个劲儿地向上拱。他预感到有什么事即将发生。

母亲将桌上那张封着塑料皮的菜单推向儿子："你给咱们点吧，点最好的，点你最爱吃的。"

男孩想给母亲一些安慰，他想让母亲高兴起来，想给出一个与这一天相匹配的建议。他忍住不适，故作轻松地用普通话郑重其事地说："喝杯咖啡吧，加点儿糖吧。"

说完男孩势不可挡地呕吐起来。隔着小饭馆的窗玻璃，男孩看到一只可乐瓶飘浮在空中。天光是琥珀色的，宛如流淌着油脂与蜜。此刻还有什么在空中飘？下落的夕阳，上升的弦月，鸡毛，下水，熠熠生辉的苍蝇，一个血糊糊的弟弟，以及宿命一般掩杀而来的黄蜂。

原来呕吐是这么的令人忍无可忍。

— 91 —

赋格

　　在这个短篇开始的时候，首先让我们重温这首伟大的《死亡赋格》，尽管它和这个短篇风马牛不相及，但你要知道，我是通过抓阄的方式，才最终放弃了以这首诗的名字来命名这个短篇——

　　清晨的黑牛奶我们傍晚喝

　　我们中午早上喝我们夜里喝

　　我们喝呀喝

　　我们在空中掘墓躺着挺宽敞

　　那房子里的人他玩蛇他写信

　　他写信当暮色降临德国你金发的玛格丽特

　　他写信走出屋星光闪烁他吹口哨召回猎犬

　　他吹口哨召来他的犹太人掘墓

　　他命令我们奏舞曲

　　清晨的黑牛奶我们夜里喝

我们早上中午喝我们傍晚喝

我们喝呀喝

那房子里的人他玩蛇他写信

他写信当暮色降临德国你金发的玛格丽特

你灰发的舒拉密兹我们在空中掘墓躺着挺宽敞

他高叫把地挖深些你们这伙你们那帮演唱

他抓住腰中手枪他挥舞他眼睛是蓝的

挖得深些你们这伙你们那帮继续奏舞曲

清晨的黑牛奶我们夜里喝

我们中午早上喝我们傍晚喝

我们喝呀喝

那房子里的人你金发的玛格丽特

你灰发的舒拉密兹他玩蛇

他高叫把死亡奏得美妙些死亡是来自德国的大师

他高叫你们把琴拉得更暗些你们就像烟升向天空

你们就在云中有个坟墓躺着挺宽敞

清晨的黑牛奶我们夜里喝

我们中午喝死亡是来自德国的大师

我们傍晚早上喝我们喝呀喝

死亡是来自德国的大师他眼睛是蓝的

他用铅弹射你他瞄得很准

那房子里的人你金发的玛格丽特

他放出猎犬扑向我们许给我们空中的坟墓

他玩蛇做梦死亡是来自德国的大师

你金发的玛格丽特

你灰发的舒拉密兹

——策兰《死亡赋格》

死亡

夏天里我从监狱中出来,回到自己并不比坐牢愉快多少的生活。康颐趿着双蓝颜色的拖鞋,站在监狱门口的大树下等我。他向我走过来,眼睛极不耐烦地眯着,看天上炽热的太阳,手腕上扎着条已经晒干了的毛巾。他递给我一支烟,替我点上火,脸上流露着一些歉疚之类的表情。我认为,这类表情是康颐应该镌刻在脸上的。但很短暂,康颐为自己点着烟再仰起脸来时,表情已经恢复了对于夏天的愤懑。他不自量力地瞪了眼天。太阳刺眼,他眼睛眯成一条缝。两年前,作为一起贩毒案的元凶,康颐逃之夭夭,这件事情,他曾以朋友的名义,信誓旦旦地向我保证过万无一失。这个朋友的罪行不止于此,我就掌握很多。在看守所里我守口如瓶,以朋友的名义包庇了他,心甘情愿地接受了加之于己的冤狱。夏天里康颐在监狱门口接我时,脸上流露过一些歉疚之类的表情。康颐打开出租车的门,让我上去。一路上我们没说什么话。夏天让我们都有些昏昏欲睡。红灯停车的时候,我观察了一下车外的世界。烈日炎炎下的街景,没有多少改变,至少没有让一个刑满释放人员惊讶。华侨商店顶层的巨型广告换了，红牛饮料，两年前好像是神州热水器。康颐没有征得同意，拿过司机身边的一瓶矿泉水，两只胳膊一同伸出车窗，把矿泉水统统淋在他扎在手腕上的毛巾上面。空瓶子很不讲理地甩出去，击在一辆自行车的前轮上。司机无动于衷。自行车的主人，一个韶华已逝的女人，转头看了一眼，然后安静地等待红灯过去，无动于衷。康颐叫了辆出租车接我出狱，在车上他的脚一直蹬在司机的椅背上。一双蓝颜色的拖鞋。

某种利器飞割而来，譬如剃须刀片，譬如碎玻璃，尖锐地划破了面部，在眼角，在眉梢，在眉眼的角梢，造成皮开肉绽的后果。想象中的损伤总是集中在脸部这个范围，因为脸何其脆弱，容易被打击，被毁坏。脸，我们的脸。身体中暴露面积最多的一块地方。赤身裸体丢人，赤脸裸面呢？当我们的祖先在伊甸园里用一片叶子遮住胯下的时候，却不知道是上帝安排了他们在张冠李戴。招摇，危险，又是这样的突出——脸的差别绝对大于生殖器的差别，这会有疑问吗？对人进行辨认，构成你之为你的，脸。对于脸部的担忧常常发生于阅读的时刻，往往是毫无理由地突然闪现。我习惯于大量地阅读，于是血淋淋的幻象也随之大量地涌现。这个时候我一目十行地读着文字，同时阅读与自我惊吓两不耽误。这与文字的内容毫无关系，也不能归咎于阅读这个行为。我因此无端地具备了一种忧悒的气质。服刑的日子里，当我可以不受任何干扰地想入非非时，我想入非非地想——也许是我太在乎自己的脸了？每当这个时刻，总有一个疲惫的声音在我心里叹息：唉，我的天，唉，我的天。

夏天里我从监狱中出来。既然外面的世界并没有天翻地覆，那么我就不应该为了两年的牢狱生活而沮丧。泡在澡堂里的大池中，我跟康颐随便开了几个玩笑。其实我并不肮脏，洗澡只是作为一种回归的仪式。我泡在水里了，说明我自由了。喝了一杯茶后，我换上了康颐替我买的新衣服：一条有好几种颜色的沙滩短裤，一件进口的白色Ｔ恤，外加一双蓝颜色的拖鞋。这样，我就只比康颐少了一条扎在手腕上的毛巾了。这个缺少是必要的，否则你们难免会把我们混同一人。康颐让服务生把他的毛巾拿去消毒，之后依旧扎回到手腕上。走在街上，我发现我和康颐的拖鞋穿混了。我们都是一只脚旧一只脚新。我对他指了出来。这时康颐在一天内，第二次流露出了一些歉疚之色。同样很短暂，在低头和我换鞋之后，康颐又恢复了夏天里的愤懑。在一家餐厅里，我和康颐喝了很多啤酒。他要了一桌比较丰盛的菜肴来款待我。但我缺乏一个刑满释放人员的客观心态，于是不能配合地给康颐表演一番戏剧性的吞咽。我们喝酒，抽烟，如果允许，我们还愿意玩蛇、写信、吹口哨召回猎犬、高叫把死亡奏得美妙些。中间康颐接了一个电话。从餐厅出来，康颐很有目的性地朝南面走。我问他去哪里，他说去等一个人。我和康颐一人拿着一瓶矿泉水，蹲在省博物馆前的广场上等一个人。博物馆白墙黑瓦的仿唐建筑，是我的注视方向。康颐目光游离，四处张望，缺少方向。十几分钟后，康颐放弃了蹲姿，脱下一只蓝色的拖鞋，垫在屁股下面坐下。又一个十几分钟后，康颐站起来，解下手腕上的毛巾胡乱抽击，有几下分明是朝向身边的过路人。受到挑衅的人绕道行走，致使康颐无事生非的目的落空。康颐说了句不等了。为了加强这句话的语气，他想疾走两步。结果是，一只蓝色的拖鞋甩了出去。康颐一条腿蹦到蓝色拖鞋的面前。婊子，他骂了一句。我想康颐不会是在骂一只拖鞋，他要等的人恐怕是一个女人。

　　我和赵玫的恋情碰到过很多难以克服的障碍。作为两个成年人，我们都没有自食其力。但我们又都有着朝夕不离的愿望。这不表示我们如何的情意缱绻，按照赵玫的话说：只是希望可以搂着一样东西入睡。在设法满足这个愿望的过程中，我表现出了自私的一面。我不愿意将一个无业女青年领回家中，给我年迈多病的母亲以刺激。赵玫的行动令我刮目相看，她勇敢地将同是无业游民的我带到了她的家里。我和赵玫挤在她们家自己搭建的小厨房里，忍受着那个大杂院里经常性的窥视。赵玫的妈妈因为我的到来，一度拒绝进入厨房行使主妇的职责。我和她的女儿习惯于昼夜不分，有几次赵玫妈妈进到厨房内，目睹了我们在日上三竿的时候，依然交颈而眠。我们的睡姿令更年期的妇女怒不可遏。看到我们的裸露，她像上帝看到始祖的遮蔽一样震惊，她用十分恶劣的语言辱骂自己的女儿。我们实现了"搂着一样东西入睡"的愿望。我们成为了彼此的安慰。赵玫付出的努力感动了我，作为回报，我对她坦白了自己总是忧心忡忡的原因，向她倾诉了一张脸囊括的那份危机感。我从未向赵玫坦露过心迹。我基本上是属于冷暖自知的一个人。我们之间于是就有了这样一番对话：

小康——不是一种生活状况，是赵玫对我的爱称——你这种幻觉是经常性的？

是的是的，经常性的，很频繁。

甚至多于对我的爱？

我怀疑自己的叙述是否有夸大其词之嫌，将一种幻觉描述得和自己亲密无间，从而引起了赵玫的妒忌。我们之间的感情丧失了一次飞跃的机会，最终仍是滞留在"只是希望可以搂着一样东西入睡"这样的层次上，随时可以无疾而终，自然解除。

夏天里我从监狱中出来。我不能够重新去赵玫家的小厨房落脚，我也不愿意回自己的家。我的怙恶不悛，使自己在亲人面前已经成为了一个无可救药的人。他们对我忍无可忍。我跟着康颐从省博物馆前的广场离开。由于没有等到那个人，走在烈日下的康颐成了一只螃蟹。他横着走。我走在他身后，看着他白色 T 恤、彩色短裤的背影，仿佛面对一面镜子时，看到的却是自己的背影。我希望他撞上一个同样横着走路的人，让两个怒气冲天、极端烦躁的家伙打一架。对于两个几乎一模一样的人，人们只注意到不可一世的他，对于我，则视而不见。我就是一个影子，形同虚设。康颐住一套单居室的房子，在一栋十二层居民楼的七层。电梯坏了，上楼时我数了一下楼梯，每层楼二十阶，分成两段。我的目光集中在楼梯上。前面康颐趿一双蓝颜色拖鞋的脚拾级而上，鞋面与脚跟发出吧嗒吧嗒的声音。吧嗒吧嗒，谁能看到自己行走的背影。

康颐关掉正在运转的吊扇。吊扇的风叶是绿色的，钻石牌。他靠墙蹲下，掀开白色方格的地板革，从下面摸出一包东西。塑料纸包裹着的是一团白色的固体物。康颐在上面敲下一块，用纸包住，用一只瓷杯子在上面擦，再打开，里面的固体已经成为了粉末状。他从一本杂志里取出一张锡箔和一根类似电视天线的铁管。我拿过杂志，是当月的《女友》。白色粉末在锡箔上抹出一条白色的痕迹。一只打火机在锡箔的背面烘烤。淡青色的烟飘起来，被铁管捕捉住。*清晨的白尘埃我们傍晚吸/我们早上吸我们夜里吸/我们吸呀吸/*他把锡箔向我递过来。我通过墙壁上一面巨大的镜子不时观察一下他就好像是顾镜自怜。有人敲门，康颐没有好气地喝问是谁。罗小佩，门外是一个女人的声音。开门后，一个面目姣好的姑娘走进来。白上衣，白裙裤，一双粉红色的夹脚拖鞋。康颐劈头盖脸地发起火来，吓了我一跳。是你求我还是我求你？他造谣道，老子在博物馆前等了你两个小时！我不知道他是什么用意，实际上我们在博物馆前最多等了半个小时。这多出的一个半是为哪般？罗小佩哑口无言，用手捋了捋头发。她留着很短的发型，很俏皮。我想如果真是等了两个小时的话，康颐现在会丧心病狂地动手殴打这个俏皮女人。她一边凑过来，一边很自然地脱去了外衣裤，只穿着胸罩和底裤蹲在康颐的旁边。她一下一下地吸着鼻子。她对我视若无睹。我从镜子里观察着他们。男人的体形只能够用"骨瘦如柴"来形容；女人却由于蹲姿平添了几分女性的妩媚，腰臀间的曲线被加强，背部肌肤也显得紧凑。我从镜子里看不到自己。她对他说，先让我吸一口啰。他不搭理她。她进一步低声下气地央求道，我求求你啰。滚走。他毫不通融。我像是一个人坐在偌大的剧院里观看着一幕话剧。周围很黑。我很孤独。康颐穿上白T恤，他又穿混了，我没有指出来。他交给我一团包好的固体物，暗示我今晚他不回来了。罗小佩仍然蹲在墙边，两只手夹在两个腿弯处。她转过头，目光一直追随着康颐。康颐一边往手腕上扎毛巾，一边对她说，你向我哥们儿要吧。他出门前打开了吊扇的开关。绿颜色的风叶旋转起来，很快变成一团颜色难辨的旋涡。罗小佩仍然蹲在墙边，看着我，面无表情。这是康颐今天第三次向我表示出歉疚。不同的是，前两次他用的是短暂的面部表情，而这一次，他很实惠地给我提供了一个女人。她就是他给予我的一个补偿。她与那两个短暂的面部表情本质相同。她耻骨下柔软的阴毛和胸前褐色的乳房对于任何被禁锢了七百多个日夜的男人无疑都是一个难以逾越的陷阱。但我有障碍。我没有过这样的经历——与一个素不相识的女人如此直接地进入实质。那只出现于我的臆造之中。我的欲望葳蕤，但一把与生俱来的大剪刀咔嚓咔嚓地剪裁着它们。她躺在我的身边。她说，快一些，还等什么呢？两年了，我是那么想你。她的话令我迷惘，同时她的催促令我陡然愤怒。我说，滚走！她显然被我吓了一跳。她坐起来看我，同时伸手来抚摸我。抚摸我的脸。我当然被恐惧攫住。我害怕自己被人摸在脸上。那样我就没有办法再这样煞有介事地讲下去了。你走吧，我跳到床下，把那团宝贝扔给她。她背对着我穿衣服。她的背影令我刚刚折断的欲望再次疯长，几乎要为之放弃这番语言的冒险。她转过身来面对着我。沙滩短裤无法遮挡我的冲动，这点你们也许都看出来了。你们犀利的目光完全和她的一样，毫不避讳地盯在那里。我有些无地自容，于是有些气急败坏。她吮了吮嘴唇，从我身边经过时在我脸上轻轻吻了一下。我觉得她吻得颇为温柔，也许这只是一个刑满释放人员的主观感受。她出门时说，他走后，你就可以回来了。我看着自己的脚，是一双粉红色的夹脚拖鞋。我的蓝颜色的拖鞋不见了。罗小佩和我穿混了鞋。

这段文字动用了一个不加思考的意象。不加思考是因为它不是叙述的目的。我从来没有真正地旅行过。这不是说我没有出过远门。我难以对自己认为的"旅行"定义。我没有这个能力。同时我也知道周密的定义只能制造出更多的歧义——一个简单的故事往往都难以不陷入混乱。旅行时，脸混入更多陌生的脸中，于是，就只是脸，仿佛浴室里诸多的生殖器混在一起。旅行对于现实的脸有着无法估量的颠覆性，好比一次整容。许多经验以外的可能随之涌现，犹如一次完全由自己操纵的叙述。旅行！旅行！旅行！对于"旅行"的渴望，致使有人向我发出旅行的邀请时，我几乎没有别的选择。罗小佩邀请我陪她同去广州一趟，我没有考虑这个邀请是否合乎情理。我首先考虑的是：这是否能够导致一次真正意义上的"旅行"。罗小佩再次出现的时候，我基本上已经忘记了她。当她在门外自我介绍道"是我"时，我问她，你是谁？她说，喊。她挤进来，手中捏着两张火车票。她向我邀请道，陪我去趟广州吧。我问她，为什么让我陪你呢？她说，我在火车站买票时下起了雨，就突然想到了你。我说，你去广州干吗？是一次旅行吗？罗小佩想一下说，是的，是一次旅行。来一次旅行的念头鼓舞了我。我唯一的疑虑是，我想人在身无分文的情况下远行是否理智。罗小佩打消了我的疑虑。她似乎能够看到我在为什么优柔寡断。她亮出厚厚的一叠百元钞票。这些钱使我充实，这些钱使我警惕。我问她，你到底要干吗？我要去旅行！她斩钉截铁地回答。带上你的身份证，她提醒我。然而我的身份证早丢了。她从包里拿出了三四张身份证来，从中挑了张递给我：**苏领，男，1970 年 4 月 23 日**……火车启动的时候，罗小佩交代了她此行的真正目的。她说，我出门是为了戒毒。我更正道，你旅行是为了戒毒。她心不在焉地问我，你怎么样？还常常幻想有刀片在割你的脸吗？我吃了一惊，感觉到一种线索出现后带给人的震动与紧张。我试探着问她，你们家的小厨房拆了吗？她正在向硬卧的上铺爬去，所以给我的感觉是，她是用自己的屁股模棱两可地回答我：许多人家都有小厨房。我感觉她的屁股回答得很好，就像戒毒和贩毒虽然是两个概念，但是都很非常。她蜷在列车的上铺吸毒，一会儿让给她递饮料，一会儿又要吃水果。上车前她买了很多小食品。清晨的白尘埃我们傍晚吸/我们早上吸我们夜里吸/我们吸呀吸/她在上面干违法的勾当，坐在下面的我为她提心吊胆。乘警和列车员过来过去，令我心惊胆战。我指责她说，你不是要戒毒吗，怎么还在吸？她的解释是，起码在路上不要犯瘾吧？她一路上都在吸毒，因此我这一路上始终神经紧张。到达广州的当天，她所带的毒品正好告罄。找宾馆住下后她拉我上街，从街上回来时她买了两瓶叫"三唑仑"的镇静药，还有几盒"安定"针剂以及十几支一次性注射器。她对这家宾馆似乎很熟，在餐厅吃晚饭时，一名男领班微笑着对她说，娜娜小姐，您好。她对这里的熟稔程度以及"娜娜小姐"这个称呼，都使我对她从前的某些经历做了一番猜测。在餐桌上我了解到，她是一个一点肉都不吃的人，唯一的一份荤菜是叫给我的。回到房间，她渐渐烦躁不安。她冲了一大杯黑色的药汁喝下去。这种黑色的中药是兰城声誉很高的一个民间药方，许多戒毒者都曾经服用过，据说对于缓释毒瘾有一定效果。康颐就有不少这种药。康颐既卖毒品也卖戒毒药品。喝下药后，她双手抱膝蹲在床上，头埋在怀里，一支接一支地吸烟。我坐在沙发上，偶尔她抬头看我一眼，如果发现我也在看她，她就会笑一下。后来她从床上下来绕到我的背后。她用胳膊从后面环绕住我，双手交叉着伸进我的衬衣里。我觉得自己衣服里像是钻进了一只蚂蚱。这只蚂蚱让我一点点地焦灼，让我的身体渐渐地绷紧。她吻着我的脖梗，吻向我的耳朵，最后含住了我的耳垂，用牙齿极其克制地摩擦。一下，一下。这种方式令我霎时充满了被啃啮的恐惧。我听到她极其压抑的一声呻吟近在耳畔，带着痉挛的颤音直抵我的心脏，使我在感到诱惑之前最先被一种本能的逃遁欲所占领。唉，我的天，唉，我的天。我像一只蚂蚱跳开，回身看到的是一张极端痛苦的脸。我再一次熄灭了对于这个女人的欲望。我不愿意成为和那种黑色民间中药一样的东西，不愿意像只鸡般地被人吸去骨髓。

我去看阿龙。阿龙是几年前一起写过诗的老朋友，人很抑郁。阿龙开了几家精品鞋店，见面后他抑郁地对我说，他的鞋店里没有千元以下的鞋。这好像不该抑郁，但不抑郁了，就不是阿龙了。阿龙邀我留在广州和他一起卖鞋。阿龙的妻子附和他说，留在广州吧，我们把阿珠嫁给你。阿珠是阿龙雇的打工妹，几年前就为了阿龙反复堕胎。我拒绝了，不是因为这里面昭然若揭的阴谋。实际上阿龙的建议已经触动了我。我希望过一种新的生活，希望能够有一张新的脸。但我突然产生了这样的想法，我想即使我留在广州，也总会有一天渴望逃离这里，再一次萌生向**别处**旅行的愿望。我坚持要回宾馆住，阿龙开车送我。他问我，是和赵玫一起来的吧？我似是而非地点头。阿龙说，反正最后一次，以后别再干啦。我说，什么事呢？阿龙说，贩毒喽，要枪毙的。我说，干那些事的是康颐，不是我。我们谁都不再说话，被一些问题困扰着。

　　我从她的怀抱中逃开，拒绝成为她的药品。我去看了老朋友阿龙。回到宾馆时她正在唱京剧，从穆桂英唱到苏三。苏三离了洪洞县——她披着一张黄颜色的床罩向我扑过来。我几乎被她撞倒。小康小康我求求你，给我一口吧，给一口……她用京剧的唱腔祈求我，揪着我的衣领左右撕扯。我掰开她的手指，我说我不是小康。你是小康，我认识你的衣服。她认定我是小康，苦苦向我哀求、索要。我被她的不可理喻激怒。我想你不应该仅凭我和康颐穿一样的衣服就把我认做是康颐。我用力地甩开她。我没有想到她连站都站不稳。她向外跌出去，额头重重地磕在矮柜的棱角上。她的额头流出许多血。她摔倒在那里，身上披着的黄色床罩敞开，里面一丝不挂。在我的厌倦中，她咿咿呀呀唱起来，唱得有板有眼。垒起七星灶，铜壶煮三江，来的都是客，全凭嘴一张/挖得深些你们这伙你们那帮继续奏舞曲/——她搞出这副模样，是由于超剂量服用了"三唑仑"。康颐有次吃过"三唑仑"后，居然跑到大街上去抢夺巡警的警棍，他想圆一个梦：站在十字路口的中央，指挥一下。醒来后他发现自己被吊在刑警队院子里的单杠上。他们是由于滥用药物而引起了短时间的精神错乱，就是谵妄。我用一件衬衫替她包扎额头。这种医治行为可能使她意识到自己蒙受了伤害。她停止了吟唱，用一只手摸住伤口，抽抽搭搭地哭了。你给我打一针，她抓住我的手要求道，眼泪一串一串地往下流。那盒"安定"已经少了四支，说明她已经注射过。我不会考虑这样胡乱用药将产生什么后果，我只是觉得兴奋。给人打针是一件有趣的事，譬如角色的自由转换。我用牙刷柄敲开两支针剂，用一次性注射器将药水抽出，然后排光空气，一串细雾般的水珠从针头滋出。整个程序我都是严格模仿医生来操作的。我想我现在，有着一张医生的脸。她把屁股撅向我，头埋在两条胳膊中间依旧呜呜噜噜地哭得很委屈。我用手指选一块比较丰满的部位揉一揉，果断地将针尖扎入，缓慢、稳定地将药水推射到她的肌肉里。针头扎入时她哼了一声。药水完全推入，我快速地将针头拔出。一滴血珠从针孔渗了出来，我用手压了片刻就止住了血。她似乎安静了下来。我看到她在无意识中不断地攥着拳头，表达着她意识以外但真实存在着的生理上的痛苦。我看着她，一个赤身裸体，头上裹着一件衬衫并且不时举起双手在空中呼口号般地攥紧的女人。我害怕起来。我怕她会死掉。我绝非麻木不仁，我做不到不去观察自己的脸。可怕的是，每次审视自己的时候，我都无端地陷入某种恍惚。我需要对付的，是这种恍惚导致的令自己都莫辨真伪的迷局。我被生活永远地防备着，它杜绝着我的进入。这当然也有我自身的责任。我的朋友阿龙曾经劝我留在广州，他能够提供给我一个新生活的开端。我拒绝了，因为一些稀奇古怪的想法。我就是这样的矛盾，一方面渴望世界，一方面又在世界面前用一些不三不四的借口抵抗它。就像所有吸毒者都经历过的那样——一面吸，一面戒。矛盾不可调和，于是拆解自己成为我唯一的手段。我的脸将变幻莫测，对世界进行反复的突破，用一种阴谋式的机智来稀释它，克服它。我想，一颗尚能这样努力的心，至少不会是完全颓废的。

夏天里我从梦中醒来，意识到自己身在异乡。我为自己轻率地跟一个女人出门远行而懊丧。我决定离开她。昨天夜里我对这个女人可能会带给我的麻烦做了充分的估计。我之所以没有当时就逃之大吉，是因为我怕她在意识丧失的情况下把自己干掉。我要等到她清醒时离开，人在清醒时是无论如何也干不掉自己的。她紧紧地裹着一条黄颜色的床罩，头上缠着血污斑斑的白衬衫，很像一个流浪的吉卜赛女人，性感，神秘，没有科学的卫生习惯。她无神地注视着天花板，失血的嘴唇大张着，鼻涕吊得很长。她已经痛苦到在脸上找不到痛苦的地步——这就是神秘。我走了。她没有反应，一往情深地只顾着与天花板对视。我在广州火车站向一个票贩子买当天的车票。天上下起了雨，不是很大。但也足以让我突然想起了她。于是我相信了，一场雨真的可以使你突然想起一个人。世界就是这样互不相干地作用着，成为一个逻辑。票贩子卖给我一张卧铺票后低声问我，要人民币吗？——要人民币吗？我怀疑他说错了，他可能是问我要不要美元或者英镑。结果他从兜里摸出一张钞票，的确是一张一百元的人民币。四位老人家满脸忧患，极目远眺。我明白过来，他是在向我兜售假币。我摇了摇头，同时伸出四根指头，鬼鬼崇崇地向他问道，这个有吗？票贩子向我发出一个哀伤的微笑，说，跟我来。我们来到一栋正在施工的大楼内部，在三楼的一间房子里蹲下。我掏出身上所有的钱。他从一面未完工的墙体上抽下一块砖，手伸进去拿出了一个鞋盒。一瞬间我想跳起来厉声喝道，不许动，我是便衣警察。但我缺少一张警察的脸，就像我缺少道具，一把枪。对方拿出一块口香糖，把糖吃掉，用火烧掉糖纸背面的衬纸，只留下锡箔。他在锡箔上替我抹下一道粉末。清晨的白尘埃我们夜里吸/我们中午吸死亡是来自广州的票贩子/我们傍晚早上吸我们吸呀吸/足足吸进一口，我感觉自己要死掉了。它们被强行吞进肺腑，立刻向头顶冲去，我百结的愁肠涌向咽喉，那股体内作乱的力量让人惊骇。我强作镇静地给他付了款。付款时我想到这些钱是罗小佩给我的。我把那张卧铺票退给了票贩子，好像把接头的暗号还给了他。交易的整个过程我们一言未发。我们看起来实在是默契。

回宾馆的路上我脸色苍白，大汗淋漓。我宁愿我不是我。出租车司机不无关怀地从倒车镜中打量我。我只得捂住自己的脸，并且提醒他集中精力，祝福他，同时也是祝福自己，注意安全，高高兴兴出门来，平平安安回家去。服务生为我开房门时对我说，娜娜小姐在里面发疯啦。我揪住他的领子凶恶地问他，娜娜小姐究竟是谁？他被吓跑。进到房间里，我顾不上里面的那个人是否真的在发疯，冲进卫生间呕吐起来。我感到我的肠子已经被自己吐掉了，只留下一小截塞在牙缝里。她蜷缩成一团。我吃惊一个人可以缩小到这种程度。一只台灯的瓷底座打碎在地上，咖啡色的瓷片溅得很远。她不认识一样地看我，突然放声大哭。你回来干吗？你走呀你是谁呀……她用脚把我扔在她面前的鞋盒踢开。我告诉她那是什么，她以令人难以置信的迅速爬起来，喜气洋洋地说，你去找阿龙了，你终于去找阿龙了。我否认这与阿龙有什么关系。吸足后的她不但安静了下来，而且甚至还美丽了起来。她洗了澡，裹着浴巾坐在镜子前察看额头的伤口。伤口周围乌青，反而将她的脸庞衬托出一种瓷质的光洁。我羸顿地趴在床上，太阳穴在突突地跳。她看着镜中的自己，自言自语道，我九岁进艺校学戏，一直到十九岁，我练了十年的功，唱了十年的戏……叙述的脉络在这里发生了严重的危机，一种新的可能，可能会走进情节。我不知道她的目的是什么，不会是简单的自我介绍，或者是这个女人在有预谋地制造混乱。后来我们上街去闲逛，她买了上万元的服装，还花五千元买了一对手表，其中一只是送给我的。那房子里的人你金发的玛格丽特/你灰发的舒拉密兹他玩蛇/一个机会出现了，使我能够将两条岔道重新并轨。我想，她或者不是她，但她们的禀赋是一致的，别的都将不重要，将被刻意地淡化。所有的事情都发生了。她伐直的身体与结实的肌肤充分展示着一个受过多年训练的女人所特有的专业魅力。她能够以专业的技巧毫无困难地与我做到惊人的契合。她以双手双脚紧扣着我，一次比一次更猛烈地向我撞击。当我精疲力竭无法再继续下去，她跳到床下，双腿打开，腰胸向后大幅度弯曲直至双手从后面抓住了自己的脚腕。她用这样的高难度体态蛊惑着我，口中向我发出急促的召唤，来呀，快。清晨，我从短暂的睡眠中被她吻醒。灰色的晨曦中她是一个朦胧的影子。她吻我吻得多情而专注，迷乱又凄凉。我，好吗？她在我耳边轻轻地问。这个时候我无法回答她这样的问题。说一些色情的话我会在黎明的感动中脸红，而且也不是我的强项，但我又无法对身边的这个她诉说衷肠，一次失败的倾诉的阴影至今仍旧笼罩着我。渐渐适应了光线后，我可以看到她的一些表情。她仍在缠绵地亲吻着我，不时仰一下头，吮吮嘴唇，然后重新吻下来。亲吻之前吮一下嘴唇，这种似曾相识的女人的习惯动作。

夏天里我从监狱中出来，在一家旅行社找了份导游的工作。我按照报纸上的广告找到这家旅行社，一位姓刘的老总接待了我。刘总向我提出了一系列的问题。我国的四大佛教名山是什么？本省有多少条航线连接着外面的世界？等等。这些问题我回答得磕磕碰碰。当他问我本市的年平均温度及日平均湿度是多少时，我被自己的无知刺激得勃然大怒了。忘记了我都说了些什么，以及我的出言不逊何以得到了这样的结果：你，被录用了。我有些受宠若惊。我知道我的表现完全是由于惧怕被拒绝而激发出的狗急跳墙式的反应。我能够怀揣一份报纸去谋求生活的原谅，说明了此刻我有多么的迫切。

广告要求应聘者持有效证件，而我什么证件都没有。我用的是一张假的身份证：**苏领　男　1970 年 4 月 23 日**……我摇身一变，于是世界在我面前裂开一道缝隙。我以苏领的脸就职于这家旅行社。旅行团的成员们常常亲热地叫我小苏，小苏。每次见到刘总时，我都猜想他一定有一件很大的毛巾睡衣，可以同时裹进去两个人……

　　夏天里我冷静地终止了一次旅行带给我的某种可能。我理智地觉悟到，和任何事物一样，旅行所能给予人的，同样具有正反两种性质，一种是建设性的，而另一种则是毁灭性的。我如果真的和罗小佩发生某种可能的话，那么这种可能只会导致灾难。一种关系的确定将令我丧失叙述的主动性。比较现成的理由是，与一个吸毒成瘾也许还兼做皮肉生意的女人搅在一起，其后果是不言而喻的。回程我们没有买到上铺的硬卧票，票贩子们手里掌握的居然统统是下铺的车票。上车后我们与上铺的人调换了一下，我们的行为引起普遍的好奇。和我们换票的一个中年阿姨喜形于色地问罗小佩，你们是蜜月旅行吧？罗小佩点了点头。阿姨理解地说，睡上铺好，睡上铺好，安静，可以好好休息。真不知道这个阿姨如何会将我们看成了一对新人，我自省我和罗小佩都没有那种幸福、健康的生机。我们在空中掘墓躺着挺宽敞/她照样在上面吸毒。我由于不安而恼火起来，向中年阿姨低声说，我们是私奔。中年阿姨一下和我亲热起来，大概认为我对她开诚布公地透露了隐私。第二天我在铺下为罗小佩望风时，中年阿姨友好地请我吃了一个橘子。她对我说，你夜里睡得好香，小呼噜打个不停。我说，有吗？她说有的呀。我没有指出她的错误，她说的那个小呼噜打个不停的人，是他妈的那个女人。就是这个热情的中年阿姨偷了罗小佩的手表，这使得以后少了一件辨认她的凭证。罗小佩是下车后发现的。她没有大惊小怪，当时她忙于和我分手。我们到站后就各奔东西。上出租车前她吮了吮嘴唇，我知道她企图干什么，急忙退开了。我不愿意在众目睽睽之下让她亲吻我的脸。拜拜，小康。哦，灰发的舒拉密兹他玩蛇/

雅荷花园 E - 18 栋 302 室。我按照这个地址找到了以前的女朋友赵玫。这里当然不是那个有着小厨房的大杂院。拿到这个地址时我一点都没有惊讶。我了解自己以前的女朋友。她能够在我对她谈一些内心感受时，敏锐地联系到我们卑微的爱情，足以证明她是一个聪慧的女人。我毫不怀疑她有能力在短时间内从小厨房挺进到雅荷花园 E - 18 栋 302 室。她穿着一件男式的毛巾睡衣迎接了我。她松开了睡衣前结着的带子。她的身体是全裸的。她染了发，就是一个金发的玛格丽特。她将我抵在门上，敞开睡衣把我拥到她怀中，睡衣的带子在我的身后结住。一件男式的毛巾睡衣包裹了两个从前的恋人。我总担心这件睡衣的主人会破门而入。

夏天里我从监狱中出来，一直住在康颐那里。康颐常常行踪诡异。我则常常躺在床上看一只钻石牌的绿色吊扇，偶尔也从一面镜子里审视一下自己的脸。康颐对我还算过得去，买什么东西都是我们一人一份。我们成了两个一模一样的人，以致经常有人因为我们穿同样的衣服而把我错认成康颐。我向康颐打听罗小佩的下落。康颐递给我一张名片：**康大国际旅行社外联部经理　赵玫小姐**……我看了一眼就丢在一边，我还是想知道罗小佩的消息。康颐说，小伙子，别搞得太复杂哦。他捡起那张名片，读出了一个地址：雅荷花园 E - 18 栋 302 室。康颐说，赵玫会唱京剧。我说，这没有什么奇怪的，赵玫必须会唱京剧。康颐经常对那些吸毒者大发淫威，那些人因为毒资不足，只能在他面前像狗一样地摇尾乞怜。有一天，两个吸毒女留下过夜。我对自己的认识原来总是那么**主观**。实际上条件成熟时，我无法不加入到一场淫乱的群交中去。我在黎明中醒来，进入我眼中的，首先是一个女人的性器。它正对着我，近在咫尺，咄咄逼人。黎明灰白的光附着在它上面，让一切显得那么的衰败。我吃惊于人会具有这样死心塌地的组织，紧张得紧紧闭上了眼睛。但又分明地看到，我发誓，我要用你们能够轻松听懂的方式说出，这间屋内只躺着三个家伙！甚至，甚至他们之间也渐渐地相互重叠，合而为一。这个距离地面一百四十级台阶的空间里，充斥着末日的气息，那种分泌物的气味完全没有应有的青春的无辜特质。我想起了自己从前的女友，想起了我们挤在那间小厨房里的日日夜夜。那时我们不能算作幸福，甚至忧戚，但至少我们没有憎恶过对方，至少在我们相拥着入睡时体会到的是一份另一个生命所给予自己的安慰，以及安慰过后的抒情的凄凉。

我与女朋友赵玫住在一套设施豪华的公寓里。赵玫从一个大杂院里出来的无业女游民摇身一变，成为拥有眼前这番天地的白领丽人，其中的逻辑不言而喻。为了不使她难堪，我一直谨慎地注意自己的言行，尽量回避有涉个中故事的话题。我没有想到的是，我的谨小慎微实质上是杞人忧天，就像一个机关算尽的叙述遇到的却是一个没有丝毫反动目的的阅读。她找机会主动向我坦白了一切，她的坦率令我一时手足无措。她不无得意地对我说，反正吃亏的不是你，咱们吃他的、用他的，何乐而不为呢？她说，你可以来我们公司就职，甚至可以变成另一个人，一个他信任的人，还可以得到高薪。她说，你只需要在每次他来的时候到外面住几天而已。说着她递给我一张登着这家公司广告的报纸。我知道，她的主意未必不是一种既实际又易于操作的生活技巧，就像文学中的**现实主义**，但在向这个技巧靠近的过程中，我缺乏足够的智慧来为自己设计出另外一个自己，让那个我去克服许多这个我无法克服的东西。她背后的故事本来是可以与我心照不宣的，但她却侃侃道来，为我挖掘出一条无法跨越的壕沟。她松弛、颓败的表情令我想起了某个清晨自己看到的一个女人的性器，它也是这样向我展示着的。她吮着嘴唇。如果我能够使另一个女人额头留下一块疤痕，那么我也能够留给她一块，或者这块疤已经印在赵玫的额头上。我知道我已无法再住在雅荷花园 E－18 栋 302 室里了。赵玫我宁愿把你当作另一个人。我认识到生活中总有一些东西是我永远无法克服的。如果我是一名士兵，而生活如现实主义所说的那样，是一个战场，那么这个战场总会有一条他妈的壕沟会让我四脚朝天地跌进去。而对于生活内在的克服往往是从认识生活开始的。在找到一份导游的差使后，我和赵玫的恋情再一次无疾而终，自然解除。

夏天里，我从雅荷花园 E—18 栋的门洞里出来遇到了也从门洞出来的罗小佩。她向我走过来，眉毛向上灵活地挑一挑，我的理解是她在问我还记不记得她。她穿一条绿色的窄裤，上面穿一件绣花的套头夏衫。她挑动的眉毛吸引了我的注意，我在她的额头上面看到一块不很明显的伤疤。我陪着她逛了几个小时的街，她买了两双鞋，一双送给我，还替我买了几件衬衫。在出租车里我们热烈地接吻，逐渐地情不自禁。她的手抚摸着我坚硬起来的地方。她动情的呼吸让我突然感到了我和她是这样的亲。我深深地感到我们都是被生活毁损着的人。在雅荷花园门口她让司机停下车，她吮吮嘴唇后再一次长时间亲吻了我。我提着一大包东西回来，那房子里的人你金发的玛格丽特/她没有对我进行任何盘问。以她的聪明与机智，不应该看不出这些东西是出自一个女人的馈赠。其实她一直是在等待着这个机会。吃晚饭的时候她对我说，其实有一些事不说你也猜得到。她说，反正吃亏的不是你，咱们吃他的、用他的，何乐而不为呢？你可以来我们公司就职，甚至可以变成另一个人，一个他信任的人，你可以得到高薪。你只需要在每次他来的时候到外面住几天而已。她向我暧昧地笑一笑，吮吮唇说，反正你也不会没地方可去。她说，下礼拜三他要来。今天是礼拜一，还有九天。我要在这个期限内决定我的去向。我想我应该找一份工作。如果这一次生活又将这个人弄到沟里去，我知道这个人就将要面对一次质的投降。我在一整版广告的报纸上面，挑选了一则旅行社的招聘广告。"旅行"两个字引起了我天然的向往。我说，赵玫，他也和你一样吃素吗？

夏天里我从监狱中出来，住在旅行社的宿舍里。那是一栋居民楼的七层，房间里有一面大镜子，我常常对着镜子和自己说话，有时候也演戏，镜子里的人是警察，我是罪犯，有时候也反过来。我的工作就是以导游的身份作终日的旅行。我的工作得到了大家的肯定，旅客们亲热地叫我小苏小苏。在导游的途中，一只鞋盒总是与我形影不离。我不知道是否真的有着一种改变自己生活的可能性，也许生活之所以成为生活正在于它的不可以被改变，它必须是这样的，今天这样的。但我有这样的要求，在无可奈何中迫切着，于是导致了我只能够像今天这样活着，沉默不语，一言不发，让见到我的人感到莫测高深。

夏天里我去近郊的公安局戒毒所看一个朋友。这个人在警方的一次扫毒行动中被抓获，但是他善于隐藏。他更大的罪行并没有败露，只是被当作吸毒人员送到戒毒所里强制戒毒。我的朋友再一次逍遥法外。我坐了一个小时的车到达戒毒所，进入大门时被人在身后"嗨"的一声叫住。我看到几个女戒毒人员正在擦洗戒毒所的大铁门。其中有一个穿着件男式的军用夏装短袖衫，手里拿着一块红颜色的抹布，她问我，你记得我吗？我点点头，说你是——她说，不要叫名字，这里使用编号，那样不会产生混乱，你只能是你，也必须是你。这是规矩，我明白的。她动手翻我提着的食品袋。我说，你需要什么可以自己拿。她撇了撇嘴，说，都是些饲料。我想起她是不吃肉的，而我给朋友买的都是些熟肉制品。她说，你可以给我一些钱。她又说，没有人来看我。我把身上的钱都掏给了她。我被人从身后推了一把，有个声音很严厉地催我快走。我走出两步又停下了，对她说，你给我十块钱。我想到我还得乘车回去。她笑了，给了我十块钱。我回去嫁给你吧。我向里走去，听到她在身后大声对我说。我回过头去，她用一根手指旋转着红色的抹布，我看清那原来是一条红色的三角裤。一瞬间我明白了，这就是生活，既可以是一块抹布，也可以是一条红色的三角裤。明白了这点，许多问题都将迎刃而解。她旋转着红色的三角裤对我说，回去我嫁给你吧。我说，到时候再说吧。她吮一下嘴唇，我想迅速离开。就在这个时候，那条巨大的壕沟在我面前裂开，我只能被它疏而不漏地弄了下去。唉，我的天，我的天。现在你们明白了，有一个人终于落入法网啦。他将决定：这一次要用谁的名义克服困境。不知你们对此作何感想，反正每当我被这个巨大的问题困扰住时，我就难免泪如雨下——哦，我广州的鞋盒子/我兰城的蓝拖鞋/

赋格

　　这篇小说本来在上面一段就戛然而止了，但一位令人尊敬的前辈打电话给我，提出了一些非常中肯的意见，其中最重要的一条是：既然这篇小说写了吸毒这样一件事情，那么结尾还是应当有些以儆效尤的意思在里面才好。他是正确的。不是吗？如果只有死亡，没有赋格，那么开头我们重温的那首伟大的诗篇便会逊色万分。是赋格赋予了死亡以沉痛——如果允许的话，我还会将其称为**迷人的沉痛**。感谢这位前辈。

所以，就有了下面这些：

【警讯】近日，警方在一次行动中抓获一名吸毒人员。该人在戒毒所被其女友指认出具有重大贩毒嫌疑。据查，该人曾因贩毒被判刑两年，出狱后再次以导游的身份为掩护，长期从广州购得毒品来我市贩卖。该人辩称，真正的贩毒者另有其人，并供认另一名康姓男子为幕后元凶。警方经过艰苦的侦查，证实此说纯属无稽之谈，并且从广东抓获了这起贩毒案的上线。

【谵妄】（delirium 精神病理学名词）一种非特异性脑器质性综合征，特征是意识障碍与注意、知觉、思维、记忆、情感、精神运动和睡眠——觉醒节律紊乱并存。谵妄是暂时的，其程度呈波动性。大多数病例在四周内恢复；但持续到六个月的也不罕见。同：急性器质性意识模糊。见：戒断状态；伴有谵妄的戒断状态。

【神经截断】一种尚未成熟的戒毒方法，有助于我们了解吸毒者的精神特征，似乎也有助于我们了解自己。为此，我请教了一位从医的朋友，他说："成瘾"问题在很大程度上是一种精神活动，因此，该方法主要是破坏大脑中某些与精神活动有关的区域。该方法以吸毒者大脑中的某些边缘系统为靶点动刀。边缘系统控制情感，如果它活动太低就抑郁，如果太高就狂躁。把边缘系统比作电视的亮度，你把它调低了，所有频道的亮度肯定都变低。同理，对边缘系统动刀，切除其对毒品的依赖，同样就切断了它对其他事物的依赖，比如性、情感。人类的精神活动非常复杂，科学家曾认为抑郁、幻觉等精神症状，能在脑内找到特定的结构部位，从而进行治疗。说到这里，这位从医的朋友喟叹道：但一百多年过去了，我们仍然没搞明白，大脑的功能实在太复杂啦，目前我们无法定位脑内特定的区域对人类精神疾病的影响。唉，我的天，唉，我的天。

【戒毒三个阶段】脱毒——康复——重新步入社会的辅导。

【赋格】(Fuga) 赋格是盛行于巴洛克时期的一种复调音乐体裁，又称"遁走曲"，意为追逐、遁走。赋格的结构与写法比较规范。乐曲开始时，以单声部形式贯穿全曲的主要音乐素材称为"主题"，与主题形成对位关系的称为"对题"。之后该主题及对题可以在不同声部中轮流出现，主题与主题之间也常有过渡性的乐句作音乐的对比。赋格是复调音乐中最为复杂而严谨的曲体形式。其基本特点是运用模仿对位法，使一个简单的而富有特性的主题在乐曲的各声部轮流出现一次（呈示部）；然后进入以主题中部分动机发展而成的插段，此后主题及插段又在各个不同的新调上一再出现（展开部）；直至最后主题再度回到原调（再现部），并常以尾声结束。作曲家运用各种复调手法，将主题加以各种不同的调性与节奏的变化，形成高度统一的音乐形象。赋格曲的弹奏，对于训练钢琴学员的**复调音乐思维有很大的助益**。

寰球同此凉热

你好，亲爱的，欢迎来到地球。这里夏天热，冬天冷。地球是圆的，同时又潮湿又拥挤。在它的表面，你大概能活一百年。在这里，亲爱的，就我所知，只有一条规则——"他妈的，你必须仁慈点！"

——冯尼古特

在一个溽热的午后，老康跑到我家。进门后他没有像往常那样提出和我下一盘围棋，而是独自坐在沙发里忧心忡忡地吸烟。我觉得这样很好，因为我刚刚和妻子发生了长达一个早上的争吵。小鸽，我的妻子，在老康到来的十分钟前，刚刚摔门而去。她给我撂下了一句话：等着瞧吧，有好日子等着你！这句话有股邪恶的魔力，投掷在我激动的情绪中，如同一枚石子，令我的思绪泛起茫然的涟漪。我和小鸽的日子不乏争吵，以前她也撂下过同样的话，但是在这个溽热的午后，我突然觉得，我们的日子就是被她的这句话诅咒成了今天的这副样子。我们一天天地等着瞧，在等待之中，日子真的如小鸽所言——成为了好日子。这当然是句反话，正因为如此，它才显得邪恶。我觉得，小鸽撂下这句话时，是怀着一种幸灾乐祸的态度。那么，她幸灾乐祸什么呢？我们成为了夫妻，我等到那样的"好日子"，对她会是一件幸事吗？难道，我们不是休戚与共的吗？难道，我的日子一塌糊涂，我的艰难困苦，能够成为她的欢乐？我被一些玄秘的虚无感击倒了，如果此刻老康像往常那样，纠缠着要和我对弈，我想我是会无比厌倦的。此刻我没有丝毫的胜负之心，我理解不了，当别人失败之时，我们那种可笑的幸福感来自何方。我从自己与小鸽的关系出发，将整个世界同自己联系在了一起，我觉得，所有人的不幸，都不应当成为我们的欢乐。

老康的确是忧心忡忡，这可不像往常的老康。我这个总是剃着一颗光头的老同学，很容易高兴起来，如果有人表扬了他的领带，他都会因此快乐一整天。我觉得老康忧心忡忡，也没什么确凿的证据，也许，是我自己的心情太过糟糕，才令快乐的老康都显得非同以往了。

我问道："老康你没事吧，是不是做了什么亏心事？"

老康抬起脸来，我看到此人的嘴角似乎在隐蔽地抽搐。

这令我觉得好笑，不免调侃他："你到底怎么啦？不会是犯下什么血案了吧？"

老康不回答，嘴角痉挛得更厉害了，他欲言又止，眼睛里也噙满了泪花，很像电视机上小鸽的那只瓷狗的神态——那只瓷狗也是一脸的可怜相，水汪汪的一对狗眼充满了委屈。

"你跑来就是想让我猜谜吗？"我突然感到了疲惫，开始烦躁，说道，"那你办不到，我没兴趣，现在我要去睡觉。"

说完我就进里屋去睡觉了。但显然是无法睡着的，气温已经开始升高，它只在清晨那一会儿是自然凉爽的，而"那一会儿"，已经被我和小鸽的争吵占用了。如果那一会儿没有被吵醒，或者可以一直昏睡到十点以后，如果醒了，就必须身陷在空调制造出的虚假温度中体会与世隔绝的滋味。我躺在床上，回味着那弥足珍贵的"一会儿"，泪水突然流了出来。

这是怎么了？我为这个午后泛滥的泪水而诧异。我，老康，我们都不是泪水汹涌的人。对我们而言，泪水甚至堪称稀有，我们很难为什么滴下泪来，起码从表面上看，我们都心如钢铁。可是，此刻我们都泪水涟涟。

我重新走回客厅，看到老康把脸埋在沙发靠背上，肩膀觳觫，后脖颈上的肉都一抽一抽的，好像真的很悲伤。这可真是奇怪啊，我努力回忆了一下，结论是：我真的从未见过老康的哭泣，在我的回忆里，老康的眼里至多是像狗一样地噙满了泪花。可他此刻分明是在哭，真哭，浑身战栗。但我不想刨根问底，我觉得自己的麻烦已经够多了，不想知道老康有什么问题。

我开始打扫房间。每次和小鸽争吵后，我都会觉得满屋狼藉，尽管我们之间的冲突仅限于语言，但内心的风暴总令我觉得足以将家里的秩序破坏殆尽。地上有很多头发，长短混杂，不是我的就是小鸽的，扫到一堆居然有那么多。看着这堆头发，我彻底震惊了。我震惊于毛发从我们身体上一落千丈地离去和因此隐喻着的不可遏止的颓唐之势。我拼命忍回了即将流下的眼泪——如果在这间屋子里同时有两个男人像狗一样地哭泣，会是一种什么样的局面？

我用抹布擦拭灰尘，擦到人造革的沙发上，我推推老康，他让开一点，继续埋头啜泣。老康不知道我把哭泣的权利让给了他一人独享，他哭得心安理得，等我擦干他蹭在沙发靠背上的涕泪后，接着又把脸贴上去干干净净地哭。

随着清扫房间的工作深入进去，我也一点点平静下来，仿佛我清理着的不是这间屋子，而是自己杂乱无章的内心。事实上，我也真的希望把自己的心放在水龙头上冲洗一番。我想起了死去的父亲，他曾经教导过我，要我面对生活时必须"一天一天地抠着过"，不放过每一天，不求有功，但求无过，哪怕闲极无事去扫扫地、擦擦桌子，这样也算是做了一件有益的事，是对生活画上了一个正数，起码不是在消耗生活，不是在对生活做减法。我想我现在就是在对生活画正数。在厨房里，我把一只被小鸽咬了一口的西红柿扔进了垃圾袋。扔完我当即就后悔了。虽然这只西红柿被咬了一口，而且好像已经放了三天，但它依然新鲜，其余的部分仍然可以食用——但是我却把它扔掉了。那么，我又做了一件消耗生活的事，对生活做了一次减法。这样的换算令我悲怆，我觉得自己总是这样，加加减减，减多加少，于是生活于我就一天天地成为了一个巨大的负数。

出去扔垃圾袋时，邻居的小男孩正兴冲冲地奔上楼，他看到我后就停在楼梯上，和我保持距离，水火不容地瞪着我。我知道自己曾经伤害过这个孩子，似乎是有一次，我和小鸽在楼下争夺一个大旅行包（我们又吵架了，她收拾行囊准备出走），这个男孩自告奋勇地冲上来帮我，却被我无情地赶开了。因此他一直不原谅我。我装作没看到他，把垃圾袋丢出去就准备进屋了。

这个多情的男孩可能感到了被人漠视的侮辱，他字字恶毒地向我骂道："你应该把自己也丢出去，你也是一只大垃圾！"

我的手停在门把上，眼泪终于忍不住流了出来。男孩看到我停在了门口，心里害怕起来，向下退了几阶楼梯。我一动不动地站着，让泪水静静地流淌。男孩觑觎了半天，不见我有进屋的意思，终于尖叫一声向楼下逃去。他带着哭腔咒骂着，垃圾！垃圾！

门被从里面推开，老康怔忪地看着我。有一瞬间，我非常害怕老康也变成一个多情的男孩，对我伸出援手，不恰当地为我抹去泪花。所以，当老康真的抬起手来时，我的内心充满了不安。

幸好，他只是拍了拍我的肩膀，说："我们出去走走。"

走在街上我们都心不在焉，并且很快都汗流浃背。相对于我现在的心情，兰城的夏天实在是太热了。

我对老康说："你最好把领带摘掉，你这样显得特别愚蠢！"

老康很听劝地把领带摘掉，揉成一团胡乱塞进手里的塑料文件袋里。

我这才发现了这只塑料文件袋，它被老康这个光头大汉夹在腋下，实在是滑稽透顶。所以我得寸进尺地说："你最好把文件袋也扔掉，夹着这玩意儿同样的愚蠢！"

"你有完没完啊？一天不骂人你就会憋死吗？"老康火了，"老子就爱这样！"

我觉得老康今天异常的可爱——嗯，他突然具备了一种单纯之美，烈日下的这个光头大汉，宛如一个巨型婴儿。我就不想和他吵架了。

我们在北新街停住，找了个冷饮摊坐下，每人要了瓶黄河啤酒喝。啤酒刚从冰柜取出来，喝起来冰得让人不可思议。

路对面是一个卖刨冰的摊子，支着顶花里胡哨的大阳伞。一块城墙砖一样巨大的冰块用湿毛巾捂住；几桶果汁背后隐藏着一块硬纸板，只露出两个字：五角。

摊主是一个白暄的胖子，在盛夏里穿得整整齐齐，俨然一个机关干部。

一男一女两个年轻的乡下人走过去，在刨冰摊前踟蹰不决。男青年背着只很大的编织袋，里面鼓鼓囊囊，显得沉重不堪。男青年显然是走不动了，他想喝刨冰，就和女同伴商量。女同伴有点犹豫。

胖子看出了他们的心思，动作熟练地用一把铁皮刨子飞快地刮出两杯冰屑，灌上果汁，不由分说地塞给他们一人一杯。两个乡下青年互相看一看，羞涩地接受了。男青年喝得很痛快，一口就喝光掉。女青年喝得也不慢，但她好像被什么匪夷所思的美妙滋味惊吓了一下，因此喝得没有同伴那样豪爽。

然后争执就开始了。男青年满意地付出一张挺括的一元钞票。胖子用迷惑的眼神打量他。男青年并没有醒悟，依旧憨笑着付钱，我想他甚至以为对方的意思是要免费。当然不会是这样，胖子一本正经地指指旁边，几桶果汁不知什么时候拉开了距离，它们后面的硬纸板这时就多出了三个字，二十元，成为了"二十元五角"。男青年显然还是没有醒悟，等稍稍明白一点时就有了魂飞魄散的惊讶感。他夸张地向后跳了一步，然后又迈近一步，他要分辩，要质疑，要据理力争，要摆事实讲道理。胖子当然不听这些，二话不说，揪起他的领子左右开弓就是两记耳光。男青年立刻被激怒了，他根本不怕这人，伸手卡在对方脖子上。他一还手，胖子就立刻处在下风，他哪里打得过一个生龙活虎的乡下青年，于是杀猪般地号叫起来。马上就出现了四五个帮手，也不知道从哪里冒出来的，劈头盖脸臭揍男青年。男青年一下子被打蒙了，他不明白，真的不明白，像在做白日梦，一个噩梦。他的同伴，那个女青年，无助地放声大哭起来。

我一点思想准备都没有，老康已经拎着啤酒瓶冲了出去。老康是那么义无反顾，越过马路时差点被一辆出租车撞飞。我依稀看到，烈日下行动敏捷的老康晃动成了一道光影，他壮硕的肉身长出了一对巨大的翅膀，从车流滚滚的马路上滑翔而过。当我回过神来也跟着跑过去时，老康手中的啤酒瓶已经照着胖子的后脑勺砸了下去。那颗肥胖的脑袋顿时血流如注，血混在啤酒沫子里流得蔚为壮观。

胖子晃了晃脑袋，一头扑倒在地。老康有一刹那的呆愣，他可能感到有些恍惚。

胖子的同伙向老康扑上来，其中一个用铁皮刨子狠狠地扎在老康的头顶上。我看到老康的头顶冒出一朵红色的浪花。老康顶着这朵浪花茫然四顾，他显得多么纯洁啊！

不可避免，我冲上去加入到这场斗殴当中，立刻打作一团，敌我难分。我感到背后被人蹬了一脚，身子前冲撞到摊子上。那块城墙砖一样巨大的冰块掉下来，不偏不倚，正好砸到我左脚脚面上。我哇哇惨叫，每一个音符都是从肚子里弹跳出来的，好像那块巨大的冰块落在水中溅起的浪花一样。我感到我的脚被砸扁了，成为了一堆粉末，那种骤然失去身体某个部分的感觉，空前盛大。

殴斗是戛然而止的，没有一点先兆，因为警笛声来得没有一点先兆。对手一下子就消失得无影无踪，他们是训练有素的一群人。令人费解的是，作为主要当事者的那两个农村青年也跟着他们消失掉了。胖子倒没有跑脱，他歪头斜脑地在原地打转；我的脚扁了，没法跑；老康倨傲地不愿意跑，他仰着脖子站着，顾盼自雄，鲜血像一盆吊兰扣在他光光的脑袋上——他认为他真理在握，用不着跑，那派头，倒像个维护治安的。

警察包围过来。我们三人被一同塞进警车里，并且良莠不分地被铐在一起。三个人戴了两副手铐，串成一串，胖子居中，左右手腕分别束缚住两个对手。

警察先将我们送往医院治疗。老康和胖子有明显的外伤，被一同押着去缝合。我的左脚伤情不明，需要拍片确诊。我感到我的左脚有一股焚烧般的灼热，并且又有些空空如也的清凉。我从来没有关注过我的这只左脚，仿佛它子虚乌有，直到今天，它用灼热和清凉证明了自己的存在。

押我的警察是个很漂亮的小伙子，他很年轻，湿漉漉的嘴唇上长着一圈柔软的髭须，而且，他还相当和气。

"很痛吧？是不是很痛？" 拍完 X 光片，坐在走廊的长条凳上等待结果时，小伙子警察一直温柔地问我，并且安慰我，"忍一忍，忍一忍。"

X 光片显示是粉碎性骨折。由于跟着个警察，我的身份很快被察觉，那两个骨科大夫因此变得粗暴异常，他们三下五除二替我打上了石膏，手法让人对效果充满了担忧。我眼睁睁地看着自己的左脚一点点变得陌生，变得面目全非，成为一块硕大的不明物，那两个正直的医生还毫无必要地在这块不明物上嘭嘭地敲打了两下。

我和小伙子警察在警车里坐了很久老康和胖子才缝完针。胖子伤势较重，脑袋后面的头发整个被剃光后伤口才得以缝合。老康好一些，他本身就是光头一颗，因而面目改变得并不剧烈。两个家伙一同经过治疗，出来时变得很亲昵，又被铐在一起，看上去更有股难舍难分的劲头。他们步调一致地从门诊大楼的台阶上走下来，走到警车前你让我、我让你，一团和气地请对方先上。押他们的警察当然看不惯，喝令他们一起滚上去。两个家伙才手脚并用地挤上车。

老康这时似乎才想起我，头拱到我面前向我汇报道："七针，你怎么样？"

我左脚的鞋子当然失去了作用，目前被我拎在手里。小伙子警察很好，也可能认为我跑不掉，就没有再给我铐上手铐。我用那只鞋子指指那块硕大的石膏。

胖子看到我们相互交流，按捺不住寂寞，讪笑着说："我十七针，比较多一些。"

"你很光荣吗？" 这招致了一个警察的训斥。

胖子翻起白眼，他想不通，为什么我们说话没人干涉，他一开口就要挨骂。但他很快就不这样想了，很快认清了形势——几个警察越来越严厉，命令我们低头、闭嘴，再要放肆，绝不客气。

警车一路鸣笛而行，很威武。老康有股乖张的兴奋，目光殷切地盯着车窗外面，好像很希望被人看到。如果真有人看，他就朝人家充满悲悯地凝望。看到他这样，我很不理解。这个家伙今天太反常啦！我粉碎了的左脚令我斤斤计较起来，我首先想到的是，失去了这只左脚，明天我将无法再站在讲台上，更遑论和我的学生们去踢激烈的足球。失去讲台和足球，我还是那个大学助教吗？我的身份由此变得岌岌可危，这样的局面令我对老康心生怨怼。我觉得自己陷入目前这样的境地，完全是因为老康在午后出现，并且愁云密布地哭丧着脸。

警车把我们带到西新街派出所，和气的小伙子警察先跳下去，他示意我下车，原来他是要扶我一把。我很感动。人在落难时就是容易感动，有时候一个屁都能令人感激涕零，更何况一个搀扶。

我们三个人被送往羁押室，它处在派出所拐角的厕所边。看守不像是一个正式警察，因为他没有那种特殊的神气劲。所以他更要表现出神气，他命令道："把裤带摘掉！"

跟在身后的小伙子警察说："不用，这三个事不大。"

羁押室里已经有四个人了，二男二女，其中一个男的和那两个女的像是吸毒者，他们正在经受着某种显而易见的折磨，全部脸冲着墙蜷缩在角落里；另一个则十分活跃，我们进去时他正在里面散步，看到有人被送进来立刻欢呼了一声。这家伙穿着条大裤衩，长得矮小精干却身有残疾，左腿典型的小儿麻痹后遗症，肌肉萎缩，骨骼变形。

他拖着条跛腿凑过来，深沉地说："你们才从前线下来吗？这可不好啊，轻伤不下火线，重伤不进医院嘛！"

胖子被吓住了，往老康身后躲。

我心里充满了对自己左脚的痛惜，我害怕落得和这个瘸子一样。在这一刻，我对我的左脚已经是怀着一份缅怀与凭吊的心情了，仿佛它已经永远离我而去。

"有烟吗？"瘸子很快和我们混熟了，一熟，他就开始索取。

"有，我有。"胖子很高兴，因为只有他有，别人没有。

他很大方地发给每人一支精白沙，发完才发现没有火。

"我的打火机呢？一定是打飞啦。"他以为自己很幽默，嘿嘿笑起来。

瘸子趴到窗子上敲一敲，看守露出头，他把手里的烟卷扬一扬，于是一只打火机从铁栅栏外伸进来，替他点着火。胖子一直密切地关注着，瘸子把点着的烟递给他接火，他的表情都有些肃穆了。

"皮带不错呀！"瘸子达到了一个心愿，欲望就随之膨胀起来。他看上了老康的腰带。

"看上啦？"老康很平静。

"哪里，哪里，"瘸子反而不好意思了，干巴巴地说，"我只是不想浪费，浪费可耻嘛。"

老康问："什么意思？"

瘸子指出："你们是会被送进看守所的，到那里什么都保不住。而我肯定会被放掉，所以不如送给我，毕竟我们算是有了缘分。"

"你说什么？"胖子立刻不安了，"我们会被送进看守所？真的这么严重吗？"

瘸子一挥手说："肯定会，至少得拘留半个月。"

胖子顿时慌了手脚，眨着眼睛看老康。

他对老康说："都是你，都是你，本来没事，你非要掺和进来。关你屁事啊，那两只土鳖又不是你亲戚。"

"你为什么一定会被放掉？"老康瞪胖子一眼，用一种求教的态度问瘸子。

"没人要我啊，送到哪里都没人要。他们拿我没办法，怎么请进来怎么送出去。"瘸子得意洋洋地拍打他的瘸腿。

老康问："为什么会没人要你？"

瘸子说："现在哪里都讲效益，看守所也一样，我这样不能干只能吃的，当然没人要。"

"那我也没人要。"我不由得插了句话。

"不行，你还是有人要，养一养就好了，还可以用。"瘸子打量我一番，很有把握地说。

原来是这样，我还有人要，还可以用。这让我烦躁起来，突然发现这里不是人待的地方，厕所的氨气充斥在每个角落，令酷热都变得宛如一种化学现象。

"你们不饿吗？"瘸子又有新花样。

"不饿，我渴。"胖子讲他的感受。

"那里有水，不过得省着喝，两个小时才给灌一次。"瘸子说。

墙角果然有只矿泉水瓶子，里面有大半瓶凉水。胖子举起来喝，一喝就忘了处境，一口下去大半瓶水就剩了个底。

"比你的刨冰怎么样？"老康问他。

"当然比不过，出去我请你喝。你爱喝菠萝的还是橙子的？"胖子热情洋溢地问。

"我爱喝狗屎的！"瘸子用那条瘸腿踢他一下，"妈的你也太恶了，剩下个水毛儿，弟兄们喝什么？"

胖子低下头翻着白眼珠看他。

"身上有钱吗？拿出来，都下午了，你就不想吃饭吗？"瘸子给他一个将功补过的机会。

"这里还可以买饭？"胖子两眼放光。

"买饭算个屁，女人都有的买！"瘸子不屑地说。

"真的？"胖子的声音颤抖起来，他觉得太神奇了。

"不信你试试，"瘸子一指墙角的两个女人，"现在你跟她们就可以就地解决。"

两个女人冲墙而卧，脸看不到，仅从背影看就很肮脏，所以胖子不喜欢。

胖子请大家吃盒饭。瘸子把一张五十元的钞票递出去，看守不一会儿就买回来了。四个人一人一份，当然没那几个吸毒者的，他们全部沉浸在自己的世界里，居然都有些苦修式的哲学家风范。

大家吃得都很香。我不免哀伤，自己居然可以在密布的氨气中进食，看来真的没希望了。吃完饭胖子就焦急起来，不停地嘟囔，几点了，都几点了，怎么也不问一下，这样要关多久啊？到底要关多久啊？他一急，我也觉得急了，是啊，要关多久啊？怎么还不处理呢？赶快处理一下吧！越想越急，想到根源，我开始想揍老康一顿。

"都是你这个混账，你今天到底哪根筋有毛病？"我逼视着老康。

"你不要这样，让人看笑话。"老康小声说。

我想想有道理，就把他拉到另一端墙角坐下。

我说："到底哪根筋有毛病，你说说看。"

老康吞吞吐吐地说："嗯，家里来了封信……说老家姑妈的小女儿死了……刨冰摊前的那个农村姑娘，嗯，我觉得和她有点像……"

"你跟她很有感情？"我有些意外。

"谁？"老康不解地看看我。

"你姑妈的小女儿啊，"我说，"算是你表妹吧——"

"堂妹，"老康纠正道，"是堂妹。"

"那就是堂妹吧。"

"算不上有感情吧……"老康迟疑了一下，回答道。

"什么意思？"我定了定神，认真打量我这位老朋友的脸，"啊？什么意思？"

"我们……没见过面，我也是第一次听说还有这么一个堂妹。"老康闭上眼睛说。

"什么意思？没见过面你哭什么丧？没见过面你会觉得有人和她长得像？"我愤怒了。

"你太冷漠了！"老康吸了口气，他的脸向我伸过来，我觉得他那张大脸在一瞬间膨胀起来，充满了批判的力量。的确是这样的，他很激动，因而语无伦次，"好好想一想，一个人就这么死啦！好端端的，你的一个亲人就这么死啦！她身上流着和你一样的血，她和你有一种天然不可分割的联系，而且，喏，这个世界上谁不能够是你的兄弟姊妹？"

老康越说越亢奋，但还是保持住了最后的理智，注意不让人看我们的笑话，因此他的声调特别古怪。他贴着耳朵向我克制地咆哮着，让我几乎要跳起来。我觉得他用这种腔调制造出来的效果堪称惊人，像两根有力的手指在拨弄着我那柔弱的神经。

这时候羁押室的门开了，那个小伙子警察走进来问道："想好了没有？"

"想好啦，我想好啦！"胖子装得像个欢天喜地的儿童。

小伙子警察问我们："你们呢？"

我强打起精神点点头。

"那好。你们现在有两个选择：一、治安处罚，拘留十五天；二、还是治安处罚，每人一千，罚款回家。当然了，两种处罚治疗费都得你们自理。自己选吧。"小伙子警察循循善诱，这让我觉得如果他去做一名助教，一定比我称职。

"我要罚款！"胖子很踊跃，仿佛在课堂上抢答一样。

"我们也要罚款。"我跟着说。我不敢让老康来选择，我觉得老康今天什么事都做得出来——他刚死了一个素昧平生的堂妹。

胖子被带了出去。

"我的手机呢？我的手机丢掉啦！钱包也没啦！"老康突然叫起来，然后他开始向警察分辩，说他是见义勇为，他也要像那个农村男青年一样地去质疑，要据理力争，要摆事实讲道理。

小伙子警察不动声色地看着老康，但我分明感到了这种不动声色所具备的威力，它就像暴风雨前欺骗性的平静。我打断了老康，要求警察放我回去取钱。这时我才发现，自己浑身已经被汗浸透了，像一个刚刚被打捞上岸的落水者。

"我跑不了，他还关在这儿。"我用老康做抵押。

小伙子警察依然和气，他批准了我的请求，"不过要快去快回"，像出门前母亲的叮咛。

但我快不起来，真的行动起来我才认识到少一只脚带来的麻烦。我根本不会走，这看起来有点可笑，活到快三十岁了，居然不会走了。出门时我只穿着裤衩背心，身上一分钱也没有，所以我也不能打车。我也不想坐车，因为我根本不想快去快回。我不明白这究竟都是为什么，为什么我要拖着一大块石膏？为什么我要忍受身体无端的灼热与清凉？为什么我要在炎炎烈日下把一只鞋拎在手上？老康的话言犹在耳，它们回旋在我的头颅里。某个远方的人已经死去，但死亡的讯息却在世界波及。

跳回家，我从那叠钱里数出需要的数。那叠钱是我准备用于和小鸽去香格里拉旅游的，而我们今天清晨的争吵也与此有关。我在心里呼唤，原谅我吧，小鸽，再见了，香格里拉，因为远方有人死去！出门时，我又在楼梯口撞到了邻居的那个小男孩。男孩惶惑地看着我的左脚，忘却了对我堆积已久的仇视。

我在楼下拦了辆车，不是想赶时间，是我的确跳不动了。

回到西新街派出所，警察给我做了份笔录，然后我在处罚书上签字，摁指纹，交钱。

从派出所出来时，老康要来搀扶我，被我断然拒绝。我宁可继续艰难地跳着，因为我知道，任何帮助都无法有效地令我们不艰难。

我们重新走回到街上。出门时我们各自哭过一场，因此都有些心不在焉；现在我们各自受了些伤，同样的有些心不在焉。这样看起来区别不大，唯一鲜明的是，出门时有四只脚踏在地上，现在却只有三只。另外就是，我手里多了只装 X 光片的塑料袋，小伙子警察很仔细地交还给我，让我别忘了按时复诊。但这不足以形成差别，因为老康手里的那只塑料文件袋不见了，尽可以把它们想象成同一个东西。老康却不这么去想，他坚持要去找那只塑料文件袋。

"你够了没有啊？还不够吗？"我对老康失望透了。

"你安静一些好不好？那里有份贵重物品。"老康耐心地劝我。

我们回到了事件现场。

那个胖子居然又在卖他的刨冰，居然还是只露出"五角"。这家伙留着一个遗老遗少的怪发式，全身上下找不到一点挫折感。看到我们他倍感亲切，马上过来招呼："出来啦？快来喝一杯！"

我要了杯橙子的，觉得味道真的不坏。老康到路对面的冷饮摊找东西，一会儿就兴高采烈地跑回来，手里挥舞着他的塑料文件袋。老康也喝了杯橙子刨冰，然后我们和胖子依依惜别。

老康从失而复得的塑料文件袋里掏出他的领带。

"你就是舍不得它吗？"我问。

"当然不是。"老康从里面掏出张纸塞给我。

我一下子没有看出这是张什么玩意儿，它上面写满了字母，似乎是某种证书。但它上面有我和小鸽的一张合影。我记不起什么时候给过老康这样的照片，但很明显，这是两张单人照，现在被合成在一起，才成为了一张合影。作为这张合影的原始素材，我那张是标准的证件照，而小鸽的却是一张生活照，所以我们的表情各异，一个很严肃，一个很不严肃，强行被拉在一起，就既不严肃也说不上不严肃。这是一张叵测的合影，有着两张截然不同又相互消耗的表情，就像生活本身。

老康说："看出来了吗？这是张结婚证！你看一看，上面盖的是哪儿的戳。"

我把这张结婚证捧在眼皮下，经过辨认，发现那些字母不过是一些汉语拼音，而那枚钢印经过一番拼读，居然是"火星大使馆"的。

"现在流行这个，"老康非常诚恳地说，"我从网上给你们也弄了份，拿回去哄小鸽高兴吧，最近你好像总是摆不平她。"

我把这张火星结婚证放进 X 光片袋里，让两份本质相同的东西待在一起。相对于一份来自外星球的证书，它稍微显得粗糙了些，就像老康不知所云的善意。

我们在街头分手，已经是霞光满天。这是怎样的一天啊？它全部的秘密只是在于，某个遥远的山沟里，有一个女孩死掉了。我觉得我能够原谅老康，不是吗，寰球同此凉热啊。

回到家后我很想冲个澡，但我立刻认识到了从此我将备受煎熬。我毁坏了我的左脚，我将不能很好地洗澡，我惧怕那块石膏会在水流下融化掉，那样我的左脚也将如雪人的脚一般融化，这种扩散式的融化最终会令我整个人都蒸发掉；我将不能在房间里散步，甚至连大便都将发生一定的困难。我感到困难终于在我面前具体了，它们不再只是一些抽象的东西，喏，这么多年，它们终于变得具体了。这是无法回避的一刻，我开始面对自己的问题。我掏出那张 X 光片，对着灯正视。我不能认定这就是我左脚的骨骼，它们的确是粉碎了，裂成许多碎片，把它们举在眼前看，粉碎就被放大了，问题叠加，变得触目惊心。我觉得我的生活被定格在这张 X 光片上了，一次意外的发生使真相被抓拍下来，于是全部的生活就栩栩如生地呈现于眼前。

小鸽在晚上回来，她似乎已经淡忘了清晨的争吵，但是心情依然不佳。

我觉得心里有点焦虑，却不知道焦虑什么。我把左脚伸出去，伸得很直，像是要给人使绊子一样。小鸽走过来走过去，面对如此昭彰的一只左脚居然熟视无睹。

她边换睡裙边问："你一天跑到哪儿去了？"

我紧张地等她回头，因为我把左脚伸在了她一转身就会看到的位置。她的确转身了，低头从我的左脚跳过去，用手裹着睡裙进了卫生间。很快卫生间传来哗哗的水声。

"你一天跑到哪儿去了？"小鸽在哗哗的水声中问。

"你管我哪儿去了。"我顶回去。

"你又来了！这样下去不行，我们这样下去不行！"小鸽在卫生间里哭起来。

我猛地起来，又猛地摔倒。我忘了自己的左脚。我爬了起来，但内心巨大的召唤勒令我重新爬在了地上。我默默地匍匐着爬行，内心沉静而又疯狂，并且有种无端的甜蜜。我将卫生间的门缓慢打开，小鸽一眼看空，当低头看到我时，立即失声尖叫，她用双手护在胸前。水中的小鸽显得多么顺从，水流将她所有的毛发都梳理得服服帖帖了。我像那些在街头行乞的残疾人一般撑起身子，用双手抬起自己的腿，把左脚"咣"地摔在卫生间里。小鸽真的被吓坏了，她没见过这东西，不知道是个什么玩意儿。

"我的脚扁啦。"我动情地对她说。

小鸽努力向后缩，她还是不能从恐惧中走出来，她当然想不通那会是一只脚。我举着那块石膏向她靠近，向汹涌的水流靠近，我不惜融化自己。

"你不要过来！"她尖叫，然后从我身上一跳而过，逃出了卫生间。

"你根本不关心我，又要问什么我去哪儿了，我的脚扁啦，可你看都不看一眼……"我掉转方向，半跪半爬地再次向她靠近。我觉得我又要流泪了，我用干燥的声音说话，其实我的内心一片潮湿。

"你不要过来！"小鸽抓起身边的东西摔过来。

我接住，是那只 X 光片袋，里面有我全部的真伪，全部的伤情，可是她不看，扔还给了我。我立刻变得有气无力，我已经丧失了继续爬行的勇气，只好挣扎着重新站立起来。一切如旧，还会有别的可能吗？为什么要努力？为什么要期待？

我有些尴尬地说："可是我的脚扁啦……"

小鸽终于过来了，光着身子蹲在地上看那只左脚。我从上面看下去，觉得这样的情景既滑稽又迷人——一个赤裸着身子的女人在观察一只打着石膏的左脚，这样的情景也许只有在两个地球人之间才会发生。

"很痛吗？"小鸽问我。

"还可以，"我说，"但是你应该先问'为什么'。"

小鸽问："什么'为什么'？"

我引导她："为什么会搞成这样，好端端的一只脚，为什么会搞成这样。"

小鸽问："那么为什么？"

我回答她："因为它被砸了一下，嗯，很大的一块冰砸在它上面。"

"一块冰？"小鸽显然是无法理解的，"究竟是怎么回事？"

我说："我在街上喝刨冰，结果桌上的冰块被人撞下来，正好砸在脚上。"

不出所料，小鸽开始指责我："你为什么不小心？啊，为什么？你的生活还不够乱吗？"

我说："我为什么要小心？我的生活已经够乱啦！"

小鸽悲伤地叫起来："我看我们真的要结束啦！为什么会这样，我真的受不了啦！"

"为了我的脚扁了吗？"我说，"我知道为什么，我的脚不扁你也受不了，你感到压抑，小鸽你是感到压抑吧？"

"说不清，我也不知道，真的不知道！"小鸽抱着那只左脚哭泣，泪水抹在上面。

我说："好啦，不要哭。小鸽放假我们去香格里拉玩吧。"

小鸽说："拖着几公斤石膏吗？"

我说："我说的是真的。"

小鸽说："我不去，我要带家教。"

"为什么要带家教？"我小心翼翼地说，"你不是想去香格里拉玩吗？"

"不为什么。"小鸽进到卫生间里接着去冲澡了。

连我自己都有些吃惊，为什么这些天"香格里拉"成为了心中的一块顽石，总是被反复强调出来。她也许当时只是随口说说，如今也许已经兴味索然了，但是我却念念不忘。想了一会儿，我明白了，自己抓住这个主题，原来是想借此回馈给小鸽一些什么，"香格里拉"成为了一个需要被满足的梦想，它囊括了我们之间情感的现状，一个咫尺天涯的地方，一个不足挂齿的愿望，然而却成为了鉴定爱情的试纸。

"可是一定有原因，"我努力让自己平静，我说，"小鸽房子我们可以再等一等，况且凭你出去带家教也给我们换不回来房子。"

小鸽在卫生间里湿漉漉地说："和房子没关系，你又扯远了。"

我说："你这样说只能骗骗自己，我不需要你去给别人带家教，不需要你放弃香格里拉。"

小鸽说："那是你这样认为，我只是做自己的事，和你没有关系。"

我说："你知道有的，为什么不承认？"

我又开始烦躁了，有种被愚弄的窝囊感。但我并不因此冤枉小鸽，我觉得愚弄着自己的，只是他妈的生活。我昂着头，无声地对着空气咆哮，香格里拉！香格里拉！香格里拉！

小鸽说："就算是这样，又怎么样？"

我说："我说了，我不需要。你错了！"

小鸽说："就算是为了你，有错吗？有吗？"

"好啦，我们不要吵啦。"我由衷地说，"没有一天我们不争吵，好像例行公事一样，那么早上已经吵过了，千万不要再吵一次吧。"

"我没有吵，是你在发神经。"小鸽的语气也缓和下来，显然，她也害怕再次激烈起来。

小鸽从卫生间出来时，头上裹着一条白色的大毛巾。我觉得她这副样子很不合时宜，将自己的头弄得像我的左脚。

小鸽替自己按摩面部，她突然说："我可能怀孕了。"

我对她的话充耳不闻。这个时候我突然想到了火星，是老康的那张"火星结婚证"勾起了我的遐想，我并不是指望用它来"摆平"小鸽，我只是开始思念火星。我隐约记得，那是一个生满了锈的地方，常常有猛烈的大风……

"我可能怀孕了！"小鸽加重语气又说一遍。

我说："会吗？"

小鸽开始急躁，双手在自己脸上拍打得越来越重，像是打耳光。

她问我："怎么不会？你一点也不关心我！我应该怎么办？"

我说："怎么会，我们每次都有措施。"

小鸽说："但那次没有，你忘啦？"

我认真想一想，我真的想不起来。我会没有阻碍地深入过小鸽吗？

小鸽说："就是那一次！"

我问："哪一次呢？"

然后我的耳朵里就是一片忙音了。我听不到小鸽给我列举的"那一次"，我只是喃喃地对她说："我回火星去了，你找个地球人自己过吧……"

小鸽也许听懂了我的话，也许没有，反正她没有继续再讨论下去，她也很烦，不愿去想不是迫在眉睫的问题。

夜里四点钟左右，我被小鸽的一阵阵梦呓吵醒。空调嗡嗡响着。小鸽用双臂紧紧地搂住我。她说：

"我做了一个噩梦……你被关在一间小屋里，屋子里还关着几个人，有几个哲学家，有一个很白很胖的男人，还有一个男人，瘸着一条腿，像一只鹭鸶那样站着……对了，好像还有老康，他一直在哭，一边哭，一边说着远方一个人的死去……你剃着一颗光头，你的后脑勺扁扁的，像一只板子，但是你的头顶……却长着两根天线，你知道么，一看到你受苦的样子，我的心就那么的痛……"

我静静地聆听着小鸽的梦，除了震惊和悲怆，我还能够选择什么？黑暗中，我头顶上的空调发出轻微的噪音，我逐渐感到这种轻微的噪音成为了壮阔的轰鸣。我觉得自己的身体在一点一点绷紧，仿佛蓄势待发，终于，我宛如一枚火箭被发射向了浩瀚的天际，群星璀璨，而那颗火红的行星在无尽的宇宙中熠熠发光，我当然知道，那是亲爱的火星。当我具备了一种俯瞰的视角时，我对于充斥在自己眼里的一切不幸，都怀着一份由衷的哀悼了。

被远方退回的一封信

那么多我以为已经忘掉的事，
带着更奇异的痛楚又回到心间：
——像那些信件，循着地址而来，
收信的人却在多年前就已离开。

——拉金

一

师范学校在沽北镇，沽北镇在沽河边。秋天的雾来到沽北镇，沽河上下像一个通体朦胧的容器，贮满了过去乃至未来时光的水分、空气和尘埃。沽北镇的尘埃比其他地方多，一条狗跑过去，黄尘都要跟着跑上一阵。

正午的时候，十七个年轻人在小镇的火车站下了火车，步行五公里，从朦胧里走来，一路踢踏出滚滚的黄尘，像一支虚张声势的大部队。

　　一群新到的师范教师走在沽北镇的街上，当然是一件大事。摆在街道两旁的凉粉摊、肉摊、布匹摊、菜摊，还有挂摊，发生了片刻的骚乱。沽北镇的人被这群灰头土脸却又趾高气扬的年轻人吸引住啦。街市声倏忽敛住，仿佛被一双大手拎了起来，又陡然撒手，将攥紧的喧哗一把松开。这种动静，令年轻的教师们颇感有趣。他们认为，是自己队列中那个戴黑墨眼镜的家伙造成了这样的局面——他不仅戴着黑墨眼镜，而且还穿着西装，打着一根火红的领带。这个招摇过市的人物，是未来的美术教师小虞。

　　一干新人被安置在师范学校操场边的一排平房里。一排平房，不多不少，正好十七间。是专门为他们的到来配套搭建的吗？又不像。房子的外墙用和着麦衣的黄土垒就，金灿灿的，但内里，乌漆墨黑，烟熏火燎，显然不是一天两天酿成的。那么就是凑巧了，十七对十七，这里面暗合了哪种玄秘的因果呢？平房的后墙外是铁路，路基高于学校，从操场上展望过去，火车宛如悬浮于空中。当天夜里，未来的语文教师小宋上了趟厕所，回屋时恍惚间扫视一眼十七间亮着灯光的平房，便觉得自己是面对着一列夜行火车的十七节车厢。这个比附令小宋一阵激动，恨不得立即将大家召集起来，当众指认一番。

　　第二天早起，大家在房门外蹲成一条线，就着脸盆洗漱。小宋激动依然，大声宣布道：

　　"知道吗，咱们的宿舍像一列火车！"

　　无人响应他的激动。大家都有些莫名的消极。这队人马，尽管只有小虞戴黑墨眼镜，穿西装打火红的领带，但每个人的内心，也都是颇为洋气的。不是吗，毕竟他们都读了大学，是时代的骄子。可十多颗洋气的心，如今被扔在了沽北镇漫天的黄土里。

　　也真是漫天的黄土。未来的化学女教师小范，此刻便对着自己的脸盆呆愣起来。那盆水，刚刚还可见底，但小范她洗了把脸，水就成了黄色的。小范记得昨夜是洗漱干净了的，难道，一夜之间，自己便蒙尘如斯？

可不就是一夜之间！

小范感到自己想哭，扭身回了房子，将那盆黄色的水遗弃在外面，像是一个控诉。

地动山摇，一列火车呼啸而过。大家集体仰望，感觉那压在头顶疾驰而过的火车仿佛碾压在了他们年轻的神经上。连小宋心中那微不足道的关于车厢的诗意，都在顷刻间荡然无存。

宛如一套组合拳，火车过后，更多的打击接踵而至。其中最为凶狠的一拳，是关于纪律——当然是纪律，除了森严的纪律，还有什么会更加令一群年轻人的心疼痛？学校组织了欢迎的大会，但主旨，却是向十七个新人宣布纪律。校长墙皮一般黄灿灿的，像土里长出来的一个人，在他的授意下，教导主任，另一个土里长出的黄灿灿的人，一二三四地罗列：禁止与学生发生纠葛，禁止不备课，禁止迟到早退……

大家都听明白了，用目光心照不宣地交流。其实，诸般禁忌，唯有第一条事关重大——禁止与学生发生纠葛。什么样的纠葛呢？真是暧昧，莫不是和学生拳脚相向，打作一团？怎么会！谁都清楚此间含义。未来的男教师们就去打量未来的女教师们。女教师们正襟危坐。小范依然纠结在清晨的那盆水中，是怅然若失的神情，仿佛在用自己的专业知识分析着那盆水经历了怎样的化学反应。这个核心的禁忌，只能意会，不可言传。为了强调出纪律的严肃性，教导主任唯有在其他律令上严厉规定，将迟到早退这些事情格外夸大，似乎触犯了，便无可饶恕。可不是吗，这些鸡毛蒜皮的规矩都如是重大，那个核心的禁忌，大家就自己掂量好了。就好比，做次贼都要枪毙，杀了人会如何，还需要说明吗？

　　气氛就有些凝重了。当然，这是防患于未然。但那个莫须有的禁忌，还是令年轻人感到了刺激。这刺激又被疾言厉色地警告着，所以便凝重了。

　　会议室的门突然洞开。一个姑娘施施然进来，花衣裳，大辫子，气定神闲。姑娘环视一圈，亮起嗓子叫：

　　"刘双喜！刘双喜！"

　　年轻的人们面面相觑，然后拭目以待，看哪位应声而起，成为一个刘双喜。孰料，一下子站起来三两位老教师，一言不发地围过去，簇拥着将姑娘请了出去。姑娘也配合，不过是出门前又回头响亮地叫了两声：

　　"刘双喜！刘双喜！"

　　小虞呵地笑了，把自己胸前火红的领带捏在手里，抖个不停。

　　大家以为对此会有个说明。但是没有。没有人替大家解释，这个倏忽来去的"刘双喜"是怎么一回事。还在错愕间，新人们便被率领着去熟悉校园了。公允地说，在那个年代，在沽北镇这个背景下，校园还算堂皇。教学楼，宿舍楼，小石桥，东边的花园，西边的树林。

　　学生们果然需要提防，那些女生，个个朝气勃发，头从窗口探出来，迎风吃土，观望着自己的新老师们。未来的数学教师小汪抬头仰望，自觉不能看得分明，便摘了眼镜，擦一擦，重新戴好，扶正，仔细凝视那一张张兴奋的脸。这招来了女学生们的哄笑。教导主任重重地咳嗽一声，以示告诫。

　　"刘双喜！刘双喜！"

　　又来了。那个姑娘，旁若无人地闪出来，穿过参观的新人，顾自四下里放声呼唤。戴黑墨眼镜的小虞更加敏感一些，拉住身旁的一位前辈问：

"她是谁？在找谁？"

前辈愣了一下，继而羞涩地摇摇头，一脸讳莫如深的样子。

就此，时间开始了。开始了吗？新人们又觉得时间是停滞了，凝固了，出了故障，不动了。

大家很快对一切都熟悉起来，一切在大家眼里却都愈发含混不清。教物理的小孙始终分不清镇上卖蒜的刘二与骗驴的吴七。教生物的小张对四处可见的柿子树感到迷惑。柿子树大都冠盖如云，绿荫匝地，即使小张有心为它们编了号，也常常发生混淆——当他依照内心的序列按图索骥来到某棵柿子树下时，往往发现自己仍是迷了路，本来要去火车站，却来到了邮局。这种状况，不怪柿子树，怪小张。沽北镇的路其实平铺直叙，是小张自己，一厢情愿地沉溺在他的专业里。小张对于柿子树太着迷啦。用不了很久，他就知道了哪一棵枝杈平斜，能让他躺上去；哪一棵腰身粗壮，令他无从攀爬。一来二往，反而忽略了其他的常识，天不辨冷暖，路不分东西。所以本来要去火车站，结果却到了邮局。

说到邮局，那可是新人们的一个重要去处。报到的当天夜里，十七封书信便在那排火车车厢般的平房内生产了出来。第二天接受完入学教育，不约而同，大家就在去往邮局的路上相遇了。就像每个人都成为了一封信，被某种力量所指派，前进在被投递的路途上。

信丢在了邮筒里，人的心居然会随之发出咣当一声，一下子便仿佛失去了依托，没有了底气。于是就开始了等待。等那咣当一声再回来，重新给自己添力。也有等不回来的。教政治的小莫就陷入在杳无回音的境地。信的收发都需要他们前往邮局亲自办理，小莫往来的次数最多，每一次都是有去无回。所以小莫便越来越落寞。小张比较关心小莫，一个周日，他躺在邮局前的树杈上招呼小莫：

"上来躺会儿？"

小莫索然地望他一眼，低了头，走自己的路了。

二

一个寒暑过后，新人们成了旧人。

尽管大家仍是难以明白，沽北镇周边几百顷几百顷的麦子齐刷刷绿了，又齐刷刷黄了之后，是怎样在一夜之间又齐刷刷地倒伏在地——大家当然知道这是怎么回事，但这种事情令人目不暇接的速度，还是让人心生疑窦。

尤其是美术教师小虞，当他透过自己的黑墨眼镜观察一切时，沽北镇便在他的眼里发生了小小的错乱。他一度相信，麦田的底部会有一架精密的仪器，至少也是几组性能良好的滑轮，而耕作其上的农民，在他的眼里，被固执地看作了采矿的苦力。小虞将这样的场面描绘在了画布上，送去参加美展。参展无果，但这样的画面，打动了教化学的小范。小范跟着小虞去采风。他们来到农家，农家妇女擀面条招待两位教师：擀好的面就地铺展，晾晒在扫净的黄土地上。小虞吃下这样的面条，觉得自己吃下了黄土中的力气。沽北的黄土里埋着用不完的力气——麦子收完后又是一茬玉米，而且是豆角洋芋套种，如此这般，作物都能保持茂密的态势。一想到这些，小虞就觉得浑身来劲儿。小范怎么想，他却并不知道。

原来小范和小虞的感受不同。吃过几次黄土，小范就不再跟着小虞采风了。小范开始出没于音乐教师老杨的宿舍。老杨五十多岁了，据说刚刚平反出狱不久。从老杨弹奏的曲子当中，年轻的人们相信，在他那架脚踏风琴的旋律里，一定藏着长袍和礼帽，藏着花前与月下。老杨把民国时期的音乐教材摊开，然后唱歌：

可怜的秋香，暖和的太阳他记得：
照过金姐的脸，照过银姐的衣裳，
也照过幼年时候的秋香。
金姐，有爸爸爱，银姐，有妈妈爱，
秋香，你的爸爸呢？你的妈妈呢？

哦。真令人神伤。唱歌时的老杨，细长的布满皱褶的脖子，让人想到一根拼命疯长的丝瓜。小范被老杨的歌声俘获，小虞就只有形单影只地浪迹乡间了。

语文教师小宋喜欢将学生带到沽河边去朗诵。河面上总有男人背着缰绳，握着长篙在撑船。小宋这样启发自己的学生：

"想一想，你们想一想，这些男人，会从河里打捞出什么来？"

"鱼！"

"烂泥！"

"花裤衩！"

"尸体！"

小宋在一片嬉笑中，郑重地指出：

"不错，都很不错。不过，如果要我来想象，我会想，没准，他们能打捞出一本线装的书。"

学生们噤了声，被某种无法说明的感触吓住了。

不仅仅是小宋，在沽北镇，青年教师们都活在一股玄想的情绪里。生物教师小张在课堂上言之凿凿地宣讲：柿子树在某一天会结出碗大的太阳。英语女教师小林和校园里著名的女疯子要好起来。女疯子就是那位满世界寻觅"刘双喜"的姑娘。关于她的身世，大家还是不明就里，只听说她是这所学校数年前的学生。至于那个"刘双喜"，对不起，就更加无从知晓啦。教物理的小孙好奇心重一些，他被抽到校办帮了几天忙，于是趁机翻阅了教师花名册，结果也是一无所获。疯姑娘日复一日地穿行在几百人的校园里，青年教师们很快就习以为常了，熟视无睹，习焉不察，随着自己置身的这所学校沉入在一个白日梦里。英语女教师小林，本身就是一个孤僻的人，所以，当大家发现某一天小林和疯姑娘并肩而行时，也没有感到太大的诧异。

"刘双喜！刘双喜！"

疯姑娘依旧喊。她喊的时候，小林就警觉地替她四处张望。因此，这个时候被小林看上一眼是很可怕的。被看的人会张皇失措，骤然觉得自己摇身一变，成为了一个刘双喜。教地理的小赵一直在暗恋小林，看到小林与一个疯子为伍，内心不免忧愁。小赵怨怼地向大家说：

"沽北镇是全世界黄土最厚的地方！"

鉴于他的情绪，大家不知道是不是该相信他。可这个论断毕竟是出自他这个专业人士之口，于是，大家便口口相传，随即还将这句话写在了书信里，作为一种抒发离愁别绪的凭据：

沽北镇是全世界黄土最厚的地方……

教政治的小莫想必也将这句话投递了出去。但收效甚微。他依然难以等到及时的回复。渐渐地，大家都有些为他着急了。有一天，躺在柿子树上的小张看到，小莫站在邮筒边将一张明信片塞了进去。这好像不值得大惊小怪，但小张却大惊小怪地跑回学校，向同伴们散布惊人的消息。

"我看到了，明信片是用血写的，是一封血书！"

小张急迫地向大家说明。

"看清楚了？"

小虞持怀疑的态度。这时候他已经不戴黑墨眼镜了，西装也换成了粗布的褂子，同样是标新立异，让自己看起来像是一个沽北镇上的人。

"没错，我在树上，一切尽收眼底！"

小张信誓旦旦。

"什么颜色？血什么颜色？"

"血？——当然是红的咯……"

"写成血书，血就不是红的了，跟黑的差不了多少。"

"这个我当然知道！"小张有些张口结舌，"我解剖了那么多动物，我当然知道血是怎么回事。"

"那你确定看到的是血？"

"我确定！"

小虞就决定信任小张了。色彩小虞拿手，但毕竟教生物的小张，血见得比他多。

莫衷一是地说了半天，最后一个方案拿出来了：由小宋落实，以匿名的方式给小莫回一封信。小宋在这封信里写了什么呢？没有人知道。大家追问，他便含糊其词。唯一明朗的是，小虞却因为了这封信而改变了命运。这封信由小虞负责异地投寄。

小虞在星期六的傍晚出发，被大家目送着去了火车站。小虞的家在兰城，坐火车大约需要走五六个小时。本来，这段时间他并没有回家的打算，但借着这封信，他便顺道走了这么一趟。说好了星期天回来，结果星期天小虞却没有回来。由于小虞身负着投递那封信件的使命，大家便对小虞也牵挂起来。

小虞星期一的早晨才出现。他气喘吁吁地冲进正在召开晨会的办公室。七点四十五分，有什么好说的呢？他迟到了五分钟。这可是犯了天条。校长对此深恶痛绝。在校长眼里，准时到校是一切规矩的基础，是篱笆，是栅栏和安全阀，只有守住这个底线，其他的罪恶才能被避免。堡垒总是一点点被攻破的，只有防微杜渐，才能高枕无忧。所以校长要小题大做。他认为年轻人总是得寸进尺的，只有把他们镇压在"寸"的苗头里，才能守住那个致命的"尺"。

勿以恶小而为之，这也讲得过去。但处理的结果，还是让年轻的人们大为震惊：小虞将被扣除全学期的补助。

小虞倒很冷静。他轻微地喘着气，好像还没从赶路的状态下缓过劲来。

三

但是第二天小虞却失踪了。小虞留给大家的最后一个记忆是：前一天的黄昏，他凌空坐在墙外的路基上，将侧影对着操场上的人。他在那里坐了多久？没人留意揣算过。大家只是觉得，夕阳下漂浮的黄尘就要没住小虞的喉咙了。

起初校方认为小虞是在闹情绪，无组织无纪律，私自跑了，过两天便会回来。校长为此还颇为作难。小虞迟到了一次他便使出了霹雳手段，这令他的惩罚措施没有了弹性。校长不知道，旷工的小虞归来后，他该如何下手。

这个难题很快不存在了。因为难题的制造者小虞，再也不回来了。

一周之后，校长坐不住了。他倒不是担忧小虞的安危，是担忧小虞这样旷日持久地破坏纪律，到头来只能令校方被动。总不能宰了他吧？校长决定派人去兰城一趟，把小虞请回来。至于请回来怎么处理，校长心里提前作了打算。他决定了：开除！教导主任带着两位老教师上路了，去兰城请一个注定要被他们赶走的人。

两天后三位使者回来了。那时小张被大家派在路上瞭望。大家也很挂念小虞，期望早些看到他归来的身影。小张坐在一棵柿子树上。这棵柿子树在镇上被视为树精，下方供台常设，香火经年不断，以致坐在树上的小张纵目四望，觉得远处沽河的流速都变得缓慢下来。小张于薄暮中，于烟雾和黄尘里，看到那三条人影从火车站的方向袅袅而来。一瞬间，小张感到了凄凉。他的内心毫无理由地确信：小虞，他们的这位信使，这位伙伴，再也不会回来了。事后，小张甚至因此谴责自己，好像是自己一刹那的感触诅咒了小虞的命运。

三位使者在兰城遍访了小虞的亲友，结果却劳而无功。小虞压根没有在兰城出现。他们的到来，反而惊动了小虞的父母。这下可好，人家向学校索要自己的儿子了。本来黄灿灿的校长，闻讯变得灰苍苍的了。当天夜里，一队人马便被集合起来。做什么？搜！

其实就是排查。排查哪里呢？河岸，枯井，偏远的树林，总之，一切关乎凶险的地方都成为了目标。由此，可以看出校长的忧思，他已经做出了最坏的打算。不至于吧？校长战兢地想，为了一个学期的补助，这个小虞就会寻了短见？

大家也觉得不至于如此。小宋平时和小虞比较要好，他觉得小虞不会这么狭隘。那个戴黑墨眼镜，热衷在黄土里汲取力气的小虞，不是这样的人。但小虞究竟是个什么样的人呢？在这种局面下，小宋又不太有把握了。毕竟，他们也不算太熟。大家虽然读同一所大学，但却不是一个专业，读书的时候，彼此是连名字都不知道的。如果说有了友谊，这友谊也是来到沽北镇后才建立起来的，而且，还蒙着一层沽北镇的黄尘，显得有些虚无和轻飘。

小宋带了几名男学生潜至沽河边，专往一些死角里找。河面的宽阔之处，依然有人在夜间行船。一个男生旧事重提，于黑暗中沉声道：

"宋老师，我觉得他们能从河里打捞出来一个虞老师。"

小宋一惊，就此成为了一个认定小虞是葬身在水底的人。

小张带了几名男学生深入到镇东头的那片树林里。这片树林长势惊人，密不透风，有森林一般的气势。平日里，少有人迹，即使小张这样的树木爱好者，也绝少涉足其间。大家举着手电筒，钻进去没多深，陡然被一个叫声惊得魂飞魄散。

"刘双喜！"

叫声之下，有野禽在林子里扑翅乱飞。几道电光一阵缭乱地交错，最后齐齐锁定了目标。不错，还能有谁呢？疯姑娘惊喜地瞪着眼睛。而她的身边，是衣衫不整的英语女教师小林。小林侧身躲避着手电筒的照射，一只手整理头发，一只手拽扯衣襟。小张不禁看得痴了。他那能给柿子树结出太阳的大脑，面对此情此景，便丧失了所有的想象力，卡壳了，短路了，迟钝了。

教数学的小汪视力不济，被分配在校园里。他率众探索了校园里的几口枯井。枯井都有年头了，是建校之初的产物。小汪很负责，对每一口枯井都很仔细，命令学生照着亮，自己将头探在井口，耐心地向里面喊话。喊什么呢？将近十天了，小虞即使在井里，即使一息尚存，也早该没了回话的力气。所以小汪的举动就像那个疯姑娘了，不过是呼唤着一个永不应声的"刘双喜"。如是喊了几口井，没有喊出小虞，却喊出了其他的人。一声咳嗽之后，枯井旁的花丛中踱出两条身影。小汪摘了眼镜，擦一擦，戴上，扶正，凑过脸去，隐约认出点儿人影。老杨用手托着自己的头，像是怕那根丝瓜般的长脖子会折断似的。他的身后，躲躲闪闪，露出半个教化学的小范。

于是，这个夜里的行动没有找到任何有关小虞的蛛丝马迹，反倒让这所师范学校隐匿在黑暗中的诸多秘密呈现了出来。

从此，好像是分了责任田，大家各自锁定了自己的职责范围，河边，树林，枯井，条分缕析地各司其职。整个搜索行动持续了一月有余。其间范围一圈圈扩大，周边的村庄农舍也没有放过。上面还来了人，一个教育局的处长，驻校指导工作。

但是小虞踪影皆无。

最终，驻校的处长代表上级领导宣布：此项工作告一段落。这也难免，总不能为一个小虞，让整个学校的教学都瘫痪掉吧？离校前，处长主持了表彰大会。是工作，总归要有总结，表彰大会将小宋、小张、小汪总结成了先进。大家都看到了，这三位先进都有些魂不守舍的样子。许是太劳累了吧？他们都显得有些委顿，乃至上台领奖时，恍恍惚惚，各自领错了奖状，小张领到了小宋的，小宋领到了小汪的，而小汪，当然领到的就是小张的了。就好像发生了一场微妙的动荡，错乱了，张冠李戴，将先进们混淆成没有面目的人了。

这个结局让校长松了一口气。起码，他没有因为小虞的失踪受到追究。而且，对于小虞家人的安抚，也由上面来安排了。校长可以比较自信地说，这件事情的确与他处分小虞的措施无关。于是，小虞的失踪就正式成为了一件莫名其妙的事。

校园里看起来趋于平静了，但私下里却暗流涌动。年轻的人们依然在探究着个中秘密。大家恍然记起，促使小虞在那个周末前往兰城的，是一封善意的匿名信。这封信，小虞他寄出了吗？这段日子小张投身在偏僻树林里的追索之中，疏于攀爬邮局前的那棵柿子树，因此无法确知小莫是否收到了那封用心良苦的信。大家观察了一番，小莫似乎依然陷入在怅惘的等待之中。即使整个学校都在热火朝天地寻找小虞，小莫也是置若罔闻着的。他每日依旧去两趟邮局，空空地去，空空地回，而且，脸色也越来越苍白了——不禁使人怀疑，莫非他将自己的血都用来写血书了，所以就有了贫血的病容？这就更让人无从下手了，总不能对着苍白的小莫发问：你收到过一封兰城来的匿名信吗？

大家就纠缠起小宋。小宋是那封信的执笔者，大家好奇起来：小宋在那封信里都写了些什么呢？没准，小虞在火车上就先睹为快了！这不是完全没有可能，小虞也像大家一样，都有着一颗年轻而好奇的心呀！那么，小虞的失踪，会不会和这封信的内容有关呢？怎么说呢？小宋可是个神神鬼鬼的家伙，说话行文，常有惊人之举。譬如，他会将那排平房比附成一列火车的车厢，他会将一只覆满土粒的蜗牛影射为生锈的车轮。如是等等，沽北镇在他的形容之下，就成了一块魔幻之地，搞得大家也常常跟着失魂落魄。小虞会不会是因为看了小宋谶语般的文字，才人间蒸发了呢？小宋被大家逼到了绝境，脸色也像小莫般的苍白。他嗫嚅着说：

"没有，一个字都没有，那不过是一张空白的信纸。"

一张空白的信纸？为什么？小宋他不是被大家授命去写一封匿名信的吗？

"我不会写一封匿名信！"小宋抽泣起来，"那样我会感到羞耻！"

可大家是说好了的呀，我们要帮帮小莫。

"我想过了，一封空白的信，也许对小莫更有益，"小宋平静下来了，茫然地说，"没有什么比只字未有更能给人希望了。"

想一想也是。大家都沉默了，年轻的脸看上去都像一张张只字未有的白纸。

可是总该要有个缘由吧？大家又针对起小范。毕竟，小范一度和小虞形影不离，随着他田间地头地写生和吃土，结果后来又移情于唱民国歌曲的老杨了。这完全可以成为一个诱发悲剧的理由。小范应当是一个知情者。这么一想，大家便对她的置身事外感到了不满。小张一贯侠义，他除了爱爬树，还见惯了血，人就变得很爽气。小张直接就去盘问小范了。大家等着他能讨回一个答案，或者毋宁说是一个公道。小张去去就回来了，带回一个模棱两可的说法。

小范告诉小张：其实小虞有一个大学时代的恋人，这个恋人去了遥远的新疆。小虞一直在筹划着调动工作，可闹了许久，希望仍是渺茫。

"他一定是绝望了，所以干脆一走了之。我想，他一定是去新疆了。"

小范用肯定的口气下了她的判断。转述的小张说：

"说的时候，她好像还挺难过的。好像倒是小虞抛弃了她一样。"

这个结论漏洞百出，实在经不起推敲。但究竟漏洞何在，哪里经不起推敲，大家又似是而非起来。正在疑惑间，小范却和老杨偷袭般地结婚了。

四

又一个春天来到了沽北镇。清晨起来，大地安静，山川翠绿，让小宋几乎要相信这个春天是昨夜梦中那列驶过的火车运来的。一条蛹从小张的眼前爬过，像极了远处逶迤而来的火车的腰身。即使在视力不济的小汪那里，崖畔，沟壑，也都突然变得分明起来。总之，年轻的人们情不自禁地搭上了某一节春天的车厢。

在这个春天里，接连发生了几件事情。首先，小范和老杨又偷袭般地离婚了。本来小范已经搬离了那排平房，随着老杨住进了宿舍楼，但在春天的一个清晨里，大家又看到了和自己并排蹲在门前洗漱的小范。她悄无声息地回来了，就像当初那样，面对着一盆浑浊的水发呆。老杨呢，也风采依然，照旧弹琴唱歌：

可怜的秋香，暖和的太阳他记得……

好像一切从未改变。

可改变是这样的剧烈！接着，教英语的女教师小林去了加拿大，她居然带走了那个疯姑娘。这样一走就是三个人。另一个是谁呢？当然，是刘双喜。宛如一场高潮迭起的演出，最后一幕，是以地理教师小赵出家而告终。小赵的出家有迹可循：他惹了大乱子，触碰了学校那个核心的禁忌。小赵和一个女学生发生了纠葛。什么纠葛？当然不是拳脚相向，打作一团。女学生的家长找到学校来。教物理的小孙依然分辨不出沽北镇人的个体差异，在他眼里，沽北镇的人都是一个模子刻出来的。小孙将女生的家长认作了张三。张三是学校的校工，前几天张三在地里挖洋芋时小孙跟他打过招呼。所以小孙难以理解，为什么张三会对小赵那么不客气。

面对不客气的女生家长，小赵很镇定。他并不推卸自己的责任，一副认打认罚的样子。大家就同情起小赵来。谁都知道，小赵对小林一往情深，无奈小林如今飞往了异国他乡，而且还带着疯姑娘和刘双喜。小赵当然会伤心的。伤心之余，难免就颓废，就自损，就有了纠葛。小赵镇定地赔付了一笔钱给女生家里。校方的反应出人意料。自从小虞失踪后，校长似乎悟出了什么道理，突然对年轻的人们有些放任自流了。既然小赵自己摆平了事情，校长就难得睁一只眼闭一只眼了。他也不愿意将事态扩大化。反而，对于小赵，校方的态度倒有些谨小慎微，似乎生怕他做出什么不测的事情来。

大家看在眼里，不免就有些为曾经的小虞叫屈。小虞不过是迟到了一次，不过是试了下水，便从此人间蒸发了，而如今小赵深入雷区，却落得个毫发无损。

好像是为了给大家有个交代似的，毫发无损的小赵却决定出家了。这个决定照理是应当引起轰动的，但春天里万物生长，人心动荡，大家对此居然没有太大的波澜。小赵走的时候，大家还去车站送他。他说他此行的目的地是峨眉山。为什么非是峨眉山呢？大家谁都没有多问。

火车鸣叫一声，带走了一个地理教师，带去了一个和尚。小赵临别的时候，还是留下了那句话作为自己给大家的赠言，他说：

"沽北镇是全世界黄土最厚的地方！"

然后他就消失了。像一只过早动身的蝉，昨天还是一条蛹的样子，今天却只把它的梦境一样虚幻的壳留在玉米叶子上，自己则抽身去了远方。

回去的路上小宋对小张说：

"小虞可能也在峨眉山，小赵对我说过，假期的时候他在峨眉山见到过小虞，说小虞也出家了，现在是个和尚。"

随行诸人全都止步不前，这个突如其来的消息比小赵的离去更让人吃惊。但也真是奇怪，大家只是错愕了片刻，便都垂头丧气地向学校走去了。

还有更加奇怪的。自从失踪的小虞再一次被小宋提起后，有关他的传闻突然间重新风生水起了。视力不济的小汪有一天郑重其事地告诉大家：

"小虞在深圳，没错的，现在他肯定做起了大老板。"

那个时候，特区深圳刚刚成为举国的焦点，所以小汪如是说，大家并不怎么在意。因为谁都多多少少听到过这样的传闻：某某某去深圳了！好像那个时候，只要身边的人没了踪迹，便一定是去往深圳淘金了。大家不过是兴致勃勃地诉说，以示自己对于那方神奇土地的景仰之心。

随之，关于失踪者小虞的诸多说法就在校园里再度流传起来。曾经的小虞有时出现在教师们的饭桌上，有时出现在学生们的课堂上，据说，他还出现在某些教师翩然而至的睡梦里。这股"小虞热"好像是一个预演。因为它毫无理由地热起来，所以当那具尸体惊现于沽河边时，大家只能感叹世间万事之间玄秘的因果。

那具被河水冲上岸来的尸体已经体无完肤，水底的鱼类几乎将它啄食殆尽。毋宁说是一具白骨。但闻讯而来的青年教师们，却空前一致地对于这具尸体做出了认定。率先哭泣的是小范。她哇的一声哭起来，三步并作两步地绕尸疾走，给人的感觉是随时要扑将上去。大家一边阻止她，一边就受了心理暗示，顷刻间集体悲从心来。眼前的尸骨，除了是小虞，还能是谁呢？小范曾经与小虞亲密过，她当然最有发言权。她都鉴定出了眼泪和悲伤，还有什么好说的呢？大家看着眼前的这具尸体，觉得它只差戴上一副黑墨眼镜了。至于小虞究竟是溺水还是自尽，这都不重要了。万事都要有个结局，好在他终于出现了。这样，世界的逻辑才能自洽，总好过虚飘飘让人琢磨不透。

小宋眺望着苍茫的沽河，不由得再一次被某种忧悒的情绪所裹挟。他觉得自己未卜先知，早就洞悉了小虞和水底的关系。如果真要将眼前的这具白骨比附为一本从河底而来的线装书，那么，它除了古旧，还令人不忍卒读。

学校再一次动员起来，有组织地展开了对于小虞的殡葬。教生物的小张和教化学的小范，共同勾兑出一种据说是能够防腐与消毒的药水，大家用来认真地擦洗了这具尸骨。对于如何为这具尸骨着装，大家进行了一番辩论。一方说还是穿西装吧，再打上火红的领带。一方说还是穿粗布褂子吧，这才是小虞后期的趣味所在。最后调和了一下：这具尸骨的上身穿上了粗布小褂，下身呢，是笔挺的西裤。

学校出面买下了一块地，举行了简短的仪式，年轻的人们将归来的小虞掩埋在了世界上黄土最厚的沽北镇。仪式结束后，小张一个人去了那棵常年被香火供奉着的柿子树下。他也点了一炷香，然后爬上树干，望着远方三五个扛着铁锨的农人，和一个提着水罐、闪闪走入麦田的少女。

五

关于小虞的一切，正式偃旗息鼓。所有的传闻和流言，都被世界上最厚的黄土埋在了深处。

沽北镇渐渐变得热闹起来，车流多了，常常可以看到某位途经的司机将车停在路当中，探出头，在黄尘中打问：

"沽北镇在哪儿？沽北镇在哪儿？"

就是这样骑着驴找驴。

小汪突然有一天也离开了沽北镇。再回来的时候，已然是一个在深圳扎下根来的老板了。他请大家吃饭，在饭桌上才获悉，小莫从一个崖畔失足摔下，不幸落下了跛足的残疾。当了教导主任的小孙依然分不清沽北镇人——其实倒也无所谓了，因为他自己如今就是一个地地道道的沽北镇人了。而小宋呢，已经黄灿灿的，荣升为副校长了。大家喝了不少酒，这个时候，他们已经不是年轻的人们了。

师范学校的格局也发生了变化。地盘大了，学生多了。那排火车车厢一般的平房拆掉了。校门也挪了位置，正对着曾经压在头顶上的那条铁路。

小孙走后不久，有一天清晨，瘸腿的小莫急匆匆地往学校里跑。他早上又去邮局附近散步了，不留神忘记了时间，眼见就要迟到了，便拔腿颠颠簸簸地奔跑起来。好像是为了配合他的奔跑，一列货车铿锵着与他并肩而行。

就在小莫冲进校门的一刻，他听到自己身后砰的一声闷响。小莫迟疑了一下，并没有回头张望。若不是对面的小张哇哇大叫起来，他一定会继续向操场冲去的。现在学校的制度也变了，每天早晨，不开会了，集合在操场上升国旗。

但小张从校门内的一棵柿子树上纵身跳下，一边在火车驶过的轰鸣中哇哇叫喊，一边连滚带爬地向他的身后示意。小莫下意识地看了一下手腕上的表：七点三十八分，还来得及。

然后他才回头望了一眼。

一个人匍匐在他的脚后，一摊浓酣的血正在汩汩地蔓延。

"跳下来的！火车上跳下来的！"

小张叫个不停。已经有人闻讯围了过来。小张抢过去，将那人翻转过来。

哇——

一声凄厉的呜咽骤然响起。是小范，她也围过来了，在看到那人正面的一瞬间，号啕大哭起来。

和小范一样，即使岁月荏苒，即使青春不再，大家依旧还是即刻辨认出了这个人。他是小虞。不过依然是一个死了的小虞。他休止在这个清晨的七点三十八分钟里。还好，没有迟到。可能他在跃下火车的一刹那，也是读了秒的。时间在这里错乱，当大家在沽北镇倥偬经年，小虞却仿佛只辗转了一个昼夜，他马不停蹄，他只争朝夕——小虞他就像从未离开过一样，或者顶多只是在周末回了趟兰城，赶在上班的时刻，准时回来报到了。

身为校长的小宋分开了人群，金灿灿的他，也在倏忽之间变得灰苍苍的了。小宋隐约想起了当年自己撰写的那封空白的信。事情是这样的：那封信被眼前的这个人带去了兰城，他要在那里投寄出去。结果是，这个人却将自己寄往了远方。直到今天，他被退了回来，也不知道是因为写错了地址，还是因为"查无此人"……

面色苍白的小莫一直在哆嗦。这个人的血溅在他的裤管上。后来小莫深情地跪了下去，他那疑似贫血的脸猝然浮上了两片红色。小莫就像一个热恋中的人，终于等到了心上人回复的信件。

蒂森克虏伯之夜

一

凤凰城的笙歌之夜。包小强托着不锈钢盘子跑前跑后跑。盘子里站着一支洋酒，芝华士十二年，四十三度。下一趟包小强还得为这支酒端来红茶和冰块。空气中有股酸味，俨然发酵了一般。夜总会里的一切，都在经受酿造。包小强穿着立领衬衫，打着领结，脚上是一双和不锈钢盘子一样锃亮的白色漆皮鞋。漆皮鞋不透气，如此一来，跑一晚上，鞋子里就会积出脚汗，每走一步咯吱咯吱作响。一有客人光临，包小强便兴奋难抑，暗自吆喝一声：

"少爷，开工啦！"

酒水超市的领班看他将盘子耀武扬威地扛在肩上，不时还花哨地摆弄一下造型，就很替他担心。

"我的少爷哎，别张狂，你托的是几千块钱！"

包小强人来疯，杂耍一般连盘带酒虚掷上去，迅速托住，在惊呼声中，手腕旋转，将盘子和酒运到背后，另只手接着了，再运回肩头。一个喝多了的客人跌跌撞撞地迎面过来，目睹这番表演，恶吼一声：

"好活儿！"

包小强将酒盘收在腹部，弯腰向客人鞠躬致敬。他负责的包厢在楼上，进到电梯里，依然听得到这位醉汉兀自啪啪地在身后鼓掌。观光电梯轿厢内透明的一侧对着夜色，外面闪过一道火球，沉闷的奔雷隐隐滚过。转瞬，兰城特有的、泥点般的雨滴稀稀拉拉地摔打在玻璃上。包小强吹了声口哨，对着电梯按钮上闪烁着的那几颗红字做出鬼脸。

蒂森克虏伯

——这几个字的音韵，乃至笔画，每每念及，都让包小强有种过电的感觉。什么意思呢？在他心里，这几个字囊括了一切与自己家乡沽北镇截然相反的事物，是另一个世界的代名词，具有戏剧性和仪式感，就像他如今的这一身行头。

夜总会里的服务生都是些漂亮孩子，夸张得很，女孩子叫公主，男孩子叫少爷。贵宾五号是包小强负责的包厢。这间包厢特别，其他包厢是按照温柔乡来装修的，贵宾五号截然相反，布置得像个战场，粗犷，冷硬，置身其间，仿佛能够听闻铿锵之声。贵宾五号是专门接待女客人的，否则也不会叫一个少爷来伺候。女客人显然是喝了酒来的，斜倚在沙发里，半醉半醒，一切都交由少爷来打点的样子。

此刻包小强的心情是欢畅的，脚步是雀跃的，觉得自己就是在过着一种"蒂森克虏伯"式的生活。女客人是熟客，一贯独来独往，他已经伺候过几次，掌握了规律——酒是价格不菲的芝华士十二年，加冰和红茶，不唱歌，有时候点了歌，让包小强用沽北镇的腔调清唱，她呢，卧在沙发里啜酒，间或小睡过去。

有过几次经验，他已经摸清了路数，服务起来得心应手。自从做了少爷，包小强遇到过不少凶恶的客人，喝多了发飙的，也没少见识，譬如被人用酒泼了脸。这个女客人倒是难得的好伺候，而且每次都喊包小强来。高丽对包小强说，这个富婆看上你了，她要包你。这话包小强是当玩笑话听的，但心里还是有些窃喜，少爷当得愈发来劲儿了。

进到包厢，女客人似乎睡了过去，头垂在胸前，高跟鞋踢在一边，两只脚踝压在屁股下面盘坐着。她需要来点儿更加够劲儿的。包小强持酒而立，居高临下，又做出了一个隐蔽的鬼脸，像是对着电梯里那几颗无知无觉的红字。作为一个侍者，面对酒意朦胧的客人，他就像是在玩着一个人的表演，在唱一出自娱自乐的独角戏。

接下来他又跑了几个来回，运来了一桶冰，一打软饮，这个配比是女客人的习惯。她喜欢嚼冰，冰块常常被她接二连三地塞进嘴里，咬碎，发出锐利的声音。最后，他端来了果盘。女客人在果盘摆上的一瞬间，突然伸手过来插了片西瓜。这让他吓了一跳，担心自己刚才的嘴脸被对方察觉到了。他立刻变得毕恭毕敬，倒酒，开机，说：

"姐今晚又喝多啦？"

在夜总会里，公主把所有的男客人叫哥，少爷把所有的女客人叫姐。

"姨，"她纠正，"叫姨。"

但包小强却改不了嘴，每次都要从姐开始叫起。

按部就班，她再一次纠正："姨，叫姨。"

包小强递上一杯冰块加到了杯口的酒，把茶几上的两只骰盅推

— 161 —

过去。

"姨，咱还是先吹牛皮？"

"吹牛皮"是骰子的一种玩法，每人五只骰子，摇了之后互相欺瞒，不过是虚张声势、尔虞我诈的那一套，就像人生的缩影。这个姨没有答复，手伸过去径自摇动了骰盅。

笙歌之夜就是这么回事。

二

包小强直鼻细眼，头发常年蓬乱，如果每星期能洗上一次澡，模样说得上是好看。但包小强自己去年才明白这一点。他来自一个叫沽北镇的地方，从兰城步行回去，翻山越岭，大概得走个一年半载。一米八的个头，愣头愣脑，在沽北镇成长的日子，包小强也就是个傻小子。沽北镇上的少男少女也早恋，藏身无边麦田，探究男女之事。而今包小强在兰城做了少爷，却还是个处男。在包小强眼里没有女人。别人藏身麦田，他藏身柿子树上。沽北镇到处都是柿子树，大多枝杈平斜，能让他横卧其上，透过密密匝匝的树叶望天。

这么一个小镇少年，具备将来去凤凰城夜总会做少爷的潜质，却颟顸懵懂，身陷民风旷达的沽北镇，不免要让人担心。包小强的母亲在镇上卖凉粉，某日看到儿子洗去脸上的蒙尘，真容毕露，不禁忧心大作，对他激动地吼：

"以后卖布的张寡妇跟前你离远些！"

去年夏天包小强照例躺在柿子树上，手枕脑后，跷着腿，沐浴穿透树叶缝隙的夏日烈阳，幻想某种自己不曾触及、也无从想象的玄妙生活。一辆客车顿了顿，撂下一个孤零零的乘客。她叫高丽，是镇上的姑娘。高丽在路边站了一会儿，好像颇感踌躇，突然对自己生长于斯的家乡感到有些惘然。谁都知道，高丽初中一毕业就去了兰城，每年回来那么几次，每次回来都变一个样子，不是眼睛肿着，就是鼻子肿着，等肿消了，就漂亮一截子。一截子一截子这么漂亮下来，高丽就完全换了个人。

高丽提着一只不大的包，却显得有些不堪重负。她夹着胳膊走过来，看一眼树上的包小强，惊呼：

"哎呀你像陈楚生！"

高丽的眼睛肿过之后变成了双眼皮，不仔细看，看不出残留的瑕疵——两只眼睛的大小有些不一致了。包小强俯视着她，首先发现她的胸脯异常挺拔，尽管她有些不自觉地含着胸。

"你的胸肿啦？"包小强快乐地说，"镇上人都说你整形了，每次回来就是等着消肿，眼睛，鼻子，屁股，这回肿到胸上啦？"

"他们说得没错！你看我是不是越来越好看了？"高丽不以为意。

包小强探身看她，看来看去，眼睛里多是挺拔的胸脯。

"我看不出，"他如实说，"但是我还是能认出你，你还是高丽。"

"我当然还是高丽，变成另外一个人我还不干呢。这就是大医院的水平，变来变去，但还是原来的你。"高丽很耐心地解释。

"那你变什么？"包小强说，"你不用花钱也可以变来变去但还是原来的你。你只要等着变老就是了。"

说着他飞快地回忆了自己母亲这些年来容颜的转变：胸塌了，屁股塌了，下巴圆了，眉毛稀了，但还是本来的母亲。

"不跟你说了！屁也不懂。"高丽生气了，要走。

"陈楚生是谁？"包小强在树上向她喊。

"你不看电视吗？"高丽埋头说，"快男呐！"

包小强的确不看电视，很多夜晚他也是躺在柿子树上的。晚上他喜欢躺在镇上邮局前面的那颗柿子树上。那颗柿子树在镇上被誉为树精，树下摆着石条供桌，常年烟火不断。夜里躺在树上，被薄雾笼罩，被香火喂养，让包小强有种被托举而起的滋味，由之换了俯瞰的视角看待黄尘之中的沽北镇，这一望之下，蒙昧的心便要无端收紧，滋长了他想入非非的习气。

"快男是甚？"包小强锲而不舍地追问。

"你把脸洗净了再来问我，"高丽已经走了，严厉地对他撂下一句，"你不洗脸就是丢快男的脸！"

包小强伸手摸把自己的脸，不消说，就是一巴掌的黄土。

在沽北镇，一条狗跑过去，黄尘都要跟着跑上一阵。当年镇上那所师范学校的地理老师言之凿凿地宣布过：沽北镇是地球上黄土最厚的地方！

"晚上来找我。"高丽远远又丢下一句。

包小强继续透过树叶的缝隙望天，渐渐就望出些规律，让人眼花缭乱的夏日穿透黄尘，光柱被他连缀成一张陈楚生的脸。

黄昏的时候变了天。风像是从地下吹上来的，让沽北镇突然变得笔直，树木、庄稼都怒发冲冠，几欲拔地而起的架势。包小强走在去往高丽家的路上。他觉得自己如果不小跑几步，就会被脚下的风送上天去。一个同龄人走在他前面。包小强认识他，他应该是高丽的初中同学，叫王翰。两个少年走在地心钻出的妖风里，身上的衣服都鼓胀成斗篷的模样。他们并不搭话，而且还相互蔑视。一路上既像是逗乐，又像是赌气，一会儿你抢到我前面，一会儿我抢到你前面，就这样轮番领跑。

高丽抱着胸跑出来迎门。高丽的父亲，那个在镇上摆挂摊的怪物，灰头土脸地迎风盘坐在院中，屁股下面是一把沽北镇少见的塑料凹面椅。这把椅子色彩艳丽，摆在黄灰色调的沽北镇，让坐在上面的怪物凭空有了随时要羽化升天的仙姿。

高丽在有意冷待她的同学王翰，作势对包小强格外热情。

"陈楚生，越看越像！"高丽对包小强说，"怎么样，跟我去兰城吧？我介绍你去做少爷。"

"谁家的少爷？"王翰同学抢着问。

这本来是包小强的问题，现在被王翰问了，包小强就有些没来由的鄙夷，好像答案是显而易见的，这个家伙可真是蠢啊。

"凤凰城的少爷。"高丽强调道，"能在凤凰城做少爷的男生，个个都像陈楚生。"

"喊，"王翰同学八成是越听越糊涂了，只能不屑地哼一声。

兰城包小强当然是知道的。一般来说，镇上的人去了兰城就是见了世面的象征。但包小强对兰城没有多少憧憬，那块地方太具体，不在他别致的审美里。包小强更加热衷那些缥缈的事物，譬如变幻莫测的浮云和遥不可及的天空。

"兰城嘛，"他说，"也就那么回事。"

高丽不能接受包小强的态度，要驳斥他，证明兰城绝对不是"那么回事"。高丽摸出手机向他们展示。手机里存着许多图片，流光溢彩，或者光怪陆离，那是凤凰城酒色之夜的写照。两个同路而来的少年刚刚还隐含着敌意，在这些图片的逼迫下，突然就有些患难与共的滋味。他们都是走在风里的少年，面对另一个妖娆世界的景致，不由得就有些同声共气了。

"就那么回事，是吧？"王翰同学既是附和，又是探求，眼巴巴地对着包小强问一声。

"怎么样？"高丽的重点放在包小强这里。她和自己的同学可能有些隐秘的纠结，此时很想唤起包小强的肯定，以此来打击这个同学。

"不怎么样，"王翰同学依然抢答，"没啥了不起。"

"好啊——"包小强悠长地吁了口气，终于承认说，"这地方真不错。"

"你瞧！"高丽满意了，"这就是凤凰城，我就在这儿当公主，你不想来这儿当少爷吗？"

王翰同学料不到包小强转瞬就变了节，气愤地说："屁少爷，不就是伺候人嘛！"

高丽生气了，吆喝道："走走走。"

包小强很配合地替王翰同学开了门，躬身做出请便的姿势。王翰同学跺下脚，发狠离去，一出屋门，便仿佛被风发射了出去。

"哎哟！"高丽对包小强大惊小怪地说，"你真是个做少爷的料子。"

包小强的母亲在镇上卖了十几年的凉粉。从小，包小强每天至少有一顿饭靠凉粉打发。凉粉不顶饱，放开肚皮吃，也不过像是喝了一肚子的水。结果包小强被凉粉喂养出了与大部分沽北镇少年迥异的气质，貌似水做的。母亲并不指望包小强有多大出息，她已经有了计划，准备将卖凉粉的事业做成家传的。听明白包小强要去兰城做少爷，母亲就勃然大怒。

"屁话，不准你去。高丽在兰城做甚，镇上人哪个不知道！噢，那就叫公主？老娘卖凉粉把你拉扯大，为的就是把你送到兰城伺候别的女人吗？叫得好听，还少爷呢，你要是少爷我不就成太太了？我不是太太，你娘我只是个卖凉粉的。"

"我就是想去凤凰城，"包小强申辩，"我还没进过夜总会呢。"

"你没进过的地方多着呢，"母亲很机智地反驳，"监狱你进去过吗？没进去过就一定要进一下？"

"说不准，"包小强对母亲的应答感到很吃惊，心想这个女人像她的凉粉一样滑溜嘛，他说，"要是有机会，我就进一回监狱。"

"什么说不准，准准的，"母亲说，"你不听老娘的话，保准就是要进监狱的。镇东康家的两个儿子，不就在兰城被关起来了吗？这你都知道的。高丽要不了多久也会被关起来，不信你走着瞧。"

"那我就跟着她去瞧一下，看你说准了没有。"

包小强本来并不是那么坚定，但这么说来说去，倒说出了义无反顾。

"你去，你去，你进监狱了可别指望我去给你送饭。"

"不送不送，凉粉我早吃腻了，你千万别再给我送。"

"好，我不管了，"母亲最后说，"这事你跟包国祥说去。"

包国祥是包小强的父亲，在这个家从来没有什么地位。

"我问他干啥，"包小强说，"我不问他，他肯定不是我爹。"

"啥意思？"母亲惊得差点坐在地上。这个意思在沽北镇已经不是什么新鲜事了，风传了这么多年，但今天从儿子嘴里说出来，还是让她吃惊非小。她说："是张寡妇跟你嚼的舌头吧？"

"还用别人嚼？"包小强雄辩地说，"他包国祥能生下个陈楚生？"

包小强跟着高丽到了兰城。凤凰城的领班是个中年女人，包小强觉得她长得像沽北镇上卖布的张寡妇。领班对高丽领来的这个老乡很满意，说着话不禁伸手在包小强脸上拧了一把。连这个动作也像卖布的张寡妇。

原来做一个少爷并不是很难的事，不过需要嘴甜腿快而已，关键是只要你长得像一个陈楚生。包小强天性里有乖巧的一面，凉粉喂大的嘛，一切都没有问题。只是在高丽看来，他有点儿傻里傻气，还得瑟。高丽看着穿上了立领衬衫、打上了领结的包小强，教导他：

"你多长个心眼，别让客人占了便宜。"

包小强觉得高丽说话的腔调像他母亲。他对新环境挺适应的。从漫天黄土的沽北镇一脚踏进了这番天地，谁都会有些喜不自胜。包小强并不是一个虚荣心很强的少年，他不过是喜欢这种梦幻一般的场所，喜欢立领衬衫和领结，喜欢穿着漆皮鞋跑出一身汗来的那种假模假式的情绪。马上有人告诉他，新来的少爷往往会碰上好运气。这话包小强听得似懂非懂。客人们千奇百怪，而且大多疯疯癫癫，有时候对包小强的态度很恶劣。但包小强能适应，他觉得自己置身在一出戏里，不过是在扮演一个角色。业务很快他就熟练了，也知道怎么讨好客人，怎么设法诱导客人消费昂贵的酒水。

第一个月包小强领了三千多块钱的薪水。多吗？他没有什么概念。包小强来凤凰城，不是冲着钱的，他只是厌烦了躺在柿子树上迎风吃土的日子。

高丽下一步计划收拾一下自己的腿，她嫌自己的小腿粗。包小强和高丽负责的包厢不在一个楼层，两个人一天见不上几面，经常是在那部观光电梯里碰头，各自托着一只亮光闪闪的盘子。公主们的工装是短裙，头上还扎着兔子耳朵一样的发结。有一回两个人又撞在一起，电梯出了故障，暂时停住不动了。

"正好，可以歇一会儿，脚都跑疼了，腿都跑粗了——看你干得这么欢实！"

"原来你还会说沽北话嘛。"

有人在外面维修电梯，电梯按钮发出蜂鸣，将他们的目光吸引过去。包小强就看到了那几个闪烁的红字：

蒂森克虏伯

"啥意思？"他用沽北话读了一遍，拗口，好在没念错。"蒂一森一克一虏一伯。"

"电梯牌子呗。"

包小强觉得自己有些微微发晕。这几个字的音韵与造型，有种奇幻的力量，在他脑子里回旋一周，就让他仿佛回到了家乡的柿子树上。那时候他攀树望云，胸中一股无法说明的情绪，原来居然可以落实在这样几个稀奇古怪的字符上。

"这个富婆看上你了，她要包你。"

透过玻璃，高丽看到了包小强的那位常客，她正在楼下泊车。

"她包我干啥？"

"你回沽北镇问张寡妇去。"高丽对着电梯的不锈钢内壁照自己的腿，心里想等到把腿也收拾了，自己兴许就会被包出去了。"不过你还是机灵点儿，这些城里女人可说不准。"

"你操心自己好了。《斯琴高丽的伤心》你会唱不？"

《斯琴高丽的伤心》是一首歌的名字，包小强现在熟悉很多流行歌曲。他觉得这首歌就是唱给高丽的，歌里唱到：太多太多突然的诱惑总是让人动心，太多太多未知的结果总是让人疑问，回想童年天真的时候真是让人开心，这是斯琴高丽的伤心。

高丽说："会唱。但我是高丽，我不是斯琴高丽，我的伤心和她的伤心不一样。"

也真是不一样，歌里斯琴高丽的伤心是"每天都有太多电话真是让人伤神"这些事，而来自沽北镇的高丽，如今跋涉在从头到脚重塑自己的征途上，要严峻得多。高丽已经摸清了钓到大鱼的所有规矩和门道，眼下的当务之急是要让自己成为一疙瘩合格的诱饵。

电梯门开了。包小强神采奕奕地走出去，自觉是走进了一种"蒂森克虏伯"式的生活里。

一年来包小强一次家也没回过。高丽很照顾包小强。包小强打算把自己挣下的钱存到银行里去。他们过的是昼伏夜出的日子，夜总会为他们提供了集体食宿，所以这笔钱包小强算是省了下来。高丽陪着他一起去银行。白天他们很少上街，要么睡觉，要么纠集起来一边玩扑克，一边鄙夷地议论各自经历过的一些客人。

兰城夹在两座山之间。废气与浮尘悬聚在半空，经年不散，比沽北镇漫天的黄土更多了些黑灰的浑浊，像一张蒙在头顶的羊皮纸。

"还不如沽北镇！"高丽如此评价。

"你还变得这么娇气，"包小强不以为然，"那你回沽北镇好了，要不，有本事你就到蒂森克虏伯去。"

这句话说得有些没头没脑，但逻辑是清楚的，包小强将世界无意中划分出了三种境界：沽北镇—兰城—蒂森克虏伯。这是一个递进的序列，一步一个台阶，最终才是那个他臆造的最高象征。

"呸，嘴里胡咕噜什么。"

高丽听不懂包小强的话。连他自己都觉得有些莫名其妙，很惊讶那几个字会从自己嘴里冒出来，也很惊讶自己随口就说出了真理。

到了银行门口，高丽却不进去了，指着银行的招牌对包小强说："你念一下。"

"工商银行。"

"念下面的字母。"

"I—C—B—C。"

"懂了没？"

"啥意思？"

"傻货，就是'爱存不存'，你拼一下。"

"哎呀，还真是的嘛。"

"你说，把钱存到这种银行有意思吗？你说？"

"呃，是没意思，我就不爱存咋了！"

"就是，你不如放在我这儿，我替你存着。"

包小强就把自己这段日子做少爷攒下的钱全部交给了高丽。

"你要是回沽北就交给我妈，让她别摆摊子了，开个凉粉店。"包小强说。

高丽只是打量自己的腿。

在街上包小强买了部手机。这时候高丽已经替他掌管支出了，选来选去，为他选了部三百块钱都不到的。

"你要省着些，"高丽指点他说，"你不要以为你是个消费者，咱们都是被这个世界消费的。公主，少爷，都是消费品，懂不？"

包小强觉得这话也很深奥，和自己说出的"蒂森克虏伯"有一拼。

第一个电话当然是打给家里。母亲在电话里当然要问他挣了多少钱。包小强却突然有些赌气，说自己身无分文，现在连一碗凉粉都吃不起。这下母亲可高兴了，连连说怎么样，怎么样，被她说准了吧！好像他这个做儿子的穷困潦倒反而是一件令人欣慰的事。包小强挂了手机，骂道：

"闭上你的鸟嘴。"

高丽笑一阵，突然换了神情，用一副可被称为温柔的态度对包小强说：

"换双鞋吧，给你买双真皮的，发的鞋都是人造革的，不透气，能捂出脚气来。"

包小强在心里也回了一句"闭上你的鸟嘴"。她刚刚还教导人不要以一个消费者自居，转脸又来这一套，实在让人吃不消。

三

包小强"吹牛皮"吹得并不好，不过是因为女客人带着醉意，所以他反而赢多输少。芝华士十二年被喝下去大半瓶的时候，女客人突然扔了骰盅，目不转睛地瞪着包小强。起初包小强还能陪得住笑，但被瞪得久了，就有些害怕。

"你过来！"女客人命令。

包小强蹭过去，垂手站在她面前。她拍拍沙发，包小强坐下去。她塞了块冰在嘴里。塞进嘴里之前，先是将那块冰捏在眼皮前怒视了片刻。塞进去后却不咬嚼，含着，将一侧的腮帮子顶出一个钝角。接着她蜷起两根手指，指关节形成一个钳子，拧在包小强脸上。包小强的脸随着她的手指转动，直到必须和她面面相觑。

"姨！"他叫。

"姐，叫姐。"她含含糊糊地纠正，"姐好看不？"

"好看，姐是美女！"这样的话包小强已经说得很顺溜了。

脸蛋被那只钳子扯动着，包小强凑在了她的眼皮下。成熟女性的气味混在酒气中让包小强心里不由得有些荡漾。她的一条腿搭在了他的腿上，手指使上了劲。包小强被拧疼了，眼睛里女人的唇角被嘴里的冰块顶出很深的褶皱，犹如他妈的老柿子树皮。这是要演哪一出？正没主意，女客人突然泄了气，向后一扬，貌似昏了过去。

"姨——姐，姐？"

包小强揉着脸蛋试探着叫了几声，没有回应，便站起来，对着瘫躺在沙发上的女人，抬腿摆了一个作势践踏的动作。屏幕上正在播放舞曲，音量被调得很低，动荡的光影将她的脸映照出一种合金般的色泽。包小强一瞬间有些空落，这种感觉来势凶猛，让他一下子有些木然，不知今夕何夕，身在何方。包厢门开了，领班示意他出去。

走廊里不时有跟跄的客人经过，两个人贴着墙根说话。

"高丽呢？高丽哪儿去了？"领班问。

"不知道啊。"包小强想一想，原来自己有好几天没见到高丽了。

"打她手机也不接，你给她打一下。"

包小强摸出手机打给高丽，手机是通着的，果然没人接听。

"死哪儿去了！"领班在发脾气，"骗了好几个少爷的钱，你也让她骗了吧？"

包小强有些冒汗。他并不是非常在意自己的钱，是这件事让他有些接受不了。

"她去收拾腿了！"包小强分辩道，好像是在替自己辩诬，"她收拾好腿就回来了，肯定的！"

"做梦去吧你。"领班说着伸手来拧包小强的脸。

包小强却恼了，一巴掌扇掉了那只迎面而来的手，转身回了包厢。

女客人还睡着，裙子翻上去，两条裹着黑色丝袜的腿像是塑料的。包小强给自己倒了杯酒，慢慢喝了，然后又倒上一杯，看着冰块在酒水中开裂时泛出的泡沫。直到剩下的半瓶酒全被喝光。他觉得自己有些晕了，凑过去，不知所以地端详女人那张睡梦中的脸。在包小强眼里，女人基本上是没有美丑之别的，她们看起来都差不多，尤其化了妆后，就更加空洞了。此刻包小强生出探究之心，埋头贴近，意欲进一步审视。孰料睡梦中的女人扬手便给了他一巴掌，差不多可以算是个辛辣的耳光。

女客人翻身坐了起来，木然扫视一圈，也是不知今夕何夕、身在何方的架势。她把脸埋在两只手里，搓一搓，声音飘忽犹如梦呓，对包小强说：

"跟我走。"

夜总会的公主和少爷常有被客人带走的，包小强却是头一遭。他觉得无所谓，也很想见识一下究竟是什么状况。女客人结了账，他要求去换身衣服，却被阻止了。

"穿这身挺好的，"她说，"像戏服。"她出门时又含了一块冰，包小强似乎可以听到她口腔里冰块融化时发出的噼剥之声。

下楼的时候，电梯里那几颗红字再一次打动了包小强。那几颗字看起来就像它们本身一样：蒂—森—克—虏—伯，汉字，却充满异国派头，毫无意义，又意味无穷。

已经是后半夜了。包小强平生第一次坐进了一辆轿车。女人命令他系好安全带，否则车子会一直报警。他大方地坦白自己不知道怎么个系法。女人像瞪一块冰似的怒视了他一阵，爬过来亲自动手。包小强快活地叫了一声，感觉自己是被捆住了。

街上的路灯间隔一段就会像根闷棍似的扫过车厢。女人车开得很稳，不像是一个刚刚还酩酊不醒的人。她摸出了一副玳瑁眼镜架在鼻梁上，始终一言不发，僵硬地夹在方向盘和座位之间，仿佛一尊木偶。刚刚下过一场泥雨，挡风玻璃上污渍斑斑，女人却并不打开雨刮器，就这么视野一片肮脏地驾驶着。车厢里有什么东西滚落，一路上叮叮当当作响，可能是两只滚来滚去的易拉罐。

包小强有些暗暗的兴奋，又有些昏昏欲睡。女人莫衷一是的态度感染了他，让他也不觉得此行会有一个什么明确的目标。在他的意识里，这就是一个"蒂森克虏伯"式的梦态之旅。女人一路无言，嘴里偶尔发出"嘎巴"一声。那块冰似乎可以被她嚼一辈子。车子很快驶离了市区，驶过一座收费站，蛇游一般穿过一条隧道，开上了高速公路。

即使视野模糊，包小强也感觉得到车子飞驰的速度。他觉得这么开下去，天亮的时候就能开到沽北镇了。这种奇思异想让他松弛起来，摸出手机旁若无人地拨打。他先是拨通了家里的电话，只响了两声就挂断了，猜想着母亲被惊醒时披头散发的蠢相。接着他开始一遍一遍拨高丽的手机。还是无人接听。让他满意的是，高丽手机的彩铃正是那首《斯琴高丽的伤心》。每次只唱一段，周而复始：太多太多突然的诱惑总是让人动心，太多太多未知的结果总是让人疑问，回想童年天真的时候真是让人开心，这是斯琴高丽的伤心……

包小强想高丽的腿现在一定是肿了，这是高丽的伤心。继而他又想，自己这样就算是被女人包了吧？那么这就是他包小强的伤心。

车子开始颠簸，原来女人已经驶离了高速公路，开到了一段俗称"搓板路"的乡村公路上。

"这是去哪儿？"包小强终于忍不住打问。

车子骤然急停。好像是包小强的这句话踩下了刹车，好像女人一直就等着这句话，他如果不说，她就会永无止境地开下去。

"下车！"女人简短地发出两个字。

但是包小强动弹不得。半天女人才明白个中原委，伸手解除了他身上勒着的安全带。包小强侧身钻出车门，站在路边舒展自己的腰肢。不料车子却重新启动了。一把钞票随着女人神经质的大笑从车窗里撒了出来。包小强有些犯傻，怔怔地看着车子甩着泥浆扬长而去。四下里一片阒寂，就着星光，满地的钞票给人造成遍地开花的错觉。呆立良久，包小强嘴里胡乱骂着，还是俯身去捡拾那些钞票了。雨后的乡村公路一片泥泞，那些钞票像是种在泥浆里了。他依然不是一个对金钱如何着迷的青年，但满地的钞票就是这么霸道，让人只有弯下腰来。

一道强光打过来，明晃晃地将包小强罩住。那辆车又回来了，停在百米之外，却没有熄火，将大灯打开对着他，像一头蓄势待发的怪兽，哼哼着。包小强一只手捧着钱，一只手挡着刺眼的光柱。他万万不会料到，这辆车会开足马力向他横冲而来。强光扑面，和着发动机的轰鸣，车轮下泥浆翻飞，还没到跟前，包小强便觉得自己已经被提前给撂翻了。他哇哇大叫着滚向一边，感到车轮几乎是贴着自己的后背擦身而过。惊魂未定，车子又倒着直撞过来，他连滚打爬地再一次扑倒。如是几个往复，直到他的左脚被车轮扎扎实实地碾压过去。得了手的女人这才大笑着放过了他，车子不再回头地消失在黑夜里，留下笑声的余波良久回荡。

包小强深信自己已经死了一回，现在不过是身在另一个世界的黑暗里。他的左脚带着上一辈子粉碎性的伤痛，让他即使隔世，也不免痛彻骨髓。挺奇怪的，此刻他并不怎么痛恨这个乖僻的女凶手，只觉得是自己的腿太长了，才无法有效地躲开车轮。好像倒是他的脚，垫了人家的车轮一下。他的左脚根本沾不得地。他试图脱下脚上的那只白色漆皮鞋，但那只鞋如今已经和那只脚浑然一体了，要脱下来，不啻是剥一层皮。他只有单脚跳着走，一边跳，一边痛得嗷嗷叫。路面的泥不断让他四脚朝天地栽跟头。好在离高速公路并不远，没用多久他就翻过了护栏，倒头摔在平整的路面上。

这时候他才发现，即便如此，自己手里依然还攥着一把湿漉漉的脏票子。果然像高丽说的，他想，自己不过是这个世界的消费品，只是今夜被消费的方式让人有些匪夷所思罢了。

他扶着公路的护栏向前蹒跚。巨大的货柜车呼啸着从身边驶过。夜晚的高速公路危机四伏，宛如一条杀人的流水线。实在蹦不动了的时候，他坐在路边，靠着栅栏拨通了家里的电话。

"谁？"母亲一夜之间被吵醒了两次，不免怒火冲天。

"我问你个事，"他说，"你老实告诉老子，包国祥是不是包小强的爹？"

这个问题的邪恶让母亲竟然没有听出他的声音。沽北镇上这位卖凉粉的妇女，在这个夜晚犹如听到了魔鬼的诘问。

"你是谁咯……"

母亲颤颤巍巍的声音让包小强一阵无端的快活。他在一瞬间理解了那个女客人，理解了她盎然的兴味和纵情的欢笑，理解了某种"蒂森克虏伯"式的存在原则，这一切，不过源自一种恶意消费这个世界的快感。小镇青年就这么得到了淬炼。他在笑声中挂了机，把黑暗的惊悚留给母亲。继而他又拨了高丽的手机。出乎意料，又好像是在意料当中，一段歌词没有唱完，高丽就接听了。

"打打打，打什么打！你烦不烦，不就是几个破钱！别人的我不还，你的我能不还吗？"高丽用沽北腔暴躁地发火。

包小强一言不发地听着。一辆油罐车呼啸而过，轮胎摩擦出瘆人的声响。路面跟着震颤，像一根隐隐呼扇的扁担。脚上的痛加入了刺痒的成分，让人更加不堪承受。

"你在什么鬼地方？"电话那头的高丽听出了异样的动静。

"蒂森克虏伯，"他脱口而出，"老子在蒂森克虏伯！"

这几个字被他说得强劲饱满，一如那扎扎实实从他脚面上碾压而过的车轮。

收起手机，他呜咽着重新上路。天空缀满繁星，路面平展，世界是一条坦途。一块路标用反光漆隐约标明着前方的地名。不管那几个字是王家洼还是李家沟，纵使它倏生倏灭，在一个不认可世界已然如此的青年眼里，此刻，就像躺在家乡沽北镇的柿子树上一样，他既然可以从夏日的光柱中杜撰出一张陈楚生的脸，那么，他就能将那块路标上的指示臆造成某个未卜的去处，譬如：蒂森克虏伯。

有时

一

事实上，王努是个春风得意的人。但是那一天出门的时候，他觉得自己整个人的状态都有些失落。那一天王努很早就爬起来冲澡，接着电话响起来，老同学少君在电话里跟他确定了晚上的聚会。宾馆的卫生间里接着分机，挂在镜子的旁边，王努放下电话时，就看到了镜子中光着屁股的自己，水淋淋的，像只落汤鸡——怎么会这样比喻呢？王努怔了一下，定神打量镜子中的身体，它孤独地站在花洒下，倒是依然匀称和标准。孤独？——这个比喻也莫名其妙啊，王努心里嘀咕着，心情就这样消极起来，以至于后来他厌恶起自己的手包。以前王努是喜欢背那种电脑包的，但是随着仕途的升迁，妻子反对他再把包背在肩上，要求他的包也像职务的升迁一样，发生位置上的变化。于是，王努换了一只昂贵的手包，移在腋下夹着。那一天准备出门时，王努突然觉得这种包和这种夹的姿势都很恶心。王努决定不夹着包出门了，把手机和香烟统统塞进裤兜。考虑了一下，王努决定把钱夹留在房间里，一来它实在不好再塞进口袋，二来也觉得带着它没什么必要。这次来西安，王努是考察一家地产公司，结果关系到价值千万的合作，对方自然安排得非常周到，随身携带钱夹显然是多余的。

王努在七点钟准时下楼，他穿了件大红色的 T 恤，裤兜两侧鼓鼓囊囊的。李经理已经站在宾馆的大厅里等着王努了，这几天，王努的各种活动都是由她陪同着。最后一天，王努要求去西线的旅游景点转一圈。虽然在西安读了四年大学，但西面那些大名鼎鼎的地方，王努却一直没有参观过。接待方当然要满足王努的这个要求，派出一辆越野车，又派出一个李经理。这么安排，当然算得上细致了，因为李经理从什么角度去看，都算得上是个风姿绰约的漂亮女人。几天下来，王努已经对这个女人产生出一些欲望，这很正常，但是王努也很正常地把握住了自己，诸如此类的诱惑，对于王努已经不是什么新鲜的事情，王努自有分寸。

那一天王努消极的心情并没有因为李经理而好转，它坏得有些不明不白，王努也搞不清楚有什么地方不对头，只好把它归咎于天气了。天阴着，七月的西安在清晨已经燠热不堪。阴天里的热，不磊落，是阴谋般的沉闷和叵测。王努上车前抬头看了看天空，于是这一天就阴谋般势不可当地开始了。越野车很快就驶出了城区，饱满的轮胎滑过平整的公路，轻微的震颤传递在王努身上，让王努产生出是自己在滑行的错觉。

这样，杜颖打来的第一个电话，就符合了某种规律，成为一个坡度的起点，令王努的这一天流畅地滑行下去。那时王努已经登上了埋葬着女皇帝武则天的乾陵。天空依然阴霾，稀稀拉拉的三五个游客，围在那块含义万千的无字碑下，举头仰望，在阴沉的空气中，就有了些肃穆。这种气氛感染了王努，令他也有些怅然若失，以致手机响了半天才被他从兜里摸出来。杜颖说，我以为你不方便听电话呢。王努想不出对方是谁，努力从记忆中搜索这个陌生的声音。对方猜出了他的疑惑，接着说，想不到吧，是我，杜颖。王努怔住，客气地说，杜颖啊，怎么是你呢？杜颖说，很意外吧？来西安也不打声招呼，我们见一面吧。王努犹豫了一下，说，下次吧，我今天晚上就走。这不，现在在乾陵呢，整个西线转下来，怕是就没什么时间了。杜颖"哦"了一声，试探着说，要不……你先转，我们再联系？然后就挂断了。王努收起手机，目光眺望出去，远处那两座挺拔的山峰，的确浑圆如乳，恰似旅游宣传册上的描述——它们是女皇帝仰卧大地的绝妙象征。杜颖的出现，令这样的地貌在王努的眼里遽然惟妙惟肖了，起初，王努怎么看，那两座山峰，也只是山峰。

十多年后的今天，杜颖留给王努的记忆，最深刻的，也只是一对浑圆的乳房了。当年的煎熬与折磨，在时间面前，其实不如一对乳房那样持之以恒。要知道，当初杜颖选择分离时，王努痛苦地以为，自己这一辈子都会被这件伤心事笼罩住，他不会忘记杜颖，更不会忘记杜颖带给他的伤害。分离发生在他们大学毕业的时候，王努回了原籍，杜颖留在了西安，她投进了另一个男人的怀抱，速度快到令王努猝不及防。事情是怎么收场的，王努已经记不清了。那一天王努站在乾陵上，只记得自己当初几乎崩溃掉，离开西安时，宛如一只丧家犬。记忆就这样在乾陵之上与现实形成了对比，如今的王努，已经是要害部门的正处级领导，三十多岁，坐上这样的位置，怎么说，也算得上是个精英人物了。

下面的旅途中，王努开始了从一对乳房出发的回忆：那个时候，王努和杜颖之间没有实质性的身体接触，王努只是有限地抚摸过杜颖浑圆的乳房。但那种绵软的有节制的安慰，那种浅尝辄止的欲罢不能，囊括了爱情的所有滋味……

　　下一站是贵妃杨玉环香消玉殒的马嵬坡。王努刚刚从越野车上下来，杜颖的电话就打了过来。她的声音有些急促，说，我还是觉得需要见你一面。王努问，怎么，有要紧的事情吗？杜颖停顿了一下，说，是的，我有重要的东西要送给你。王努觉得自己的嗓子有些发紧，于是，同样停顿了一下，问，什么东西呢？话一出口，他就有些后悔，觉得自己不该这么问。杜颖似乎是在暗示，如果把一个暗示追究成堂而皇之的东西，显然是不恰当的。杜颖的声音一瞬间变得美妙，有一种和煦的温婉，她说，见面你就会知道的。在王努沉吟的时候，她又补充道，这件重要的东西，我必须亲自送给你。王努脑子转了转，用迟疑的口气答应，好吧，我回到西安大概也是下午五点钟左右了，夜里十一点钟的飞机，中间还有个聚会，我们大概只有两个小时的时间。罗列出这一组时间，王努心里其实已经倾向于去见见杜颖了，他不自觉地做出了衡量和判断，结论是，两个小时，应该够杜颖"亲自送出"那件"重要的东西"了。杜颖的喜悦从声音里都感觉得到，她欣慰地说，那我们说定了，五点钟左右我联系你。王努还想再说些什么，杜颖已经挂了电话。

　　天空这时候滴下大颗的雨点，零零落落地砸下来，每一颗都很饱满。由于一个馈赠已经在等待着王努，所以对于马嵬坡的游览，就变得有些敷衍了事。贵妃杨玉环的汉白玉雕像，被雨点打得斑斑驳驳，王努吃惊地发现，塑像的体形和神态，很像记忆中的杜颖。这个发现在王努滑行般的一天中，起到了推波助澜的作用。以丰腴为美的杨玉环，被汉白玉这种温润的材质具象地塑造出来，呈现出一种庸俗的不健康的肉欲，王努心中已经形象模糊了的杜颖，于是就被落实了。十几年前的杜颖是什么样子已经不重要，通过这尊塑像，王努已经可以将那个即将来临的馈赠具体起来。离开马嵬坡的时候，王努是一种受到蛊惑后的复杂情绪。

为了赶时间，他们没有停下来进餐。李经理事先准备了搭配精致的饭菜，装在崭新的保温盒里。王努坐在车上一边吃，一边看着窗外逐渐密集起来的雨珠。后来他就睡着了，睡得自己都莫名其妙。王努很少会在不知不觉中昏睡过去，他懂得需要对自己的身体有所控制，否则他不可能谋取到如今的地位。

醒来时，王努发现自己的头斜倚在李经理的胸前。王努感觉到了这个女人饱满的乳房，甚至可以感觉到她乳罩边缘的轮廓，它们共同依托在王努的眉骨一侧，柔软中夹杂着一丝细微的坚硬。这种暧昧的触觉令王努贪恋，但是王努命令自己清醒。王努知道，李经理也是接待方对于自己的一个馈赠，只是接受这个馈赠的代价过于昂贵，它的背面，是价值千万的交易。对于这种事情，王努当然知道怎么应付，取舍之间，他不会乱了方向。异乎寻常的是，那一天王努无端地放任自己在恍惚与清醒之间多出了一个停顿，他没有马上坐起来，甚至将头有意识地向那一侧埋了过去，对那只乳房形成了挤压。路面已经不是那么平整了，偶尔会有一个起伏，使车身小小地弹跳一下，作用在王努的头上，就是一个韧性十足的震颤。王努沉溺在一份幽暗的快感中，生理上都发生了变化，坚硬起来。过了片刻，王努才把身子斜向了另一边，仿佛是睡梦中一个自然的翻身。这个插曲险些打破了王努这一天的滑行状态，它令王努的轨迹有了瞬间的修正，如果王努因此回到了那个春风得意的精英王努，那么，接下来的一切就都将恢复到正常的一天。

到达法门寺时，大雨突然停了，天空中划出一条巨大的彩虹，四周氤氲的水汽一瞬间辉映出万千迷离的亮色。开车的司机说，王处长果然是贵人，一到法门寺，佛光就显灵了。这当然是一句奉承话，但是王努突然对这种低级的奉承反感起来。从车上下来，王努用手机回拨了杜颖打来的那个号码。也许是信号的原因，手机里杜颖的语调有种空旷的回声。她说，别告诉我你不能来了啊。王努有些语塞，其实是他突然间迫切了，怕杜颖会改变主意。王努说，我们把见面的地方定一下吧。杜颖的声音宛如来自天国，就在我们学校门口吧，她说，以前的那家眼镜店，现在改成了西餐厅，你找得到的。王努说，好的，六点钟，我们不见不散。杜颖笑着重复，不见不散。他们通话的工夫，李经理已经买了门票回来，王努敏感地注意到，递门票过来时，这个女人的目光在自己下身有一个不易觉察的停顿。王努这才意识到，自己那里依然坚硬着，好在两侧的裤兜都鼓鼓囊囊的，多少缓解了那里的突出。当然，在那一刻，王努开始庆幸自己出门时放弃了那只手包。

虽然下了场大雨，但是燠热的空气依然没有得到缓解。王努很快就黏糊糊地出了一身闷汗，而且，坚硬起来的地方丝毫没有疲软的迹象，这都令王努的行动变得迟缓了，令他的步子看起来有些笨拙。王努就是这样笨拙地走进了法门寺这庄严之地。

二

眼前的杜颖令王努吃了一惊。她端坐在那里，穿一件白色的亚麻衬衫，头发光洁地绾在脑后，使得整张脸的轮廓完整地呈现出那种和谐的鹅蛋状，而且，这张和谐的鹅蛋状的脸没有化妆，素净得仿佛涂上了一层瓷质的光。这些都与王努的记忆无关，杜颖美得令他猝不及防。有一瞬间，王努甚至不能够确定，眼前这个女人就是自己大学时代的那位恋人，她们之间唯一一致的，似乎只有饱满的乳房了。王努的目光不由得就要落在杜颖的胸前，同时感到有些沮丧，觉得自己没有回宾馆冲洗一下就出现在杜颖面前，是一个重大的失误。

王努的确很急迫，回程中他突然意识到，自己起码已经有超过三个月的时间没有性生活了。怎么会这样呢？这令王努自己都感到震惊，是什么禁锢了自己的身体？王努闭着眼睛罗列出了以下的原因：首先是忙碌，其次是谨慎，还有——对于妻子的厌倦？……王努蓦地觉悟到，其实什么准确的原因都没有，自己何止是三个月没有性生活呢，甚至从把包夹在腋下的那一天起，他就没有严格意义上的性生活了。其间越野车有一个比较明显的刹车，王努和李经理的身体剧烈地碰撞在一起，李经理尖锐地"哼"了一声，那种声调，立刻让王努联想到了女人在床上的呻吟。有一瞬间，王努几乎改变主意，想直接就和身边这个现成的女人回宾馆算了，何必非要去见杜颖呢？但理智终于还是占据了上风，王努知道，自己绝不可以沾染李经理。这样，王努在越野车平稳的行驶中，在自己滑行般的错觉中，就不能不悲伤起来，既怨天，又尤人。回到西安后，在悲伤中急迫起来的王努，要求司机把自己直接送到了这家西餐厅的门前。王努让李经理先回去休息，自己晚上去机场时再联系她。

杜颖在面对王努时却没有表现出任何的诧异。她微微点了下头，示意王努在自己的对面坐下，并征求王努吃些什么，自然得好像一对多年的夫妻。然后，杜颖对王努说出了第一句正式的话，她说，王努，今天我们见面，我丈夫是知道的。这句意味复杂的话具有一股奇异的魔力，事后王努想，事情就是从这个时候糟糕起来的。从这句话开始，王努和杜颖的会面就被某种趋势裹挟了，王努不由自主就顺服在杜颖的语境中，把自己的愿望压制了下去，也把已经到了嘴边的话咽了回去。杜颖的第二句话是，这是我送给你的重要礼物。王努这才发现，餐桌上有一本黑色硬壳的厚书，杜颖用一只手轻轻地推向了他。于是，王努在那一天再一次吃惊不已。那是一本精装的《圣经》。惊讶其实是没有来由的，谁会为一本精装的《圣经》惊讶呢？王努所惊讶的，是那种现实与期望之间巨大的落差，它在一瞬间就把王努带进了持久的恍惚。

这是多么奇妙的一件事情，王努十多年前的旧日恋人，开始在这家西餐厅里向他布道。那些神圣的话语对于恍惚的王努却只是一个又一个偶尔突现的单词，光，信，望，爱，诸如此类。其中一个词由于出现的频率很多，就被王努格外地记住了，它是：有时。

杜颖捧起那本精装的《圣经》，对王努读道：

凡事都有定期，

天下万物都有定时。

生有时，死有时；

栽种有时，拔出所栽种的也有时；

杀戮有时，医治有时；

拆毁有时，建造有时；

哭有时，笑有时；

哀恸有时，跳舞有时；

抛掷石头有时，堆聚石头有时；

怀抱有时，不怀抱有时；

寻找有时，失落有时；

保守有时，舍弃有时；

撕裂有时，缝补有时；

静默有时，言语有时；

喜爱有时，恨恶有时；

争战有时，和好有时。

　　王努在这些一枚枚闪着特殊光芒的小金币般的词语中，吃下了一块牛排、两只小羊角面包。食物进入胃里的过程中，王努的意识有一刻回到了身体上。他看着眼前的杜颖，恍惚中就回忆起当年那对构成他爱情全部滋味的乳房。它们像水草一般顺从，可以被塑造；它们像食物一般庄严，可以充饥。他抚摸它们，吮吸它们，它们在抚摸和吮吸中花朵一般绽放——那种滋味，不就是寻找有时，失落有时吗？在回忆中下出这个定义，无端地令王努热泪盈眶了。为了掩饰，王努摸出一支烟准备点上，却被杜颖阻止住，她用一只手摘掉了王努已经含在嘴角的烟，说，这里不许吸烟的。

　　王努有些慌乱，问她，你怎么知道我在西安的？杜颖含笑说，少君告诉我的，怎么，你后悔来见我了吗？王努说当然不，又说，原来是少君，我说呢。这时候王努就决定结束和杜颖的会面了，他对那些事先的预期已经不抱什么希望。王努说，我们就到这里吧，我还要去见见少君，时间不多了。杜颖似乎没有听到，眼帘垂下去端详自己手中盛着红酒的酒杯，过了片刻，才拿酒杯和王努的碰了碰，在一声悦耳的撞击声中说，王努，原谅我当年的罪，我们都需要被拯救。王努在"罪"和"拯救"这样的语言下有些不知所措，他还不太适应这样的句法。他觉得没什么好说的，既然眼前的一切都不是按照他的预期展开，就只有沉默了。于是王努只有抬起手腕去看表，七点钟刚过，也就是说，杜颖需要"亲自送出"的这件"重要的东西"，实际上只用了一个小时。在王努看表的同时，对面的杜颖双手抱在胸前，遮蔽了那对唯一与过去一致的乳房，她在祷告：仁慈的主啊，求你看顾我的同学王努，让他在尘世中获得安宁，愿诅咒他的得诅咒，祝福他的得祝福……

　　从西餐厅出来，傍晚的西安城却骤然光明了。阴沉了一天的天空，突然间钻出了太阳。下过雨后的地面腾起不可一世的热浪。王努目送着杜颖的离去，杜颖的背影在地面腾起的热浪中隐隐约约地浮动，王努觉得这真的是一个脱离了低级趣味的背影。

三

那一天傍晚七点钟刚过的时候，王努出现在了自己母校的家属区。当时王努的腋下夹着一本精装的《圣经》，这个姿势迷惑了王努。起初王努还多少可以意识到自己是夹了本书，但过了会儿，王努就把这事忘记了。王努已经习惯了这种夹着的姿势，所以很容易就把这本《圣经》和那只手包混淆在了一起。何况，它们的体积和重量几乎是没有差别的。

少君跑下楼来迎接王努。由于比约定的时间早了一个小时，少君显得有些准备不充分，他只穿了一条肥大的短裤和一件半旧的白背心。少君的这副形象，在王努眼里也与预计的很不一致，王努以为留校后已经做到副教授的少君，不该是这么一个样子。至于具体该是什么样子，王努也说不清楚，总之，不该是现在这副样子。少君说，怎么提前了，吃饭了吗？王努说吃过了，说着过去亲昵地搂搂少君的肩膀。他们是大学时代最亲密的兄弟，分别十多年后，这样的动作应该很正常。实际上王努还想做得更夸张一些呢，他很想有力地拥抱少君，把那一天从出门时就困扰着他的失落感，在与少君久别重逢的喜悦中化解掉。但是少君却躲开了王努搂过来的那只手。他好像有些抑郁，起码没有王努那样热情。少君说，既然吃过了，就不请你到家里坐了，我们找个地方。看到王努收起了笑容，少君苦笑着补充道，正跟老婆吵架，就不让你看笑话了。于是王努做出了一个错误的选择，他重新笑起来，说，好，我们找个环境好一些的地方。如果这个时候，王努能够意识到自己腋下夹的是一本《圣经》而不是一只手包，或许就可以避免后来的那个事件了。起码他不会在身无分文的情况下，邀请少君去一个"环境好一些的地方"。

两个昔日的兄弟，穿过他们曾经共同求学的校园，来到了大街上。"环境好一些的地方"其实很好找，很快他们就走进了一家格调不错的酒吧。

王努要了一瓶红酒，和少君碰过杯后，感叹道，我们得好好追忆一下似水流年。这句话一出口，王努就顺利地滑进了伤感的情绪中，因为和杜颖见面时，他甚至连这种情绪都没有享受到。少君却摆摆手说，追忆是我这种不得意的人才干的事情，你春风得意的，应该展望才对。王努愣了一下，脑子里突然一片空白。王努感觉少君的话有些噎人，他觉得这一天真的有些不对劲。王努讪讪地说，你有什么不得意呢？都做到副教授了。少君看着王努，重复道，是，副教授！他把"副"字咬得狠狠的，让王努都怀疑是不是自己的语调中格外地强调了这个字。然后，就像刚刚杜颖布道一样，少君开始了诉苦，那些郁郁寡欢的话，对于恍惚的王努也只是一个又一个偶尔突现的单词，职称，房子，钱，诸如此类。不知不觉中，王努把这些词和半瓶红酒一起咽进了肚子。当然，其余的半瓶是被少君咽下去的。于是他们又叫了一瓶。在充分证明了自己的"不得意"后，少君开始反证王努的"春风得意"。他问王努有几套房子，王努迟疑了一下，说有两套，他说他一套房子还是按揭买来的。他问王努一定有专车吧，得到肯定的答复后，他说他幸好住在学校里，否则就得买一辆自行车来代步。

这种对比令王努不安起来。在酒精的作用下，王努突然反驳道，你多久没有性生活了？少君想一想，很严肃地说，有一周了，我现在根本没有那方面的……王努打断他，伸出三根手指在他眼前晃，说，我起码超过三个月没碰过女人了。说完王努就起来上卫生间了。他要给少君留下些时间，仔细去品位"超过三个月"的含义。

王努的步子的确有些飘，他心里很奇怪，为什么自己会故意选择这种步态，其实那点酒，对于他根本不算什么。卫生间里还有一个人，这个人在王努步态凌乱地离开时，跟了出来。他贴在王努的身后，悄声问道，先生，需要小姐吗？王努停下来，回头上下打量这个人。应该说，王努这个时候是相当清楚的，因为他问出了一句相当理智的话。王努问，多少钱？对方说，三百。事后王努想，自己当时犹豫了吗？答案是没有。王努当时没有犹豫地说，带路！

王努被带到了一间包厢。他甚至没有去给少君打声招呼。王努想自己很快就会出来的。包厢里倒还雅致，一排沙发，居然还有一束郁金香。随后那个穿着黑裙子的女人就进来了。她很直接，进来后就交给王努一枚安全套，然后背过身去，开始脱自己的衣服。沙发不够宽大，女人的四肢吸盘似的在身下扣住了王努，他只能站在地上，俯下身把头埋在她的胸前。王努吮吸着女人的乳房，起初口腔里那种微咸的汗味多少还令王努生出了厌恶，但是他很快就被点燃了，忘情地陷入那对乳房所带来的安慰中。它们饱满地贴在王努的脸上，令他一阵阵地窒息，他也真的像是潜水一样，有意地把自己的鼻孔和嘴全部挤压进去，让那种道劲的肉的力量堵塞住自己的呼吸，直到肺部将要爆炸的时候，才求生似的仰起头。这样就有些像是做游戏了。女人不耐烦起来，催促道，你快一些。于是，王努在女人的催促声中，完成了下面的事情。不管这件事情后来发展到怎样糟糕的地步，王努都愿意承认，这是他迄今为止最酣畅淋漓的一次性事。那个时候，他当然想到了杜颖，甚至都想到了贵妃杨玉环。王努想，最灿烂的那个瞬间，自己感受到的那种巨大的滋味，就是"怀抱有时"吧。

　　王努起来整理自己的裤子时，那种被阳光普照着的感觉依然没有消退，以至于那个女人在身后发出疑问时，他居然快乐地笑了起来。女人问，哎！你刚刚戴套了没？这句话王努听清楚了，但是巨大的满足令他忽略了其中蕴含的危险。王努笑了，说，什么话？你不怕得病，我还怕呢！女人的脸阴沉下来，用手指了指地面。顺着方向看过去，王努立刻蒙了。地面上扔着一只打开了包装但却没有展开的安全套。怎么会这样?！事后王努判断这完全是个圈套，女人是在他整理衣服时调了包，那只使用过的安全套被她藏了起来。但是当时，王努的确是糊涂了，他不能够确定，自己是否真的在狂乱中忘记了安全。王努甚至不甘心地捡起了地上的那只安全套，把它展开，对着灯光检查起来。没有等到王努得出结论，包厢的门就被人从外面撞开了，三个粗糙的男人走了进来。

四

　　少君被领进包厢时，王努刚刚看过自己的表，九点差十分。王努想起来，自己今晚十一点钟是要乘飞机离开西安的。当然，被他想起来的还有其他的事情，比如，他出门时没有带手包，钱夹也扔在宾馆里，所以，现在面对讹诈，他没法迅速地摆平。少君显然已经知道了事情的原委，他进来时像一只仓皇的兔子。王努却很镇定，身体刚刚获得的巨大安慰，给了他从容的态度。王努甚至依然向少君愉快地笑了笑，从裤兜里摸出房卡交给他说，你去宾馆，在我的房间里把钱夹拿来，里面有张银行卡，你去提款机里取五千块给他们。少君呆若木鸡地站着不动。王努只好催促他，快去呀！

　　少君走后，其他人也退出了包厢，只留下王努一个人在里面。

王努坐在沙发上，开始反省自己这一天的行为。渐渐地，就有了一个基本的脉络：王努觉得杜颖难脱其咎，那个在乾陵上打进来的第一个电话，唤醒了他"超过三个月"没有解决的欲望，而且，天气，乾陵的地貌，贵妃杨玉环的体态，李经理的乳房，与杜颖神圣的会面，少君的反证法，都起到了推波助澜的作用。这样看来，天下万物都有定时，自己最终毫不犹豫地走进这间包厢似乎就是必然的了。但是，王努觉得这些理由还不足以让自己判若两人。燠热的天气，女人的诱惑，朋友愤愤不平的抱怨，这些几乎是每天都发生着的事情，为什么只有今天才令自己失去理智呢？一定还有其他更重要的因素被忽略了。那么是什么呢？王努绞尽脑汁，也找不到那个理由。想得狠了，恐惧就涌了上来。王努的思路被带向了另一个问题——自己究竟戴没戴安全套呢？越想越倾向危险的结论，王努感觉到自己的身体发生了一种黝黯的病变，鼻腔里甚至弥漫上溃败的腐烂气息。

这时候门外突然纷乱起来，有人在跑动，有人在大声呵斥。然后门就被撞开了，两个警察出现在门口。王努一阵眩晕，他不能够相信这一切真的发生了。被警察带出酒吧时，王努看到了少君。他站在闪着警灯的警车旁，脸色煞白。王努苦笑着说，老同学，你毁了我了。少君神经质地抖起来，声音尖利地说，我觉得还是应该报警。王努伸手搂搂他的肩膀。这一次少君没有躲开，瑟缩着把那张房卡塞在了王努的手里。王努感到自己的这个兄弟是在一瞬间垮了下去，黑夜巨大的阴影在一瞬间淹上了他的脸。那一刻，王努抵达了一天中痛苦的顶峰。他不能相信少君会迂腐到这样的地步，直到坐在警车里后，少君那些郁郁寡欢的反证法还喋喋不休地回响在他耳旁：你有几套房子，你有专车吧，你春风得意的，应该展望才对……

在派出所里，王努唯一可以选择的，就是拨通了李经理的电话。在此之前，王努被做了询问笔录，并且在自己签下的每一个名字上摁上了鲜红的指印。随后李经理就到了，和她一同来的，还有他们公司几位重要的高层。王努一直保持着镇定，用沾着印泥的手分别和他们一一握手。王努的异常只有他自己可以感觉得到，他觉得走出派出所时，自己仿佛是在水面上滑行着的。

坐在车里，一位姓张的老总对王努说，让您受惊了，是我们招待不周，不过您放心，这件事情绝对到此为止，您不需要有什么顾虑，善后工作我们一定处理好。王努点点头说，谢谢。然后王努摸出了一支烟。李经理就坐在王努的身边。王努记得自从他们见面以来，每次只要自己摸出烟，李经理就会准确地把一只点燃的打火机伸过来。但是现在，李经理的头偏向车窗外，只留给他一个冷漠的侧影。这个女人显然是受到了伤害，她不能理解，精英王努的趣味何以会如此低下，从某种意义上想，王努的行为简直是对她的侮辱——难道她不是一个更具诱惑力的安慰？

回到宾馆后，虽然时间紧迫，王努还是坚持进了卫生间冲洗自己。王努把所有的浴液都浇在自己的下身，然后又一遍遍地用香皂去揉搓，但是那股溃败的腐烂气息始终弥漫在鼻腔里。王努惊悚着战栗起来，夺眶而出的眼泪混在汹涌的水流中。抬头间，王努看到了镜子中自己的身体——它孤独地站在花洒下，水淋淋的，像只落汤鸡。王努遽然找到了自己这一天所有异常的根源，那就是，在清晨面对镜子中自己的那一瞬间，他痛心疾首地意识到，自己依然匀称和标准的身体，只用来春风得意和夹昂贵的手包了——它居然没有用来败坏过。

十点钟刚过，王努向机场出发了。王努的身后是一支浩浩荡荡的车队，那家公司所有的高层人员都前来送行。他们提前开始了庆贺，因为那份价值千万的合同几乎已经万无一失地落实了。他们欢迎王努尽快回来补上一场压惊酒。车队快到机场时，王努突然想起些什么，问身边的李经理，你们见到我那本书了吗？李经理不解地问，书？什么书呢？王努对她形容了一下，说，有这么大，黑色的壳，精装。李经理摇摇头说，没有，我们没有见到，要不您告诉我书名吧，我一定替您再买一本。王努说不必了，他始终没有说出那个书名。

那一天，在登机的时候，王努突然感到了自己腋下的异样。在飞机上坐下后，王努缓慢地拉开了自己手包的拉链。它果然在里面，尺寸，厚度，恰到好处地紧贴着柔软的皮革。王努闭起眼睛，用手指抚摸它的书脊，觉得有时，这一天还没有过去，但是已经虚无起来了。

有时候，姓虞的会成为多数

　　我们租住的地方，理论上应该叫作城乡结合部，但现在很多事情，除了在理论上站得住脚，实践起来都会有些模棱两可，因为实践中的一切，都变得似是而非了，不再像石器时代那么泾渭分明。

　　这块叫作"雁滩"的地方，二十年前据说还是一片农田，当年兰城的男青年，稍微有些抱负的，如果弄上个"雁滩"姑娘，都会有些气短，被人问起，不禁就要含糊其词，反应快的，随口会将姑娘们的出处说成是"城东的"。雁滩就在兰城的东边，这一点，是不含糊的，就好比东京，理论上也是在兰城的东边一样。可事情说变就变了。今天的雁滩，哪里还见得到农田？全部是楼了。雁滩姑娘们摇身一变，都成了抢手货，因为卖了地，她们都成了有钱人家的闺女。然而在理论上，此地依然是要被冷静地视为城乡结合部的，大批的外来者盘踞在这里，来来去去，就像当年的庄稼，一茬一茬的，等待着被这座城市收割。

　　像我们这样的寄居者，在兰城的雁滩比比皆是。我们来自五湖四海，可目标却未必是同一个，当然你要笼统地概括一下，五湖四海的目标也能够被你在理论上总结成一条定律什么的。我们的房间在雁滩一栋四层小楼的顶层，四壁连带房顶都没有经过粉刷，预制板直接裸露着，楼面的外墙也没有任何装饰，倒是表里如一，那种水泥特有的灰白格调，让这一带的楼体呈现出一种堪称肃穆的气氛。周边几乎没有什么植物，一切都暴露在白花花的阳光里，到了夜晚，即使万家灯火，也显得是旷野无人。住在这里也有一种别样的好，那就是，尽管周遭甚嚣尘上，但只要你认得几个字，或者不幸有着一颗还算焦虑的心，那么，你就会感受到某种非常突出的宁静之感。

我们一共是四个人，我、小王、小虞和老虞。我姓李，被大家唤作小李。大学毕业后我就在雁滩这个范围内辗转栖身，白天乘车去市里面打工，暮色四合的时候跑回来挤进架子床睡觉。最让我难以释怀的是，我常常需要把自己在夜晚投奔的那个地方叫作"家"。下班的时候，跟同事们打招呼，不免要说"回了"，可是回哪儿了呢？回宿舍了？回出租屋了？都不大合适，好像也不太符合汉语的规范，约定俗成，也只能大大咧咧地吵吵："回家了回家了。"这么吵吵完，自己的心里不免就会有些发虚，因为毕竟是夸大其词和虚张声势了，其后的归途，就会感到有些凄凉。

小王年纪与我相当，也是大学毕业后混到雁滩来的。

余下的二位，本来也乏善可陈，大家不过是五湖四海，不过是萍水相逢，但好玩的是，他们居然都姓虞。关于姓氏，我们能说些什么呢？你看，我姓李，据说这个姓如今已经是第一大姓了，如果谁当街大叫一声"老李"，估计应者云集，会有不低的回头率。小王也比我差不了许多，我打工的那家公司，就有十数个小王。可是，在我们蜗居的那个二十平方米的狭小空间里，我和小王，居然成为了少数。我们的另外两个同屋，都姓虞。为了将他们区别开，只有把年纪稍大的那一个叫作了老虞。老虞其实也不老，只比我们大个三两岁，可是没办法，谁让我们遇到了这种状况呢？——有时候，姓虞的会成为多数。

"对于老虞这个人，你们了解多少呢？"有一天小虞向我们发问。

是啊，对于老虞这个人，我们了解多少呢？这么说吧，最先被压缩进这个二十平方米空间里的人，是我和老虞。我们在一个夏日的午后循着楼外张贴的广告不期而遇，我眼前的这位乍一看还是蛮普通的，就像所有毕业三五年后依然没着没落的青年，整个人的外观，就是一种"城乡结合部"的风貌，但当时，我看着老虞，觉得他有些没来由的别扭。后来我算弄明白了，可谓恍然大悟——原来这个老虞把衣服是统在裤腰里的。这应该是老虞让我别扭的地方。说起来也没有什么充分的理由，衣服统在裤腰里，本来不是个问题，但不知道有谁统计过没有，把毕业三五年依然没有着落这些因素都参考进去，这样的一部分年轻人，有多少会是将衣服统在裤腰里的？老虞他栖身雁滩的出租屋，谋生于一家卖汽车配件的小公司，天天骑一辆需要弓背塌肩才能驾驭的自行车，行程大约都在五十公里上下，这么一个人，却像写字楼里的小开一样，习惯把衣服统在裤腰里，可不是他妈的有型极了？

后来小王加入了我们的队伍，再后来才是小虞。没什么可说的，我们四个年轻人已经将那二十平方米最大化地分摊了。被分摊了的，当然还有我们捉襟见肘的购买力和没有着落的人生。这样你就会明白了，为什么我会在这间出租屋里感受到非常突出的宁静之感。因为我已经极大地分摊了自己，把什么都匀了出去，涣散了，不宁静才怪。

所以从理论上讲，我应该是最了解老虞的人，毕竟是我俩先占领的这二十平方米。但我也不能肯定，这个小虞会不会比我和小王掌握更多的材料，谁能忽视这样的事实呢？——在这个狭小的罐头瓶里，两位姓虞的成为了多数。他们会由此更亲近一些吧？于是我和小王就自觉地将小虞的发问当作了一个设问句，认为他一定是要自问自答一番的。

　　果然是这样。以下就是小虞给出的答案：

　　老虞他其实挺孤独的（妖怪了，我们几个缩在同一罐头瓶里的年轻人，乃至满雁滩的人，乃至全兰城的人，乃至尘世中的所有人，有谁是不孤独的呢？）。尤其被我们老虞老虞地喊着，就更让他和我们有了一些隔阂，他可能会觉得，本来还算年轻的自己，莫名其妙一下子就苍老了吧？就是说，是我们把老虞喊苍老了，是我们把老虞喊孤独了。你们知道的，老虞几乎没有休息日，双休日咱们都还睡着的时候，他照例会扛着他的自行车下楼，出门。起初我也和你们一样，以为老虞的公司业务繁忙，或者这家伙兼了职，打了双份工之类的，可后来我知道了，不是这么回事。谁让我也姓虞呢？我当然要比你们更关心一些老虞。其实老虞他在周六周日这样的时候，和我们一样，也是无所事事的。他扛着车子下楼，出门，好像是要去上班一样，其实呢，他根本没什么事儿，不过是摆出了这么一副架势。唉，老虞干吗给咱们装神弄鬼呢？让我看，他就是这么个人，孤独呗。当然，我有时候也觉得孤独，你们八成也孤独过（何止八成啊？），可咱们基本上不会在星期天的早晨也把自己弄到街上去。你们要换一种方式来理解老虞。也许换十种方式，该不理解还是不理解，也许你们连半种方式也懒得换，老虞的事儿你们压根就不放在心里，谁也不能指责你们。关键是，谁都得承认，理解不理解一个不过是挤在同一间出租屋里的伙计，原则上的确并不重要。谁管谁呀，就像老虞把衣服统进裤子里，即使再怎么让人看了着急，也只是他自己的事儿。

我跟你们说个事儿，你们肯定都没留心过。冬天的时候，有天夜里我上厕所，老虞在里面，门没关，他正站起来提裤衩，可把我吓了一跳——他居然把上身穿着的保暖内衣仔仔细细地往裤衩里统。恐怖吧？就是从那一刻，我决心要亲近亲近我的这位老兄。

有些事儿我们没试过，不知道其实远比我们想象得要简单。就比如说，我们住在这二十平方米的空间里，本来算是个挺稀罕的缘分，可大家谁都没有尝试过要彼此亲近。太累了，跟人打交道太累了，大家天天回来的时候都是一副大势已去的狼狈相，谁还打得起精神给别人示好？可是如果有一天你们试着拍下对方的肩膀，没准儿对方也会亲热地捅你一拳。当然，拍下肩膀、捅上一拳也没那么重要，大势照样还是已去。反正老虞就是这样的一个人，我主动接近他，不过就是多点个头、打个招呼什么的，他就有一出没一出跟我讲了些他的事儿。

下面这些事儿，就是老虞说给我的：

有一个周日，老虞出门时咱们照样睡得东倒西歪。把自行车扛到楼下，老虞思考了一下去向，然后骑上车子漫无目地在街上转起来。谁能想得到呢？周日的清晨照样会形成上班的高峰——我们这个世界，已经没有安息日啦。自行车在街面上汇聚成一股洪流——这还是让人有些想不到吧，原来我们依然活在一个自行车的王国里，尤其在每一个含辛茹苦的清晨。老虞裹挟在浩浩荡荡的洪流中，因此也具备了方向感。他和清晨奔波的人们一同前进，一同追赶时间。东走西奔，渐渐地洪流开始消退，最后变得稀稀拉拉。清晨的空寂一下子突现出来，变得有些荒凉。

已经是十点多钟了，老虞仍在大街上骑行。这时大街上又渐渐热闹，但性质迥异，与那股胼手胝足的洪流相比，此时上街游荡的多是些闲散分子了。

骑到雁滩桥头时，老虞看到了那个卖糖炒栗子的家伙。一口大锅支在路边，一堆炒好的栗子上竖插着标价，露出"五元"，不知道下半截隐藏了什么玄机。老虞有一瞬间的踟蹰，他在盘算，买一斤栗子权作午饭是否划算。他也通晓这些小贩们的把戏——在标价上搞鬼，在秤盘上搞鬼，出其不意地讹诈一下没见过世面的人。不料摊主满脸堆笑地招呼他："哥们，来啦！"说着用报纸包上一包栗子塞了过来。老虞没有推辞，自己不是个没见过世面的人，这个他有把握，而且，有时候，我们内心的算盘总是会屈从于一包劈面而来的栗子。老虞坐到自行车的后座上，用两条腿支撑住平衡，一粒一粒剥食。他已经有了主意，待会儿撂下个十块八块的就走人——这正是老虞平常中午吃快餐的标准。

"怎么样？"摊主关切地问。这是个其貌不扬的家伙，长得除了像个卖糖炒栗子的，什么也不像。

"嗯，不错。"老虞不动声色地回答。

"那就好那就好，我真是有点为你担心。"

"什么？你说什么？担什么心？"

老虞一怔，感觉他们说的并不是同一个话题，对方可能并不是在问他栗子的滋味。

"酒精中毒啊！"卖栗子的顿足说，"那天你喝太多了，要不怎么会直接送到医院去呢。"

"你记错了吧，"老虞说，"认错人了？"

"别逗了，要不你就真的是喝傻了。"卖栗子的忧心忡忡地揉着自己的下巴，"老吴是怎么说的？小五你迟早有一天会喝废的，可不是吗，我看你就快被他说中了。"

尽管捧着一包栗子的老虞表情看起来是在说：嗨，伙计，你他妈的认错人了，不过没关系，谁都有走眼的时候。但有那么恍惚的一瞬间，他真的感到自己被一股神秘的风卷走了，落在一个昏暗的小酒馆里，以"小五"的名义与这个卖栗子的还有一个什么老吴推杯换盏，斯时，劣质白酒哽咽在喉头，但依然无法阻挡内心那种卑微的、粗糙的、患难与共的温暖。

这时候两个打扮得很时髦的女孩走过来。她们都穿着那种底子很厚的鞋，窄小的短裙把屁股勒得紧绷绷的，上身是颜色漂亮的短风衣，两只背包背在各自娇小的肩膀上。她们从糖炒栗子面前走过去，又走回来。

其中一个说："怎么卖啊？"

卖栗子的大概认为这样的顾客不适宜他的买卖方式，因此表现得不是很热情，指指那块韬光养晦的标价牌，眼睛向天上翻着。

"你没长嘴吗？"另一个女孩厉声喝问。

卖栗子的被吓了一跳，咕哝道："你们没长眼睛吗？自己不会看。"

两个女孩对视了一下，让人以为她们会共同喊出两个字：扁他！

但她们只是对视了一下，然后异口同声道："来一斤。"

卖栗子的伸手去包炒好的栗子，不料一个女孩尖声细气地说："我们要吃现炒的。"

卖栗子的说："这就是现炒的。"

女孩纠正他："这是炒好的，不是现炒的，我们要吃那种边炒边卖的，你炒给我们。"

卖栗子的愣了片刻，大概觉得挺有意思，嘿地笑出声，然后就挥舞起一把铁锨，在那口大锅里翻炒起来。两个女孩不屑地撇撇嘴，她们不计较这个伙计的傻笑，她们要吃现炒的栗子。等待的时候，两个女孩开始议论起某件衣服的优劣，不好，太长，穿上像个嬷嬷。挺好啊，嬷嬷才好呐，性感。

而此刻的老虞，不可自拔地滞留在了那个昏暗的小酒馆里。这里面有污秽凄苦，也着实有一种很温暖的东西让他流连忘返，只是梦幻酒馆里现在多出了两个时髦的女孩，她们坐在另一张桌子，内容混乱地交谈着，正在说嬷嬷，突然一拐，就说起了某个明星。不喜欢，鼻子太短，还翘起来，像猪八戒。自己养的狗还不了解什么毛病，他就是想搞我，滚他奶奶的蛋吧，我有那么好搞？好像又是说某个男朋友了。

"现炒"的栗子炒好了，卖栗子的伙计鼻头累出汗珠来。两个女孩接过她们的栗子，先各自剥一粒，其中一粒热气内聚，"砰"地炸开，惹得两人夸张地一阵尖叫。该付钱了，老虞很紧张，他想象不出卖栗子的恶劣把戏会在这两个女孩面前遇到什么打击。卖栗子的心里显然也没底，指向那块牌子的手指在颤抖，它已经露出了真面目：二十五元。两个女孩顾自小心地剥食着热栗子，你十元，我十元，其中一个再多翻出五元，全部扔在那口大锅里。这太令人失望了，好像憋足了劲一拳打出去，却打在一团空气里。卖栗子的又是半天回不过神，用不可思议的眼神瞅瞅老虞，随后他气愤地骂一句："臭鸡！"

已经走出几步远的两个女孩同时回头，凶恶地齐声断喝："呔！"

这"呔"是兰城的用法，断喝出来让人显得很够劲儿。

卖栗子的伙计不由自主缩了一下脖子，换上了一脸的无辜相。时间一下子凝固啦，是一个对峙的局面。两个女孩将信将疑地瞪了他半天才扭脸而去，叽叽咕咕地评价："这货，长得像某某某一样。"

老虞终于将自己从那个小酒馆拖拽出来了，骑上车子准备离开。刚才他几乎要忘乎所以地陷入到一场纠纷中去。没人知道老虞的内心经历了一场什么风暴。他诧异地发现，如果那两个姑娘和卖栗子的发生冲突，那么毫无疑问，他会坚定地站在卖栗子的一边，并且拔拳相助也是说不定的。这也说得过去，喏，这个买栗子的才对我们的老虞嘘寒问暖过，让他从满街的无良小贩中脱颖而出，成了一个与老虞貌似相识的人。但这个发现仍然让老虞不禁有些发抖，他基本上是个温顺的人，从来没有滋生过什么豪情，可刚才内心那股片刻的、气势汹汹的波澜，又是多么接近一种"豪情"的指标。老虞觉得他在那一个片刻热烈地介入到了世界之中。

卖栗子的伙计在身后喊他："这就走啦？少喝点，你少喝点啊小五。"

老虞作出了鉴定，这个家伙张冠李戴，里面并没有什么阴谋——他压根就没跟老虞要什么十块八块。老虞并不想纠正他，相反，他现在非常渴望自己就是那个被朋友担心着的、义薄云天的小五。

"老虞说他那天骑着车子在兰城打了个来回，"小虞惆怅地对我们复述，"有一股没法儿跟人说明的情绪让他一路迎风流泪，他不得不停下了几次，掏出手帕来擦眼睛——见鬼，你们没听错，我说的就是手帕，老虞他还是个裤兜里随时塞着手帕的人。他就是这么一个人！"

可是小虞啊小虞，你跟我们扯这些干吗呢？我、小王，作为两个听众，不禁都觉得有些尴尬，好像突然被人强迫了什么似的，情形类似于坐在公交车上陡然遇到了一个你不得不起身让座的老家伙。何况小王这时刚丢了差事，正操心如何再就业。我们都有些拿不准，这个小虞一反常态地跟我们絮叨起来，是基于怎样的一种心情？

小虞好像是铁了心，有种要砸烂什么的狠劲儿，他自顾喋喋不休地往下说：

有些事儿说出来不像是真的，因为这些事儿会让人觉得难以理解。可生活里还是需要有些真实感吧？否则咱们可不是都活到梦里面了吗？——还他妈的是个噩梦。好比，咱们现在待的这间屋子，总是真的吧？月租四百，每个人摸出的那张红票子总是真的吧？还好比雁滩桥头总是真的吧？咱们天天从那儿至少打一个来回，这一点没谁怀疑过吧？好了，老虞就此每当途经雁滩桥头的时候，都要逗留一下，跟那个卖栗子的伙计点下头，也没到拍肩膀捅拳头的地步，他不过是格外看重这家伙的那声叮咛——少喝点，你少喝点啊小五。

有那么一个阶段，老虞身不由己地活成了一个莫须有的"小五"。就是说，他觉得自己在被人牵挂，那感觉，就好像一个人在夜里，自己抱着自己，管自己叫：亲爱的。老虞他对这种感觉着迷啦，像是被一个命令部署进了这个角色。这个卖栗子的家伙是什么人？一定和咱们不是一路人。比如，他能把标价五元的招牌换成二十五元，比如人家一定住得比咱们好，挣得比咱们多，比如好歹咱们都有一张大学的文凭。可这些都构不成差别，我们之间的不同只在于，无论这个家伙是看走了眼还是犯了癔症，总之他能指鹿为马，热烘烘地牵挂自己的同类。这可能就是打动老虞的地方了。

我们读了大学，人生不过是一个人均五平方米的格局，这么戏剧性地、徒劳般地空忙活，也许谁都会在途经雁滩桥头那种地方的时刻，灵机一动，望着桥，望着河，陡然生出些别致的念头。这不，那一天，老虞在周日又骑车来到了这个卖栗子的伙计面前，他们交头接耳了一番。可能这一天的老虞出门时并没有什么打算，那时候我醒了，他不过是看了我一眼，什么都没说，更没打什么招呼，可是我在心里跟自己说：老虞他这是要出去吃苦头哇。

然后你们都知道了，咱们的老虞就此不告而别。至于他干吗去了，遗憾得很，我也无从知晓，我只知道他是跟卖栗子的伙计去了趟河南。半年后，他又回来了。

——老虞是在一个黄昏回来的。那时我们三个人刚刚挨过了一天，也是次第进屋不久，个个人仰马翻，无外乎是大势已去的架势。看到老虞，大家当然有些吃惊，但也只是面面相觑了一番，就好像他还和半年前一样，不过是推销了一天的汽车配件归来。大家眼睁睁地看着老虞爬上了自己的那张架子床。让我们觉得心头一紧的是，我们都发现了，老虞衬衫的下摆令人心碎地垂挂在裤腰的外面。于是谁都知道了，这个老虞在半年的时光里，便已历尽了沧桑。

交代一下雁滩桥头吧。兰城是被一条大河拦腰截断的城市，我们委身的雁滩，靠着一座雁滩大桥和城市的主体连接在一起。雁滩桥是我们每日必过的一条通道。曾几何时，我每次跨越这条通道，都觉得自己是蠕动在一根笔直的肠子里，清早被输送进去，黄昏被排泄出来。这种感觉使得我每次靠近雁滩桥头之际，都会觉得腹胀如鼓。

如今从小虞的嘴里，我们知道了老虞失踪的前传，那不能算作一个确凿的前因，也不是太有说服力，但是不知怎么搞的，从此每当我路过雁滩桥头，遥望这截城市的肠子，心里都会多少生出些巴望。我也渴望有一个随便什么破人，将我就地拦下，宛如一个奇迹，以一种我从未感受过的热情招呼我，然后平地起妖风，将我也裹挟到一种卑微的、粗糙的、患难与共的温暖里。这种事儿没什么好说的，我们这个被理论说明着的世界，在实践中，总是会时不时出些故障，事情通常就是这样达到平衡的，就好比，有时候，姓虞的会成为多数。

所有的故事

今夜我梦到了金斯伯格，他向我讲述垮掉的生活。

——娜夜

一

我被医院派往外省完成一个合作项目。上火车前，我照例和庞安小聚了一次。说起来你可能会觉得有趣，庞安这时候已经是我的前妻了。我和庞安离婚后，彼此之间反而滋生出某种温和的亲密，经常会聚在一起，或者吃顿饭，或者是一同在医院的林荫道上散散步。我们之间的这种关系，当然引起了同事们的好奇心，每当我和庞安并肩出现在大家眼里时，他们难免要在背后议论纷纷。尤其是，在我们这对前夫妻的身边，通常还伴随着庞安的现任男友管生。这样的组合不免令人瞠目结舌，大家当然难以理解。大家不理解就不理解吧，我们已经基本上不苛求生活中会有什么额外的理解了，而且话说回来，其实连我们自己，对这样的局面也是难以理解的。

　　时间还早，我、庞安和管生，我们三个人坐在火车站前的一家茶楼喝茶。说起我此行的目的地，管生突然想起来三年前的往事。管生说，上次你就是被派往兰城的啊，这么快，一眨眼就三年了。我看一眼面前的庞安，发现她的瞳孔在一瞬间收缩住，又骤然扩散开。庞安神情的变化被我捕捉到了。我是眼科医生，对人的眼睛总是不自觉地保持着偏执的注意力。我也被管生的这句话打动了，某种对于时光、对于生活的叹息，水一样漫溢开，使我不能够区别从前与现在。我几乎觉得时间在这一刻发生了逆转，它轰轰隆隆地倒流了回去——庞安依然是我的妻子，我们此刻不是坐在火车站前的茶楼里，而是坐在自家的阳台上，依然如同昔日一般昏昏欲睡地晒着太阳。三年的时间本来并不足以令人唏嘘，两次兰城之旅似乎也构不成神秘的巧合，但是你要知道，三年前，我正是从兰城回来后和庞安离的婚。这样你就该明白了，是我和庞安的生活，赋予了时间和旅行额外的意义。本来我们似乎已经遗忘了，但是管生旧事重提，这就让气氛突然变得凝重起来。管生也觉察到了，大家都安静下来。

　　庞安就是在这样的气氛下对我说出乔戈的。她让我到了兰城后，去看望一下她的这位大学同学。这是我第一次听到乔戈的名字。非常奇怪，当我听到这个人的名字后，居然有种嫉妒的感觉。要说嫉妒，我更应该嫉妒的，大概是眼前的管生吧，可是你看，对于管生，我没有任何的不良情绪，我甚至觉得这个小车司机人很不错，一点也不令人反感。那么，是什么让我对一个陌生人的名字产生出了奇怪的妒意呢？我想这和我们眼下的气氛不无关系，还有，就是庞安说到乔戈时的神态了——她在凝重的气氛之下，神态也不无凝重地对我说，到了兰城，你替我去看望一下乔戈。我觉得庞安的语言似乎有些问题，她使用了"看望"这个词，在我听来，总觉得有些别扭，让我下意识里就会觉得，我将要"看望"的这个乔戈，是个卧床不起的病人。但仔细琢磨，我又觉得其实"看望"也并无不妥。总之，乔戈这个名字让我心绪不宁。

本来还早的时间，却在我不宁的心绪下发生了神奇的变化，我都不知道是什么缘故让本来充裕的时间突然变得仓促。后来我们手忙脚乱地冲进站台，当我找到自己的铺位，扑向车窗向他们挥手作别时，火车已经开动了。庞安在月台上神情凌乱地向我不住挥手，我看到她哭了。是什么让她的眼泪汩汩流淌？

我的对面坐着一个女孩，她居然抱着一口大鱼缸上了火车。这口鱼缸就摆在我面前的茶几上。它太大了，让人无端地担忧，生怕它随时会被运行的列车晃下茶几。所以，当我气息稍稍平缓下来后，一眼看到这口鱼缸，心情不免一阵紧张。结果是鱼缸里的那条锦鲤安慰了我。它有一尺多长，花色似锦，背脊笔直宽阔。这条体态优雅的锦鲤仿佛凝固在那口鱼缸里，它一动不动，却又生机勃勃。在我看来，这简直是个奇迹，我不能相信在我的眼前会发生这样的事情，那就是，一切居然巧合到虚诞的地步。要知道，三年前我自己也是养了那么一缸锦鲤的，我曾经对其中的一条锦鲤格外地赋予了一些神秘的象征。结果它死掉了。随着它的死亡，我的生活也改变了，最显著的一个后果就是，我因此和庞安离了婚。我还记得，三年前我去往兰城之前，曾经这样叮嘱过庞安：照顾好鱼，万一停电，就换换水，这样它们才不会缺氧；天气这么热，嗯——你也要照顾好自己。

眼前的这条锦鲤让我联系到自己的生活，这几乎是必然的。我半躺在自己的铺位上，那神情，一定是符合一个独身旅客应有的落落寡合吧。透过眼前那口鱼缸，我可以部分地观察到对面的那个女孩。女孩的脸透过水和玻璃的折射反映在我眼里，当然是光怪陆离的。她的脸颊恰好在鱼缸鼓起的那部分缸体后面，因而夸张地向两边膨胀着，说是如同一只蛤蟆，也真的是恰如其分。但是当她的眼睛处在那个鼓起的部位后面时，我不禁又感到一阵巨大的心酸。我看到她的眼睛骤然放大，大到一种无辜的地步，那种突如其来的茫然，真的是令人心生凄凉。我一度想要探起身子，把这个女孩的真实面目看清楚，但是立刻又打消了念头。如今我已经没有足够的热情去搞清楚一个女孩子的相貌了。我安静地依卧在自己的铺位上，像一条苍老的狗，回忆着其实并不算久远的往事。

三年前，春天的时候，我决定养一缸鱼。这个想法是在一个午后产生的。那时候我照例和庞安躺在家里的阳台上晒着太阳。这个习惯我们保持了很久，几乎和我们的婚龄一样长。这看起来是有些古怪，喏，两个年轻的夫妻，却习惯于在午后各自安静地睡在躺椅里晒太阳。你可能会指出这是因为我和庞安之间缺乏激情，你若真的这么说，我也无从辩解，我还要庆幸，你说的只是"激情"，并没有严厉地说出"爱情"。如果你说我们之间缺乏的是爱情，毫无疑问，我将更加无言。让我无法开口的，并不是这个判断的准确性，是因为这个判断的大而无当，它太虚无了，我无法否定也无法肯定。事实上，我和庞安的感情一直不错。说一些细节，你恐怕会不信，比如，我们可以整整几个小时地拥抱在一起，什么也不做，只是抚摸着彼此的头发。所以，我更加愿意把我和庞安之间的问题归结在缺乏激情上面，这样问题就简单了。我们都是医生，不免就都有着医生特殊的癖好与气质。而且，作为医生，我们深谙阳光对于人的重要性。阳光对于人的意义，一定不会比爱情重，却也一定不会比爱情轻。所以，我们这一对年轻的医生夫妻，双双躺在了午后最充分的阳光里。

我们在午后的阳光里昏昏欲睡。许多斑斓的光跳跃在我们闭着的眼皮里。世界有时候会因为这些光斑产生出另外的意义。有一天，当我从半梦半醒中张开眼睛，却发现窗外阳光收敛，雨水滂沱。并没有经过深思熟虑，我的第一个直觉就是，我们，我、庞安，就是两条寂寞的鱼。是眼前的景象决定了我的感觉。我向着窗外望去，看到雨水从窗子的玻璃上不懈地流淌而过。那一瞬间，我觉得自己的目光就是一条鱼的目光。我一边以一条鱼的目光打量着世界，一边就作出了决定：养一缸鱼。

这个决定突如其来，却又仿佛酝酿已久。

我有了决定，却无从下手。因为我实在不懂得一缸鱼该从何养起。后来我找到了医院的小车司机管生。管生很年轻，却有着一个老年人才有的兴趣与爱好。他热衷于饲养各种花草和鱼类，就是他，向我推荐了锦鲤。我们并肩站在花鱼市场里，管生指着那些华丽而矫健的锦鲤对我说，这种鱼皮实，好养，而且性情温和，所以有个讲究——养在家里，能够令生活中的一切关系在潜移默化中变得和谐。我被管生打动了，花了不菲的价格，买下了十几条不同品种的锦鲤。

这缸锦鲤买回来后，我和庞安的生活规律就发生了变化。午后我们不再躺到阳台上晒太阳了，而是双双坐在鱼缸前看那些锦鲤。庞安对这缸锦鲤喜爱有加，其中有一条品种叫"大正三色"的，格外令她着迷。这条鱼的品质不仅仅局限于它漂亮的外观，它有着一种非凡的庄重，几乎总是安静着的，悬浮于水中，可以连续数小时纹丝不动。它的这种风格，不禁让我们联想到了我们自己之间那种长达数小时的安静拥抱。有了这条鱼的存在，那一缸鱼似乎都变得温文尔雅了。它给那个鱼缸里的世界赋予了一种秩序，并且逐渐扩大了自己的领域，开始暗示与归纳着我们的生活。在我和庞安心里，是把它当作那一缸鱼中的领袖来看待的，而且渐渐地，我和庞安都心照不宣地对这条锦鲤赋予了一些玄秘的象征。后来我觉得庞安的神情都越来越接近这条锦鲤了，有着一种惘然若失的风度。

如今重新提及那条锦鲤，其实并不是我所愿意的。它本来已经成为了我个人生活中的一个禁区，说是禁忌也不为过。我从来固执地认为，生活之中总是充满了隐喻和启示，有些看似微不足道的事物，其实却昭示着我们的命运。我觉得，那条锦鲤在我生活中短暂的存在，已经统摄了我整个一生的秘密。

眼前的这条锦鲤在形象上与我记忆中的那条毫无相似之处，无论色泽还是斑纹，都大异其趣。但我把它看得久了，突然就有一些冲动，很想去和它的主人探讨一番，说一说我自己曾经也是养过锦鲤的。有了这样的想法，我不自觉地就倾起了身子，试图和对面的那个女孩搭上话。

正在这个时候，我们这节车厢的列车员恰好过来了。她一眼就看到了那口鱼缸。我觉得她在看到后似乎克制地惊叫了一声，然后，令我非常不解的是，这个列车员却冲着我发起火来。谁让你把鱼缸带上来的？她指一指我，又指一指鱼缸说，这是危险品！对于她的说法我不能赞同，我不认为一口鱼缸应该被定义成危险品，不由得就要和她去辩论，却忘记了自己其实和这口鱼缸并没有任何瓜葛。它怎么会是危险品呢？我很不服气地反过来质问她。它怎么不是危险品？列车员有些张口结舌，但是她不可能承认自己的错误，因此反而更加生气了。她强硬地要求我，你把它给我弄到车下去！这时我已经认识到这里面出现了误会，但是我不知道该怎样去澄清事实。我侧眼看了看对面的那个女孩，她若无其事地坐在自己的铺位上，一副事不关己的样子。这是个相貌平平的女孩，看起来甚至有些愚蠢。我的这个感觉不带丝毫贬义，我只是觉得她非常青春，青春到都让人觉得有些愚蠢的地步了，那是一种地地道道的巅顶，让人觉得你对她毫无道理可言。面对这样一个女孩，我怎么能把列车员的矛头纠正过去呢？那样显得太不体面了。

我只有换上一副顺从的样子和列车员商量。我说，你看这样好不好，既然已经带上来了，弄下去显然不太好办，我们能不能用其他的办法解决呢？列车员蹙着眉头，我不再和她纠缠"危险品"的问题，这一点也许令她感到宽慰，但是，该用什么办法来解决这口鱼缸，她显然也缺乏思想准备。所以她又反过来问我了，你说呢？

我说？我也毫无思想准备，只好和她继续探讨。我问她铁路上对此有没有什么规定——如果一口鱼缸带上了车，将会被要求怎样处理？我知道这样的规定一定是没有的，于是善意地建议说，如果没有，我们是否可以参照某些类似的规定或者条款来处理？不料我的建议却启发了她。她理直气壮，并有些快乐地说，这就是危险品，我们有规定，超过尺寸的玻璃是不允许带上车的。我想纠正她，说这并不是一块玻璃，但是我终于没有那么去做，她的快乐来之不易，不能再次激怒她了。何况她说得也有一定的道理，想一想，这口鱼缸也的确是有危险品的嫌疑。我态度端正地说，那么你们怎么处理带上车的玻璃呢？没收！她手一挥，斩钉截铁地说。

我真是进退两难。如果这口鱼缸从我的手里被没收掉，无疑将是一件万分尴尬的事情。可是如果我现在闭嘴，把困难转交给它真正的主人，那么我想，我剩下的旅途必将会成为一场漫长的煎熬。我只有硬起头皮迎难而上了。如果它真的只是一块玻璃，那没什么好说的，不过你看，它毕竟还是一口鱼缸吧？我强调说，而且，里面还养着一条鱼！我们能不能灵活一些，比如参照一些其他的规定，对，能不能就按照行李超重来处理呢？说完我就后悔了，我知道，自己又是在擅作主张。行李超重是要补票的，我不能肯定，让对面那个女孩支付这笔开销是否是她乐于接受的结果。

　　果然，当列车员表示可以依照我的建议来处理时，那个女孩把头转向了车窗外景致怡人的田野。至此，我已经毫无退路。我只有向列车员递上了二十元钱。列车员把票据塞在我手里，要求我把那口鱼缸转移到茶几下面，当然，这样危险系数会有所降低，很显然，她依然坚定地将这口鱼缸看作了危险品。我动手抱起了鱼缸，它出乎意料的重，当我小心翼翼地将它放在脚下时，居然有种如释重负的滋味。你这样还是妨碍了其他旅客，你得向人家道歉。列车员临走时这样向我说。

　　她说的"其他旅客"，自然就是我对面的那个女孩。这个旅客在列车员离开后，突然回过头来，抑制不住地笑出了声。她可能被笑憋坏了，我看到她整张脸上的那种愚蠢都成为了红色的愚蠢。

二

　　我们就这样认识了。女孩叫徐未。我们其后的交谈出现了匪夷所思的事情，那就是，我竟然在这个女孩的嘴里，又一次听到了乔戈的名字。有很长一段时间，乔戈的名字在她的嘴里是用"舅舅"来代表的，她情绪饱满地向我说起了她的舅舅。

　　我们的交谈当然是从那口鱼缸开始的。她并没有对我表示谢意，我的行为除了让她脸上的愚蠢憋出了红色，并没有令她产生丝毫的感激之情。不过我得承认，她脸上的愚蠢成为了红色，这反倒令她显得很可爱，愚蠢和红色这两样东西相互作用着，彼此都显得热情洋溢。她告诉我她叫徐未，在柳市读大学二年级。我不得不也作了简短的自我介绍，当她得知我是一个医生时，那个乔戈就披着"舅舅"的外衣出场了。

我舅舅也是一个医生！她几乎是欢呼了一声，然后她指着茶几下的鱼缸说，这条鱼就是我带给他的。

她严肃地问我，你是什么医生？这个问题有些莫名其妙，我是什么医生呢？莫非是蒙古医生？她却说，我舅舅是外科医生。这样我才明白她的意思，我告诉她我是柳市医院的一名眼科医生。我从她的表情上看出来了，在她眼里，似乎只有外科医生才算得上是一个医生。她从我的专业上获得了一些不可理喻的自豪感，更加激发了交谈的兴趣。知道吗？她压低了声音问我，我为什么要千里迢迢地带给我舅舅一条鱼？是啊，为什么呢？我当然不知道答案，但我想这无外乎还是那种青春的愚蠢在作祟吧，类似的行为我们都有过，比如不远万里地从海边拣拾一些其实并无什么奇特之处的石头回去，因为我们都青春过，难免都曾经精力充沛。她看出了我隐蔽的不屑，有些赌气地自己给出了答案。是为了爱情！她说。

当然，这个答案也没有格外出乎我的意料，她提起了爱情，这并不令人吃惊。青春总是和爱情有关吧，就如同鱼和水的关系。但是"舅舅"这个身份引起了我的兴趣，我不禁要这样猜测了——眼前的这个女孩居然和她的舅舅产生了爱情。我觉得这应该是一件很私密的事情，只有"噢"了一声，克制地表达了我的好奇。她却突然改变了话题。她郑重其事地问我，你擅自处理了我的鱼缸，不会是对我有什么想法吧？我当然感到了难堪，觉得自己说出的话都有些狡辩的味道。是啊，看起来好像是这样，我说，你这样去理解，也是有道理的，不过事实上，我只是觉得一口鱼缸不该成为什么危险品——你知道吗，我自己也曾经养过鱼，所以对鱼缸多少有些感情。她脸上刚刚消退下去的红色重新泛了上来。真的？你也养过鱼？她很认真地问我，也许，你养的也是我鱼缸里的这种锦鲤吧？或者还和我这条长得一模一样也说不定呢。我当然听出了她话里的讥讽，不过我并没有因此对她感到厌恶，青春除了和爱情有关，也是和自以为是有关的吧，这是可以被原谅的事情。我摇了摇头说，不，我养的是一条小鲨鱼。小鲨鱼？她脸上是那种害怕被愚弄的谨慎表情，她甚至思索了一下，然后比较有把握地说，还是不能相信你，你们这样的中年男人，总是会有许多花招的。

我被她逗乐了。我说，我们还是不要说我了，说说你舅舅吧，他也喜欢养鱼吗？

我舅舅？不，他不喜欢养鱼。她依然陷在某种情绪里难以自拔，她说，而且，他也和其他的中年男人不同。有什么不同呢？我饶有兴趣地问，同时心里多少有些内疚，我觉得自己好像是在逗弄着一只小狗。她回答说，我舅舅很单纯。说完后，她又觉得不妥，她可能认为单纯并不是一件好事情。所以她补充道，当然，我舅舅完全是个成熟的男人。我对她的话表示肯定，我说，不错，单纯其实和成熟并不矛盾。我没有想到，她把我的肯定又看作是一种别有用心的表现了。她有些挑衅地说，是吗？那你举几个例子给我。我有些被动，好像被自己逗弄着的小狗咬了一口。我一下子还真的举不出什么例子，我在想，有什么东西，既单纯又成熟呢？她呵呵呵地笑了，我的被动终于让她感到满意了。不过这样也好，她一满意，对我的态度就亲密起来。我认为我在她眼里还是值得信赖的，她不过是以一种青春不自觉的鲁莽在刁难我。如今她满意了，就完全像一个青春女孩那样的简单和透明了。我们不约而同地调整了自己的姿势。之前我们虽然各自坐在自己的铺位上，但气氛多少有些剑拔弩张的味道，我们的脊柱都有些僵硬。但是现在，我们都松弛下来了，各自依靠在叠起的被子上，只把头微微仰起以保证可以面对着面。

她就是在这样的姿势下断断续续地对我讲了一个有关舅舅的故事。

故事是从一堆篝火明亮的光明之中开始的。她说，这堆篝火一直照耀着她的舅舅，当舅舅把这个故事讲给她的时候，她甚至看到了两团明亮的火光映照在舅舅的眼镜片上。我得承认，她讲述时表现出了很好的文采，我想这和她的专业不无关系，她是大学中文系的学生，对文学当然不会陌生，因此她的讲述具备一些文学色彩应当是不难理解的。而且，处在青春期的女孩，总是有些模糊的忧伤，这种忧伤本身就具备一定的文学意味。

下面就是她的讲述，我只是做了一些简单的整理，比如，省略了一些我自己的不必要的插话，以保证它的完整和清晰：

在舅舅的记忆里，那堆篝火是为了分别而点燃的——它燃烧在毕业典礼后的夜晚里。

那天夜里，火焰熊熊，将一张张年轻的面孔辉映得灿烂夺目，每个人的脸仿佛都被涂抹上了一层黄金。这其中只有一个女生例外，她用双手遮住面部，像是试图挡住眼前耀眼的光明。舅舅发现，当这个女生的双手偶尔移开的瞬间，暴露出的眼睛在火光的照耀下，就有一股惘然若失的情绪像水一样汩汩流出。年轻的舅舅并不熟悉这个女生，只隐约知道她的名字。但是那一天，当那个女生起身离开篝火的时候，年轻的舅舅却朝她追踪而去。很多年来舅舅回忆起那天夜里自己的举动，唯一可以勉强出口的理由就是：他当时喝醉了，在毕业聚餐上他喝了过量的啤酒，而且，分离的情绪，灿烂的火焰，都放大了酒精的作用。他尾随着那个女生，看她走入了操场角落里隐蔽的厕所。远处的篝火依然在燃烧，回望过去却变得蓝幽幽的了。同学们的身影在火光下袅袅浮动。有人在背诗，诗句在夜空中有了重重叠叠的回响般的效果。

舅舅在那天夜里看到了一块隐在黑暗中的白色，仿佛一只饱满的气球，悬浮在无尽的幽暗之中。从理论上讲，舅舅在那一夜窥视到的应当就是一个女生的屁股，但事与愿违，从目睹到这团雪白的东西之后，这团东西在他的心中就从未和身体联系在一起。它只是一团颜色，或者是一团光。和这团光一同到来的，还有那种渐渐沥沥的水声。当然，在舅舅的听觉里，那也不是一个女生解手的声音，它是一种忧伤的音符，渐渐沥沥……

舅舅当然是恍惚的，做这样的事情，第一要紧的就是隐蔽，但是恍惚的舅舅显然是忘记了隐蔽的重要性。他站在那里，完全是一副理直气壮的样子，实际上，他那是傻了。于是，那个女生解完手起来整理裙子的时候，突然就发现了舅舅那双闪烁着的眼睛，它盯着她的身体，眼镜片在星光下熠熠发亮。舅舅几乎是和这个女生一同惊醒的，当这个女生将要无可遏制地惊叫出来时，舅舅首先发出了声音：不要叫！

不要叫啊——求求你！舅舅用痛苦、喑哑的声音乞求她，求求你！

那个女生终究没有叫喊出来。她只是在片刻的失措后从舅舅的身边跑了过去。舅舅早已经是泪流满面，他目送着她的背影奔向了那堆篝火，巨大的恐惧让他颤抖不已。当舅舅平静下来重新回到篝火边时，他看到那个女生依然用双手遮住自己的面部。同学们在背诵诗歌，那是一首北岛写的爱情诗，恋爱着的和没有恋爱的，都被这首诗打动了。他们神情虔诚，每一句都背诵得仿佛誓言一般庄严。

这诗句里的情绪在那个篝火之夜深刻地感染了舅舅。那个时候，他并没有品尝过爱情的滋味，但是年轻的心却被这坚贞的爱情誓言所击中。他正陷入与大学时代告别的特殊情绪中，并且，刚刚噩梦般地做出了一件猥琐的事情，这一切奇妙地作用在舅舅的心里，让他在爱情诗的歌颂之中，无法说明地爱上了那个女生。

我讲的这些，你可以理解么？女孩对我讲完上面的内容后，突然重新对我流露出不信任。她可能突然意识到了，我只是一个陌生人，我们只是列车上偶然相遇的两名乘客。要知道，在她谈及舅舅的空隙里，我们已经结伴去餐车吃了一顿饭了，她却直到这时才意识到某种不妥。我们是下午四点钟上的火车，而这时，车窗外已经完全黑了下来。车厢里的灯光掩饰了她脸上的红色，我只从她的眼睛中看出了她的不安。她的眼睛漆黑明亮，直勾勾地望着我，似乎在为自己的行为感到不可思议。

为了打消她的不安，我真诚地说，我想我是可以理解的吧，有时候爱情发生得就是这么不可理喻，对了，尤其还伴随着诗歌，我知道，诗歌有时候的确是能够蛊惑人的。为此，我还向她补充了一个细节。我对她说，我有一个朋友，是位女诗人，她的两句诗曾经感染过我——今夜我梦到了金斯伯格，他向我讲述垮掉的生活——有一段日子，我在心里反复默念这两句诗，于是就发生了这样的事情：在那段日子里，我不可避免地经常会梦到那个秃顶、大胡子的美国人，当然，至于究竟是不是金斯伯格我就无从知晓了；那个秃顶、大胡子的美国人也没有在梦中向我讲述什么，不过，要命的是，那段时间以来，我居然真的觉得自己的生活垮掉了，那是一种默默的情绪，倒也不是颓废，也不激烈，甚至反而使人安静。可是，我觉得我的生活，垮掉了。

我的话并没有令她完全踏实下来，她依然犹疑着，只是又被我话里的内容勾起了其他的兴致。我也提到了诗歌，这显然是投其所好了，她或者只是还不能完全相信，作为一个眼科医生的我居然会有写诗的朋友。实际上我说的完全是真话。我自己都有些惊讶，是什么原因令我向一个陌生的女孩袒露自己隐秘的情感呢？我想这和她的那个舅舅有关。我得承认，她讲的故事打动了我，那个舅舅的形象似乎在我内心的某个角落蛰伏着，我对他并不陌生，甚至有种亲切的熟稔，我们只是失散多年，如今却在她的故事中百感交集地重逢了。我很想把她的故事听下去，害怕她的讲述被可恶的不信任打断。直到这时，我依然在自以为是地认为，这个女孩最终会和她的舅舅产生爱情。我们总是对违反常态的情感兴致盎然，这样的毛病我也有。我甚至有些迫不及待。那么，后来呢？我问。

后来？女孩用了很长时间才重新把故事的情绪连接上，她说，舅舅毕业了，他们各奔东西。但是那个女生永远留在舅舅的心里了，他因此拒绝所有的女人，舅舅的内心固执地对那个女生保持着一种忠诚。

女孩用这样一个虎头蛇尾的结局结束了她的故事：三年前舅舅终于又见到了那个女生，但那个女生已经是别人的妻子了。

然后女孩就沉默了，似乎突然丧失了说话的兴趣。她从包里摸出一只耳机塞在左耳里，自顾自地听起来。她完全躺了下去，两只膝盖蜷起来，一只手枕在头下面。我依然还保持着一种不规范的坐姿，我知道，我的样子有些傻，好像有些眼巴巴的，而她突然换上了根本不认识我的模样。我因此有些痛恨青春，我觉得青春就是这样阴晴不定，就是这样朝三暮四。我只好也躺了下去。躺下去后我可以通过茶几下的空隙看到她。我看到她在微笑，但我知道，她的愉悦是来自那只耳机里的内容，与我是一点关系都没有的。

这时候我听到了那种微弱的水声。循声而去，我看到了茶几下的那口鱼缸。如今我是俯视着它的，就看出了那条锦鲤在水中微不足道的游弋。这口鱼缸很大，但是这条鱼也很大，我不由得就要这样认为，这条鱼是何其智慧啊，它认清了形势，明白自己并没有自由转圈的余地，于是就采取了体面的姿态，干脆不去做无谓的尝试，只是偶尔轻轻摇曳尾鳍，温煦地划动水面。我侧卧着，看着这条锦鲤理智的身姿，突然就涌出了泪水。

三年前，我在兰城打电话回家，我只在电话里"喂"了一声，就被庞安的哭泣打断了。庞安悲伤地呜咽起来。她说，它死了！

谁？你说谁死了？我不免一阵紧张。

鱼，最大的那条，唔——庞安认真地说，就是那条"大正三色"，是吧，是叫这名字吧？是！我愤愤地答了一声，质问道，它怎么会死的，嗯？怎么会？

停电了，水泵不工作，我想……它是缺氧死掉的。

停电？你为什么不换换水？你去哪儿了？停电的时候你不在家吗？

我不能够接受停电这个理由，因为，你知道，我们是住在医院家属区的，借了医院的光，家里从来不会停水停电。偶尔有几次检修，电工班也是提前落实好，挑在没有手术进行的时候来工作，而且时间段很固定，通常在早晨七点钟开始，最多一个小时，就会准时地送上电流。我认为这个时候停电不应当对我们造成麻烦，庞安完全可以采取一些措施拯救我们的锦鲤。在我的诘问下，电话那头沉默了，庞安的呜咽戛然而止。我觉得自己的态度有些恶劣，控制了一下情绪，安慰她，算了，没关系，不过是一条鱼……

不过是一条鱼——是这句话，令我在火车上热泪盈眶。

这是有些莫名其妙，但是我们的生活，我们的情感，又有多少是逻辑清晰的呢？当我用手去揩眼泪的时候，发现女孩正目不转睛地看着我。我顿时羞愧难当。不过，我立刻就确信她并没有看到我的泪水，因为我从她的脸上看不出任何的异样——如果她看到了一个中年男人的哭泣，怎么也会感到震动的吧，花容失色也不是完全没有可能。我想一定是茶几遮挡了车灯，我们的目光在幽暗之处是无法看清楚那些或者晶莹或者浑浊的泪水的。这时候她突然开口了，问我，你真的养过鱼么？我当然愿意把她的注意力从我的脸上转移开，所以热情地回答她，真的！

这种鱼好不好养？她的目光果然转向了那口鱼缸。

好养！我说，这种鱼皮实，而且性情温和，所以有个讲究——养在家里能够令生活中的一切关系在潜移默化中变得和谐。说完之后，我才意识到，我对她重复了三年前管生对我说的话。

她对我的回答很满意，也许她已经相信我是这方面的专家了。她说，那我就放心了，我总怕舅舅会养不活它。我表扬她，你很内行，选锦鲤是正确的，这种鱼的确不太容易养死。我觉得自己的话有些苦涩，因为我想，这样一种不容易养死的鱼，却被庞安养死了。不是我选的，女孩不以为然地看了我一眼，也许她又觉得我对她别有用心了，她说，是舅舅只对这种鱼感兴趣，三年前他得知那个女生喜爱锦鲤，于是也开始喜爱上锦鲤了。我的心里莫名地震动了一下，脱口问她，你舅舅是哪所大学毕业的呢？她回答出了一所医科大学的名字，我居然没有感到太大的意外，不错，那正是庞安的母校。能告诉我你舅舅的名字吗？我问她。女孩犹豫了，我知道她又开始不必要地警惕了。我说，我没有其他意思，我有几个同事也是那所大学毕业的，说不准他们还是校友呢。她很容易就被我说服了，于是，我从她的嘴里听到了"乔戈"这两个字。她说，他叫乔戈。

如果中间她没有因为警惕产生出那个额外的停顿，那么这两个字的出现就会被我用一种连贯的恍惚消化掉，但是她停顿了，尽管只是一瞬间，却也足以令我以清醒的头脑蒙受这两个字的冲击了。

三

兰城其实并不算遥远，第二天清晨就到达了。

　　我做了一夜的梦。梦境当然与锦鲤有关，我的耳边就是那口鱼缸，那条锦鲤摇出的微弱水声在深夜就成为了喧哗。我梦到自己始终是处在一条鱼的背面，它仿佛是一条拉着雪橇的狗，拖着我劈开水面，一路向前。在梦的结尾，它转过了头，居然是一个秃顶、大胡子的美国人。

　　那口鱼缸当然是我帮着抱下了火车。我和女孩在出站口告别。我本来是想要送送她的，可是一想到她的那种没有规律的警惕，就自觉地打消了念头。我想我们是还会见面的，我们即使是两个背道而驰的人，也终究会在一座桥上重逢。我的心情平静如清晨的空气。但是，当我打开出租车的车门，不经意抬头目送她时，她的背影却令我方寸大乱。这个时候天色还未彻底放亮，光明稀薄，我看到一个女孩怀抱着一口鱼缸，艰难地走在晨曦里。你不要误会，我内心的波动并不表示我对这个叫徐未的女孩产生了什么想法，这是毫无疑问的。我只是从她的背影中，依稀看到了三年前的那个事件。

　　三年前我在兰城受到了意外的伤害，整个事情的来龙去脉却一直含混不清。因为我受到伤害的部位恰恰是在脑袋上，所以我对那件事记忆模糊，完全是一种无能为力的病理反应。一直以来，盘桓于我脑际的只是一种与伤害有关的情绪。这种情绪仿佛是先验的，仿佛是被我从前生带到今世的，这让我看上去有些委屈，甚至都重塑了我的某些气质。但是，在这个火车站前的清晨，女孩的背影提示了我，那件事情突然在我的脑子里缓慢浮现。她的背影与三年前的那些景象叠加在一起，让一切变得栩栩如生。

　　我来兰城参与的项目是诊治经济困难的白内障患者，三年前也是相同的工作。当时我住在兰城医院的专家楼里，每天要连续做好几个手术，通常要到下午三点钟左右才能结束。下午三点钟，这是一个很尴尬的时间，每到这个时间，我都处于一种既亢奋又疲惫的状态。白内障摘除尽管不是什么复杂的大手术，但对医生的要求同样苛刻，在高度紧张了几个小时后，我很难调整好自己的身体，即使勉强让自己躺下，"下午三点钟"这个时间概念也会强烈地干扰着我，令我难以心安理得地入睡。我只能走出去，四处转转，让自己依然紧绷着的神经在行走中逐渐松弛。那时候我一个人走在兰城陌生的大街上，漫无目的，像一个无所事事的游民。后来有一天我偶然经过一个花鱼市场，这才明确了自己的目标。其后的日子我就经常光顾这个花鱼市场了。你知道，那个时候我已经养了一缸锦鲤，在兰城见到锦鲤，多少让我有着他乡遇故知的欣慰。我在那个花鱼市场流连忘返，从手术台下走出的心情得到了有效的缓释。

花鱼市场的规模不是很大，藏身在一条隐蔽的街上。那条街应该有些年头了，两旁的梧桐在盛夏里遮天蔽日。我关注的当然是锦鲤。整个市场只有一家出售这种鱼。那是一间不大的铺面，四壁环绕着层层叠加的鱼缸，尤其是临街的那一面，更是连墙都没有，直接是用鱼缸垒成的。无以数计的锦鲤在那些鱼缸中畅游着，令我在第一次跨进这个铺子时就感到了目不暇接所带来的眩晕。我刚刚结束了工作，从无影灯下走出，一下子面对如此花团锦簇的景象，不免会觉得不适。我无法近距离地去仔细欣赏那些锦鲤，在我看来，它们由于数量的关系，形成的那种惊艳之感，对我构成了某种压迫。于是我选择了另外的一个角度，那就是街对面的一家冷饮摊。我坐在冷饮摊的遮阳伞下，通常会要一瓶冰冻的可乐，一边喝，一边眺望着对面那面由鱼缸垒成的玻璃墙。我眺望着那些锦鲤，仿佛在眺望着遥远的大海以及海里某些沸腾的往事。这样连续几天后，我就注意到了一个女人。

她看上去有三十多岁的样子，与我的年纪相仿，总是在下午的五点钟左右驾驶着一辆黑色的别克车出现在我眼前。这个时候，我已经在冷饮摊坐了一段时间了。她把车停在我身前不远的地方，然后穿过马路走进那家出售锦鲤的铺子。显然，她和那个老板很熟，每次进去都不会逗留很长的时间，大约两三分钟的样子，便提着一只装有一条锦鲤的塑料袋走出来。她从里面带出来的锦鲤都很大，盛着水的塑料袋又加进了氧气，所以提在手里就显得有些沉甸甸的样子。她从路对面走过来，我觉得，她短裙下那两条修长的腿，因为有了手里的重量而显得紧张有力。她穿着一件赭石色的绸质无袖衫，结着中式的纽袢，上面绣着的那条艳丽的锦鲤难免总是将我的目光吸引到她的胸前。我觉得她是一个风姿绰约的美丽女人。你甚至都不需要看到她的脸，就会有一种隐约的憧憬在心里荡漾。

这个女人如果只是在我的眼前一纵即逝，那么我也不会对她格外在意，但是，她的出现就像时间一样刻板，周而复始，每天都会准时在我面前来临。她的出现完全遵循着一种规律，每次都没有大的区别：停车，下车，走过去，提着一条锦鲤返回来，然后上车，绝尘而去。这样的情景令我着迷。如果她是一个热爱锦鲤的女人，那么为什么不一次就买够呢？这样一天一条地买回去，是出于怎样的动机呢？我作出了种种猜测，却没有一个是令自己感到信服的。我甚至都想，莫非她是把这些锦鲤买回去做成了菜？红烧，清蒸，干炸……这个猜测令我一阵无端的恶心。

我天天看着她在我面前重复着一个谜语，不免会觉得虚无。

终于有一天，她也注意到了我。我想，她也应该注意到我了。我天天坐在冷饮摊前，那副若有所失的表情，或者在别人眼里也具备一种谜语的味道吧。那天仿佛是有预兆的。我从手术室出来时给庞安打了个电话，起先是占线的忙音，间隔了几分钟后才拨通。我只"喂"了一声，就被庞安的哭泣打断了。庞安悲伤地向我宣布了那条"大正三色"的死讯，我因此生出一股本能的愤怒。我在电话里质问了它的死因，但庞安给出的答案并不能令我释然。她说是停电造成了那条锦鲤的死亡，这反而令我更加气愤。我几乎是在审讯般地追问她，停电？你为什么不换换水？你去哪儿了？停电的时候你不在家吗？电话那头于是沉默了，庞安的呜咽戛然而止。我手握着听筒，却觉得里面那种阒寂的空旷是我迄今为止听到的最悲伤的声音。我意识到了自己态度的恶劣，控制了一下情绪，安慰庞安说，算了，没关系，不过是一条鱼……

但我依旧无法释然。坐在冷饮摊前我还在想，我出门前叮嘱过庞安的，让她照顾好鱼也照顾好自己，可现在看来，庞安是既没有照顾好鱼，也没有照顾好自己啊。

就是在这样的时刻，那个女人注意到了我。我觉得自己被她看了一眼，但是我正心不在焉，我想她一定是把我看作一个游手好闲的人了。此时她已经如往常一样提着一条锦鲤上了车，车子启动后突然却倒了回来。我看到她的车子倒在我面前，车窗徐徐降下，出现在那个缝隙里的，是一双夺人心魄的眼睛。这双眼睛充满了我无法说明的内容，它像水一样泼遍了我的全身。然后，那辆黑色的别克就开走了。

后来我便遭到了意外。我在黄昏的时候离开了冷饮摊，当我走到那条街的出口时，脑后突然有一股冷风袭来。有一样东西凶狠地击打在我的脑袋上，让我一头栽了下去。

当我醒来时，身边围着几个好奇的人，他们神情复杂地观看着我。我根本不知道发生了什么事情，甚至也觉得有些奇怪。我不知道自己身在何方，只有一种一无所依的悲伤感。我爬起来拦下了一辆出租车，坐进去后才回头观看，但车外只是一片陌生的街景。这种陌生感让我记起来了，我原来是身在兰城。这时候我才感觉到了脑袋的沉重，我以一个医生的专业性判断出：自己脑震荡了。

被自己确诊出脑震荡的我表现出了明显的症状，那就是，对于刚刚发生的事情出现了短暂的失忆。我没有去推究自己受伤的原因，而是跳跃着将自己的伤情和那条死去的锦鲤联系在了一起。我突然变得很激动，狂暴地用手机拨通了家里的电话。

鱼为什么会死？停电的时候你在哪里？和谁在一起？我严厉地对庞安发出了质问。

后来我想，当时我的声音一定是变成另外一个人的了，异乎寻常到庞安都没有辨认出来。我从未用这样的语气对她说过话，所以，在她听来，电话里传出的就是一个陌生人玄秘的斥责。庞安果断地扔下了电话。我的电话在深夜再次打了过去。依然是同样的严厉，依然是同样的质问：鱼为什么会死？停电的时候你在哪里？和谁在一起？

这一次庞安镇定了，她判断出了我是谁。我想她只是不能理解，自己的丈夫何以会变得如此陌生。她对着电话嗫嚅地说，不过是一条鱼……

这不是一条鱼的问题！我缩在房间的角落里，不可抑制地咆哮起来。我吼道，好好的一条鱼被你弄死掉了，我们都会倒霉的！

庞安一定是被吓坏了。如果这时候她知道我是一个脑震荡患者，她就会理解我的偏执与易怒。但是她并不知道，我的异常只是让她觉得那条锦鲤的死亡成为了一个严峻的问题。

显然，我是不能再上手术台摘除白内障了。医院对我的头颅进行了 CT 扫描，确诊了病情，让我住进病房里休息了。躺在病床上的我始终精神紧张、情绪焦灼。我也希望让自己平静下来，但人面对病患时却是绝对无助的，即使你是一个医生。我依然无法想起自己经历了什么，我只知道自己的脑袋受到了狠毒的打击，如今成为了一个严重的脑震荡患者，至于事情的缘由，却是毫不知晓。我只知道后果，并不知道前因。我仿佛与一段重要的往事隔绝了，成为了一个没有来历的人。我总是睡着，睡着后梦境不断。总是有一个女人，她以一条鱼的姿态在梦中向我游来。当她靠近我时，胸口就会像花朵一样怒放，她的乳房也像鱼一样，我那么渴望捕捉住它们，它们却总是从我的手中蹦跳而去。在这样的梦境中，我居然遗精了。这个事实加重了我的症状，因为它太奇怪了，遗精这样的事情对我已经是上辈子那么遥远的往事了，如今重新发生，让我觉得我是钻进了另外一个人的身体里。我头痛，晕厥，恶心，呕吐，在控制不住的时候就把电话打回家里，声色俱厉地冲着庞安发火，鱼为什么会死？停电的时候你在哪里？和谁在一起？

庞安总是保持着沉默，最多会呻吟般地说一句，不过是一条鱼……

半个多月后的一个黄昏，当我再一次拨通了家里的电话时，得到了一个令自己啼笑皆非的答案。

鱼为什么会死？停电的时候你在哪里？和谁在一起？

鱼因为缺氧而死；停电的时候我在一家宾馆里；和管生在一起。庞安条分缕析地一一回答道。

管生？我迟钝地想了想，于是就想到了那个头发鬈曲的小车司机。能够想起些什么，这说明我的病情已经有所好转了，所以我就咪咪笑出了声。我觉得庞安真幽默啊。我的心情不错，心里面想着管生的样子，决定出去转转。

我在落日的余晖中来到了一个花鱼市场。我觉得自己似乎来过这里，但是我找不到可以证实自己感觉的依据。我在那条街上转来转去，终于停在了一面玻璃墙前。我看出来了，它是由一些鱼缸垒成的，只是现在那些鱼缸都空空如也，里面只有一些腐烂的水草和浮游着的鱼虫。我还看到了几张封条，上面盖着暗红色的印章。我觉得这里面一定发生了什么，我觉得它和我有关。我走到街对面向一个冷饮摊的摊主打听情况，我还没有开口，他却主动地问候我，好久没来了啊。我啊啊了两声，问他，对面那间铺子发生了什么事情？他吃惊地张大嘴说，全兰城人都知道了，你居然不知道！我羞愧地向他笑一笑说，最近我不在兰城。那就难怪了，他脸上是一副宽宏大量的样子，他说，封掉啦，这么大的一个黑店怎么能不被封掉呢？也太小看我们人民警察啦！不过他们也真是狡猾，谁能想到呢？他们居然用鱼来贩毒，喏，把毒品塞在鱼肚子里，谁能想到呢？

三年后我重返兰城，此刻当然是一个头脑健康的人了。我在火车站前，依靠那个女孩的背影唤起了这些记忆，于是我才恍然大悟。我想，不用说，三年前那个开着别克车的女人一定也是一个毒贩了，她注意到了我，当然会警惕和憎恨，也许把我当成了便衣警察也不是完全没有可能。我难免要遭受不白之冤，于是我就遭到了袭击。

可是，那样的一个女人居然会是一个毒贩，谁能想到呢？

有时候记忆并不能带给人什么好处，但是，我此刻的记忆却是弥足珍贵的，如果你把这看作是一种康复，就会明白我说的道理。

四

一到兰城我就被带上了手术台，几乎马不停蹄地连续摘除了二十多个混浊的晶状体。直到第四天，我才得到了休息的机会。我强制自己回到医院的专家楼里躺了十多分钟，然后就起身去寻找那个乔戈了。

我脑子里被唤醒的那些记忆，让我对这座城市心有余悸。坐在出租车里，我一直有些惴惴不安。庞安临别时的嘱托，这时候在我心里就有了一种命令式的压迫感。我觉得自己似乎是在执行某个力不从心的任务，前途坎坷，充满着难以理喻的困厄。

可是，我并没有在庞安告知的那家医院里找到乔戈。我先是向一个迎面而来的护士打听，她认真地思索了一下，然后摇头表示她并不知道这个人。继而我找到了这家医院的医务科，接待我的是一个脸色铁青的中年男人，他似乎在气头上，怒冲冲地对我吼，没有，没有这个人！我很明智地没有继续追问下去。我打算放弃，甚至觉得松了口气。这说明，看望乔戈，在我内心其实是一件勉为其难的事情，如今我来过了，没有找到就不是我的责任了。我在这家医院的门诊大厅里逗留了片刻，在墙壁上的公示栏里，看到许多骨干医生的照片贴在上面。我挨个检阅了那一张张健康的脸，得出的结论是，不错，这家医院的确没有一个叫作乔戈的医生，仅从那些人健康的气色中，我就能够落实自己的判断，因为，在我的心里，已经固执地将乔戈这个人与健康拉开了遥远的距离。

没有找到乔戈，我的情绪却轻松了。我走上了兰城的街道，漫无目标地闲逛起来。你可能已经猜到了，不错，时隔三年后，当我重返兰城，我的腿自觉地将我再次带到了那个花鱼市场。令我失望的是，出现在我眼前的居然是另一番面貌了。那个花鱼市场消失了，那些遮天蔽日的梧桐也消失了，现在这里成了一个类似图书批发市场的地方，整条街上的门面都挂着某某书店的牌子。我当然有些失落，我来到这里，多少是有一些缅怀与凭吊的情绪在里面的，但是如今却物是人非。我刚刚被唤起的某些记忆，再次被城市日新月异的变迁抹杀了。我想，如今这条街上的人，又有几个还会记得三年前那件轰动兰城的贩毒案呢？倒是我，一个外省人，替他们挽留下了一段语焉不详的历史。

我随便走进了一家书店，随便翻看那些堆积如山的书籍。有一本北岛的诗集吸引了我。我想起火车上那个女孩对我讲的故事，在那个故事里，有一个重要的细节，那就是，舅舅的同学们在那个篝火之夜背诵着北岛的诗，这首诗强化和怂恿了舅舅心中莫名的爱情。那么，这是一首怎样的诗呢？我几乎是用一种查阅档案般的索引态度阅读起了手中的北岛诗集。

当我重新走上兰城的街道时，天色已近黄昏。北岛的诗让我隐隐感到了心痛，但却也让我从中获取了线索，我从他的数百首诗之中遴选出了一首，它的名字叫《雨夜》。

五

我在兰城的工作完成得很顺利，这一次我的脑袋没有遭受意外的打击，这起码保障了我以一个清晰的头脑站在手术台前。就在我即将结束此次兰城之行时，令我意想不到的事情发生了。

那天我刚刚从手术室出来，听到一个清脆的声音在我身后响亮地叫道：乔戈！我怔了大约有几秒钟，然后回过头去，看到一个双手举在空中的男医生正匆匆向手术室走去。我只看到了他的背影，而且还是一个被消毒服武装到了牙齿的背影。显然，他是要上手术台了。他对那个呼唤置若罔闻，我注视的目光就更加无法令他回头。我也看到那个呼唤者了，她像她的声音一样清脆和响亮。这是一个明晃晃的女人，皮肤雪白，穿着鹅黄色的裙子。她站在走廊的窗口前，整个人都散发着亮光。心中的惊讶促使我走向了这个女人。我友好地问她，你找乔戈医生？我身上的白大褂迷惑了她，她很自然地对我信任有加。她说，是啊，我找乔戈。我说，不巧得很，他刚刚进手术室。她说，我看到了，我等等吧。我说，那你恐怕要等很久了，你知道，一台手术需要的时间一般是不会比一场电影的时间短的。她笑起来，笑完后向我表示她并不在乎漫长的等待。没关系，我等，即使电视连续剧那么长的时间我也等得住，她坚忍不拔地说。

事后我想，这个女人之所以在乔戈的诸多追求者中脱颖而出，没有其他的原因，只因为她善于等待。

我一度寻找过乔戈，不料他却就在我的眼皮底下。尽管我的寻找敷衍了事，但此刻他骤然显身，还是令我有种柳暗花明般的感慨。这个事实让我明白了，有些事情终究是绕不开的，就像我们经历过的道路和桥梁，不是我们的脚要走向它们，是它们顽固地延伸到了我们的脚下。乔戈曾经让我扑了个空，其实这一点也不奇怪——他总是让人扑空！这是那个等待着乔戈的女人的话。那天，我顺利地将她等待乔戈的地方从走廊里转移到了医院的花坛前，我们在树荫下轻松地聊起了有关乔戈的话题。当然，我采取了一种具有策略的语言和态度。首先我需要让她相信，我只是乔戈的一名无聊同事，或者是热心，或者是心怀男人惯常的企图，总之殷勤地和她搭话完全是出于一种显而易见的朴素动机，这样才能让她打消不必要的警惕，让我陪伴她度过漫长的等待。其次，我的每一句问话都要尽量显得似是而非，我不能让她看出我窥探的热情，我需要将每一句话都用漫不经心掩饰起来。这个下午让我发现了自己身上的表演天赋，我的发挥堪称完美。我成功地令这个女人滔滔不绝地向我谈论起了乔戈，最后，她反而要为自己的诉说欲感到不好意思起来。

我先摸清了这个女人的底细。她是兰城电视台的一位编导。女编导并不讳言自己对乔戈的热爱，在她的叙述中，乔戈出人意料地成为了一个唐璜式的人物，他从未爱过却不停引起别人的爱。比如，他每到一处必定引发绯闻，他几乎勾引着身边所有的女人，因此，他也不得不频繁地被男人们驱逐出去，不停地更换着自己的工作，从这家医院调往另一家医院（如果不是他有着一把高超的外科手术刀，那么他完全有可能丧失从医的资格——被他迷惑的不止是他的同事、同事的妻子，还有女患者以及患者的妻子）。不过，即便如此，他恐怕也在兰城待不久了，女编导不无惆怅地说，因为他几乎已经换遍了兰城所有的医院了。我联想到了那个对我怒气冲天的中年男人，多少理解了他在听到"乔戈"这两个字后对我释放出的怒气，我想，也许这个脸色铁青的男人也是一个乔戈的受害者。

这个乔戈与我心目中的乔戈大相径庭。至少，他与火车上那个女孩嘴里的"舅舅"是截然相反的。那个舅舅羞涩、内向，甚至阴郁、卑下，更加符合我先入为主的一些感觉。两个形象之间巨大的落差不禁让我这样猜测：难道我面前的这位女编导也是在同样地演戏（从她的职业考虑，这种可能性就越发充分）？我们如同舞台上的两个角色，在这盛夏的树荫下演着对手戏。我们首先虚构了自己，然后游刃有余地虚构起了一个乔戈。

但是这种猜测在乔戈出现的时刻被粉碎了。他从大楼里走出来了。这的确是个外表出众的男人，身材高大匀称，五官有着某种异族血统的痕迹，鼻梁上的眼镜有效地平衡了他那股桀骜的神气，使他的脸看上去恰到好处地完美。但仅从外观上看，并不足以让我承认他与其他男人的区别，是他的神态，让我对他刮目相看了。他刚刚做完手术，脸上的疲倦显而易见，这让他看起来有种无辜的落寞。他看到了我们，却丝毫没有情绪上的反应，他走到我们面前，只是有些不耐烦地皱了皱眉头。他对我熟视无睹——他对于一个和他的女人攀谈着的陌生男人熟视无睹，这一点令我震惊。幸好，我的反应足够地快，我向他伸出了手说，你好，我是从柳市医院来的，在你们医院完成一个项目，我叫林楠。不出所料，当我声明了自己的来路后，他立刻对我报以了极大的热情。柳市医院？他握住了我伸过去的手说，那么你是庞安的同事了？

是的，我们是同事，而且，我停顿了一下，终于说出，我们还是非常好的朋友。当庞安的名字从这个男人的嘴里吐出的一刻，我感到了痛苦。我并没有撒谎，我和庞安之间如今的确只是非常好的朋友了。但是我们之间的这种关系，从来没有像这一刻那样令我痛苦。

三年前，当我返回柳市的时候，还是一个没有完全康复的脑震荡患者。间歇性的迟钝让我比较坦然地接受了庞安的离婚要求。我甚至觉得，这个要求也是我自己的要求。我们的婚姻是在中午日复一日的太阳下晒着的，是在对一缸锦鲤寄托出额外的希望中度过的，如今，随着那条"大正三色"的死去，似乎也丧失了继续下去的依据。而且，重要的还有，那个时刻，我持续地被一个梦中的女人俘获住，她鱼一般游弋在我的身体里，像一个谜面般地展开，调动起了我全部的欲望，几乎成为了我生命中所有能量指向的目标，她不仅作用在我的心里，同样作用在我的身体里，令我身心憔悴。在这样的状况下，我没有理由抓住庞安不放了，那样显然是对她不公正的。我接受了庞安的要求，甚至也一同接受了她身边的管生。我对管生毫无厌恶感，认为这个小车司机很阳光，庞安和他在一起是令人放心的。我只是在一次和管生的交谈中，才感到了些许的悲痛。

管生告诉我，那时候我还在兰城，突然有一天，庞安神情哀伤地找到了他。庞安找到他，目的很明确，就是请他买一条那种名叫"大正三色"的锦鲤。这本身是件很容易办到的事情，但庞安附加的条件却令管生为难了。管生吃惊地看到庞安将那条死鱼从一只塑料袋里取了出来，她说，要和这条一模一样的。那条鱼显然是被放进冰箱中冷冻过了，硬邦邦的，表面蒙着一层灰白的霜。其后的几天，管生陪着庞安转遍了市里大大小小的花鱼市场，苦苦寻觅着一条心目中的锦鲤。他们甄别了无数条鱼，却没有一条符合那条死鱼的标准：不是体型有偏差，就是斑纹和色泽不一致。那条作为参照物的死鱼在烈日下被反复暴露着，很快就有了腐烂的趋势，尸体上的色泽逐渐向着相反的颜色变化，白色成为了黑色，红色成为了绿色。管生说他被这条日益腐烂下去的死鱼迷惑了，那种无望的执着，那种倔强的坚持，像一种高贵的精神怂恿和激励了他。那个盛夏的季节在那些天突然大雨滂沱，管生说他们坐在自己的车里，感觉真的成为了两条鱼，在一望无际的水的世界里漂泊。就是那个时刻，我爱上了她，管生说。

管生说，我们会一直找下去的，直到找到那条锦鲤。

管生的话令我沉痛。当我想到，正是在我不屈不挠的追问之下，庞安开始了这种无望的寻找，我的内心就仿佛鱼一样沉入了水底。显然，那条锦鲤死亡的时刻，庞安并不是和管生在一起。那么，她是和谁在一起呢？这对于我已经不重要了，庞安的追寻已经足以赎买她任何的过错。

六

我和乔戈顺利地接上了头。我来自柳市，来自庞安，乔戈因此对我热情有加。这是一个看上去极度自信的男人，对于我，他毫不隐瞒自己的往事。他坦率地承认了自己在那个篝火之夜所做下的猥琐之事，他说，如果那一夜庞安失声尖叫，他完全就会毁在这件事情上。庞安赦免了他，同时也囚禁了他，那个夜晚形成的特殊氛围，使他对庞安不可抗拒地产生出了某种无法说明的忠贞。他由此确定，除了庞安，他永远不会再爱上其他的女人。你也许无法体会我在听这些话时的感受，那就是，我被尖锐的痛苦咬噬着。这和嫉妒无关，起码不完全有关，我是被一种情绪损害着，它如同一枚针带给人的疼痛，琐碎，犀利，又无从谈起。我只能隐忍着这份疼痛，我不能让乔戈知道我曾经是庞安的丈夫，那样一来，只会使得我们彼此尴尬。

乔戈甚至对我讲了一些更加久远的事情。他告诉我，那个篝火之夜他其实并不完全是恍惚着的，当然，酒精的作用不可忽视，但是当他尾随着庞安而去的时候，他的心里依然是有着一个清晰的目的。那就是，我明确地想要看到一个女人的屁股，乔戈自嘲地笑了笑说。

我们坐在一家餐厅临窗的座位上。他三言两语就打发走了那个女编导，然后就提出请我吃饭。我没有理由拒绝他，这正是我所希望的。我们要了啤酒，当然，喝得非常节制。

刚刚考上大学那年，有一次我回家，被一个中年女邻居勾引到了床上，乔戈摘下他的眼镜一边擦拭一边说。那实在是个古怪的经历，我干得稀里糊涂，直到从她家出来后，依然是神魂颠倒。我的意识里没有任何的快慰，当然，也谈不到伤害，没那么严重，那不过是一场来去如风的梦罢了。我也真是把它当作一场梦看待的。但是，这个梦给我的生活留下了一个巨大的悬念，那就是——我非常遗憾地发现，虽然自己已经有了人生的第一次性经历，但却令人难以置信地并没有看清楚女人的屁股。这是有些荒谬，因为当时是白天，那个女人也没有对自己进行任何的掩饰，她完全是赤裸裸的，可是，我的确没有看清楚她的屁股。当时我似乎短暂地失明了，许多白光像雪崩一样灼伤了我的眼睛。这给我造成了遗憾，我由此开始热衷于弥补自己的这个遗憾。但是我无法再去找那个女邻居，我对她避之不及，这你应该能够理解。我也无法在其他女人的身上揭开这个悬念——我变得非常羞怯，甚至有些没有根据的自惭形秽。我们是读医科大学的，对于人体应当不会有所隔膜。事实上也是如此，大学期间我们就开始接触人体了，毕业实习的时候，我更是见识了许许多多女人的屁股，但是说来奇怪，我依然觉得那个悬念并没有被解开，它仿佛是永恒的，仿佛要永远困惑着我。

乔戈在说这些话的时候，一直不停地用筷子翻弄着一盘青菜。那盘青菜白嫩肥厚的菜帮在我眼里就成为了一个个的屁股。我看着他偶尔夹起一根咀嚼起来，不免就要生出些不着边际的遐想。

他说，所以，在那个夜晚我尾随了庞安。但事与愿违，我看到的仍然只是一团雪白的东西，这团东西在我的心中无法和身体联系在一起，它只是一团颜色，或者是一团光。这似乎是一个隐喻，因为从此以后，我永远无法解开那个悬念了。如今我经历了许许多多的女人，但是你不要笑——我依然没有看清楚女人的屁股。后来我几乎对此丧失了兴趣，我不知道自己心目中女人的屁股究竟该是什么样子的，可是显然，它不应该仅仅是一些生理上的构造，它一定还有些其他的特质，可究竟是什么，我也不明白。我感到了疲惫和厌倦，我为它消耗了太多的热情，结果总是徒劳困惑，我有时候都憎恨自己了。

三年前我去柳市开一个研讨会，意外地再次见到了庞安。

他终于从一堆屁股中说出了庞安的名字，这几乎是令人绝望的。

我见到了她，一眼就认出了她。我觉得时隔多年，她依然保持着那种惘然若失的风度，我不由得要去凝望她。乔戈此时的目光满含忧郁的深情，我想这就是他凝望着庞安时的目光了。他说庞安显然也认出了他，他不知道庞安是通过什么辨认出他的（他们在大学期间并不认识，他们学的不是一个专业，顶多只是隐约知道对方的名字），但是我还是确定她也认出了我，乔戈说，我觉得她看我时的目光依然如同那个夜晚一样，惊悸不安，又充满了怜悯。

这时候，乔戈的脸发生了显著的变化。他的脸像被水洗过一样，突然变得脆弱不堪。我因此明白了庞安在时隔多年后依然能够把这张脸从人群中辨认出来的奥秘。我想起一件事：几年前庞安在医院的门诊大厅突然揪住了一个患者，那个患者惊恐地转过身来时，展现给庞安的，正是一张这样的脸——脸色煞白，表情因为病痛而显得脆弱无力。庞安显然是认错了人，当时我恰好经过，我记得她嗫嚅地道歉后，就神情仓皇地匆匆离开了。她甚至没有看到不远处的我。如今想起这一幕，我突然意识到，那个篝火之夜同样也作用在了庞安的心里，她从未向人提及，只在回想之中伴随着某种耻辱的印象令自己惊悸不安，也许，那个夜晚的性质在庞安的内心里是难以言喻的，但它瞬间揭示出的真实却随着重复的记忆，成为了庞安日后岁月中翩翩幻觉的一个部分，随着岁月的粉饰，它也许逐渐具备了一种令人着迷的性质。它被荏苒的时光酝酿着，甚至独立在庞安消极的意识之外，那张脆弱的脸一直在遥远的过去对她张望着，那种意味深长的窥望，终究要引动她内心积存已久的焦虑。

乔戈停顿了片刻，再次开口后，他说，我们重逢了，但却似乎只能够遥望着。我知道，此时她必定已经是别人的妻子了，虽然，我从来没有在乎过一个女人是否是别人的妻子，但是她却不同，因为她是庞安。会议的前两天，我们一度满足于这样的状态：仿佛在共同钻研一道令人着迷的难题，只和对方模棱两可地相互启发着，却并不去响亮地给出答案。这样的情绪裹挟在盛夏的酷暑之中，成为了一种软弱无力和装腔作势的混合物，它很快就让我们厌恶了。我知道，在庞安的内心里，也被某个声音强烈地召唤着。我看得出来，她的婚姻似乎并不幸福。

你应该可以理解，乔戈的这个判断会令我怎样的黯然神伤。

我在会议结束的前一天邀请她走进了我的房间。乔戈说完这句话后，就令我猝不及防地终止了他的叙述。不说我了，说说庞安吧，乔戈举起酒杯向我提议，你能告诉我一些她的事情吗？比如，她的婚姻。

怎么，你是在和我交换故事吗？我变得有些不太友好，这是必然的。我反问他，庞安没有告诉你吗？

没有，乔戈并没有看出我的不友好，他因此显得有些单纯，他说，我们只待了那一夜，没有时间充分地交谈。

没有时间？我脸上的笑已经有些僵硬了，我刻薄地问他，怎么会呢？你把时间完全投入到她的屁股上了？噢，那是你渴望已久的。

不，你不要这样说，我对她的一切渴望，就是那种叫作爱情的东西。乔戈晃着筷子否定着我的话，他说，你可能会不相信，我们在那天夜里分别洗了两个漫长的澡，我们不约而同地都在浴室里待了很长的时间。我不知道她在里面是怎样度过的，她待了很久，出来时沐浴过的头发都已经自然风干了。我自己在浴室里却哭了，陷入在某种冥想中无力自拔……后来，我们就一同回忆起了那个篝火之夜，我们重温了那个夜晚同学们背诵出的每一首诗，那真的是奇迹，仿佛有一只手，将那些早已遗忘的诗句重新拉回到我们的记忆里了。我们一首接一首地背诵着，尽管有时会出现个别的遗忘，但在我们相互的启发下，基本上是毫无遗漏的，尤其是北岛的一首爱情诗，我们更是反复背诵着其中的一些片段。

我有些回不过神来。我眼前这个唐璜式的男人突然用诗歌裁剪了欲望，用北岛替代了那些咄咄逼人的"屁股"，这令我无所适从。我不知道自己更愿意庞安去背诵诗歌还是奉献出她的屁股。我的内心里甚至可以不去追究他们之间的欲望，但是，我却看到了一种欲望之外的东西，这个东西侵害着我，它甚至完全否定了我和庞安曾经的生活。

我和庞安曾经有着怎样的生活呢？那么好吧，接着就让我也来说一说。

我说，我和庞安的关系很好，而且和她的丈夫也情同兄弟，因此，对于他们的事情，我还是知道一些的。

这样的开场白令我的意识混乱起来。我仿佛真的成为了一个置身事外的人，但我并没有因此获得一种难能可贵的客观，当我以一个局外人的目光审视起自己曾经的生活，我觉得，居然有些不可捉摸的幸福之感。这种幸福感当然是可疑的，它实际上是从那种虚构的热情中派生出来的。因此，当我说完了自己的故事后，也无法分辨出它的真假了。我只是被这个故事迷住了，觉得它所达到的那种仪式感，恰好用来对应乔戈所讲的一切。

七

庞安的婚姻和一场医疗事故密不可分。那时候，她刚刚分配到柳市医院，成为了一名年轻的眼科医生。和她同时分配来的，还有另一个大学毕业生，不错，他就是庞安日后的丈夫。起初，他们并没有格外地关注对方，彼此之间的交往完全是同事式的。但是，当他们第一次共同完成一台手术时，却发生了那件不可思议的事故。

受害者是一个年仅八岁的男孩。这个孩子本身就是一个不可思议的患者，他只有八岁，却是一个肺癌患者。孩子的父母倒很乐观，他们可能认为自己的孩子这么小，总不至于就真的没救了。这种情绪可以从他们的行为看出来，那就是，他们居然还有精力关注到这个孩子的眼疾。这个孩子的右眼有着轻微的斜视，这本来不是迫切需要医治的毛病，比起肺癌，简直可以忽略不计，但是这对父母却要求在治疗肺癌的同时，顺便也把孩子这个微不足道的瑕疵补救过来。他们是处于怎样的动机呢？这一点庞安想到过，她认为这对年轻的父母对自己的孩子依然充满着美好的憧憬，他们非但不怀疑自己的孩子终究会获得健康，而且，对那种健康的质量也是丝毫不愿意降低的，那就是，它还必须是美丽的，是没有丝毫残缺的。在孩子父母的要求下，医院为这个孩子安排了右眼的矫正术。这是那种很简单的手术，所以就交给了庞安和她的那位男同事。

此前他们已经协助其他医生进行过许多次类似的手术了，但这一次是他们首次合作，而且，是由那位男医生主刀。手术进行得很顺利，他们经过了准确的计算，成功地将男孩眼部的外直肌退后了0.5 个毫米，整个过程完全合乎规范。庞安还记得，当那个孩子被推出手术室后，她的这个男同事对她做出了一个胜利的手势。他显得很兴奋，毕竟，这也是他第一次主刀。

但是当天中午庞安就发现了异样。他们去病房探视那个孩子的术后反应，孩子刚刚从麻醉中苏醒，双眼都被绷带扎着，他很坚强，只对庞安说，阿姨，我有些痛。庞安还表扬了他，说他真是一个勇敢的男子汉，因为他只感到了"有些痛"。可是，渐渐地庞安就惊恐起来，因为她注意到这个孩子总是下意识地用手去捂自己的眼睛，而他每一次伸出的，都是左手。他用左手去捂自己的左眼。这个细节显然也被那个男同事注意到了，他们从病房出来后，庞安看到这个男同事的整张脸都煞白着。他们都意识到了，自己有可能犯下了不可原谅的错误——他们把本来应当开在右眼的刀开在了男孩的左眼。可是这个过失太荒诞了，以至于他们谁都不敢主动开口去证实一下，他们本能地不允许自己承认会犯下如此的过失。如果事实真的如此，那么这个过失即使是算作罪行都毫不勉强。整个世界一下子变得抽象了，全部凝聚成一股力量针对着他们那两颗小小的心脏。他们谁都没有说话，分开后各自去寻求解脱的方法。但是解脱注定是无望的，他们唯一可以蒙蔽自己的，就是把这一切当作是场噩梦。

受害者只是个孩子，他并不能意识到自己所受的伤害，他无法区别医生们的手术刀下在哪里才是正确的。所以那几天一切如旧，世界照样运转着。本来这种手术三天后就可以去掉绷带了，但是，作为手术的实施者，他们找出了许多借口，无望地延宕着那一刻的来临。

男孩眼上的绷带早晚要被揭开，这就如同死亡一般无可避免。随着那个日子的临近，庞安陷入了某种病态的亢奋。她开始漫无目的地收拾起自己的行装，把自己的宿舍搞得一片狼藉。终于在一天夜里，她的那个男同事敲响了她的房门。当庞安打开门的一瞬间，就被他几乎要扑倒般地拥抱住了。他抱着她说，我们逃跑吧！这句话让庞安看到了自己的绝望，原来在她的潜意识中，逃跑的这个欲望已经是那么的强烈，所以她才会身不由己地整理起行装。

我的叙述在这里停顿了片刻，因为，我回忆起了那一夜庞安在我怀里的挣扎。她的挣扎不是那种拒绝的姿态，一切都发生得极度慌乱，我们都没有自觉的意识，所以她不可能是在拒绝我。她柔韧地起伏着，她的腰肢那么有力，让我觉得自己是浮在一个连绵不绝的海浪之上。当她剧烈地战栗起来时，我又觉得她是一条刚刚搁浅的鱼，依然有足够的力气扑腾着。

这种可靠和真实的拥抱支撑住了他们。他们开始镇定起来了，并且在第二天就在大家面前公开了他们之间的关系。他们的手挽在一起，紧紧地依靠住，有一种梦幻般的依赖感。他们安静地等待着一个日子的来临。那个男的说他会把一切责任都承担下来，不过，说完后他又说起了自己的父母，他说他的父母费尽千辛万苦才把他培养成了一名医生，如今就这样断送掉了。说的时候，他哭了，完全像一个无辜的孩子那样，扑在庞安怀里，把眼泪和鼻涕蹭在庞安的胸口。

他们都准备好了，但是结果却大相径庭。那个男孩的病情突然急转直下，癌细胞以令人震惊的速度扩散到了全身，他眼上的绷带还没有打开就死在了医院的急救室里。他的父母悲痛欲绝，他们无法接受这样的事实，他们本来是坚信自己的孩子终究会健康并且美丽的。悲痛令这对父母忽略了一个重要的伤口，直到这个孩子的尸体烧成了灰烬，他们也没有去区分那道伤口的左右位置。

这似乎是一个侥幸的结果，一个性质恶劣的事故被一个男孩的夭折掩盖了。庞安显然不能因此心安理得。那个男医生也不能，他无法想象，那个孩子在另一个世界里双眼都斜斜地散乱着——他们将男孩那只正常的左眼向外调整了 0.1 度——但是这个想象却在他的脑子里挥之不去。

后来他们结婚了，这几乎是必然的。他们没有举行任何仪式，一切都进行得不露声色，以至于很久以来大家都以为他们是未婚同居。他们的婚后生活也是如此，很少有激烈的时候，如果说他们之间有过沸腾的时刻，也就是那个他们怀着"逃跑"之心的夜晚了。

八

这个看起来多少有些牵强的故事被我讲得断断续续，我得承认，我是有些力不从心。在讲述的过程中，乔戈带着我连续更换了好几个地方。我们从那家餐厅出来，先是去了一家酒吧，然后又去了一家酒吧，那时候，我只能凭着残存的意识来区别这两家酒吧的不同了：前一家的服务生穿着白衬衫，而后面的这一家，服务生突然变成了一群身穿藏袍的姊妹兄弟。他们热情奔放，不由分说地拉着我们的手，围着一架庞大的木质转经筒跳起舞来。我们脚步蹒跚地转着圈，又有其他的客人不断参与进来，于是拉起的圈子越来越大。无数圈后，就有人在辽阔的藏族音乐中纷纷倒下，拉着的手相互分离。但是我的一只手却始终被牢牢地攥着，因为那只手一直攥在乔戈的手里。我根本无法想起，我和乔戈是从哪个时刻开始了豪饮，当然我也就无法记清我们究竟喝了多少啤酒。我只记得我们始终在喝，我是在啤酒的芬芳与酥油微微的腥膻中结束了我的故事。后来我们又坐在了街边的一个烧烤摊前，依旧在喝。

这时候我的舌头已经僵硬了。我觉得整个食道都火辣辣地痛，啤酒奔涌而过，就像刀子奔涌而过。可即使如此，我还记起了一些遥远的事情。我在这样的状况下，根本无视眼前的处境，反而是那些遥不可及的事情，更加令我牵肠挂肚起来。我问乔戈记不记得三年前兰城发生过一起用锦鲤贩毒的案件，他说他当然记得，我不太相信他，我觉得他喝多了，如果我问他记不记得我们相识已久，他也会说记得的。我问他那个案件结果怎样了，他说开了公判大会，一下子枪毙了五六个。我觉得自己的心被攥紧，稍微迟钝了一下，我发现攥紧了自己心的，并不是五六个这个数字。我问他，其中有一个女人吧？

女人？乔戈嘟囔了一句什么话，然后断然否定道，没有，根本没有，全是男人，兰城因此一下子多出了五六个寡妇。

怎么会没有女人呢？我更加确信他是喝醉了。那个女人从记忆里向我走来，她胸前的那条锦鲤栩栩如生。我说，你喝醉了。然后我就人事不醒了。

当我醒来后，第一眼看到的却是那个名叫徐未的女孩。我当然有些恍惚，觉得她和那口鱼缸都似曾相识。我看到她躲在那口鱼缸后面，透过水和玻璃观察着我。那双鱼缸后的眼睛再一次令我心生凄凉。然后我看到了乔戈，他和我一样，倒在一组奇大无比的沙发上面。我想我这是到了乔戈的家了。

我撑起身子，勉强让自己坐了起来，对女孩笑笑说，你看，我们又见面了。她依然躲在那口鱼缸后面，依然一动不动地看着我。我感到了尴尬，还有一些没有原因的忐忑。我说，我和你舅舅恰好成了同事，嗯，的确是太巧了。

女孩依然沉默不语。当我又要忍不住倒下去时，她突然清晰地向我问道，庞安是谁？

庞安？我陡然惊醒，喃喃自语道，是谁？

你不知道吗？女孩终于从那口鱼缸后面站起来了，她说，你们嘴里都在叫着这个名字。

仿佛是要证明她的说法，这时候睡在沙发上的乔戈翻了个身，嘴里发出了一声梦呓：庞安。

我苦笑了一下，说，我也叫庞安了吗？你看，又巧了，庞安恰好是我和你舅舅共同的朋友。说完这句话我的胃就沸腾起来，我跳起来向卫生间冲去。然而我忘记了自己是在一套陌生的房间里，因此我的样子完全像一只无头苍蝇。是女孩给我指明了方向，她向我大喝一声，左面！

当我从卫生间将自己的胃清理得空空如也，重新走出来时，女孩已经为我沏好了一壶绿茶。我们相对而坐，仿佛两棵树，一棵形容枯槁，一棵青翠葱茏。我们这两棵树都沉默不语，只有绿茶的芳香袅袅浮动。那口鱼缸如今被装上了一只小功率的水泵，这只水泵勤奋地工作着，制造出的气泡发出嘟嘟囔囔的水声，像一个人周而复始的抱怨。我觉得自己的听觉发生了奇妙的变化，现在，我觉得这只水泵发出的声音反而是一种最彻底的寂静之声，在这种彻底的寂静之中，我甚至听到了那条锦鲤窃窃私语般的唼喋。

乔戈依然在酣睡，但是睡得很不踏实。他的梦境一定杂乱无章，他叫出了庞安的名字，说了些莫衷一是的话，而且，居然还咕哝出了几句诗：

即使明天早上
枪口和血淋淋的太阳
让我交出青春、自由和笔
我也决不会交出这个夜晚
我决不会交出你

我决不会交出你！乔戈在梦中举起了一只拳头，如同呼口号一般地叫道。不错，果然就是那首《雨夜》。女孩眼睁睁地看着我，显然是想要听我解释些什么，但是我哑口无言，只有捧起茶杯，以此掩饰自己内心的慌张。

我决定离开了，回医院去。女孩挽留我，她说，这么晚了，干脆住下吧。我说，不了，明天还有几个手术等着我呢。她要求送送我。我拒绝说，不要了，的确已经很晚了。她却不由分说，自顾走到门前换上了鞋子。

我们走出了房间，房门刚刚在身后关住，女孩就很自然地用胳膊挽住了我。这似乎没有什么大不了，似乎只是女孩子们习惯的动作。我们的手臂挨在一起，一种紧绷绷的敦实的感觉从我的胳膊上蔓延开，这种感觉不是来自女孩的体形——实际上她很匀称，而且皮肤光滑——是来自那种年轻的生命力，类似于一只饱满的足球，一触之下，就会弹性十足地飞起来。楼道里的灯是声控的，然而我们的脚步是那样的轻，居然没有唤醒任何一盏灯的光明。女孩就这样依偎着我，穿过黑暗，一直陪着我走到了小区的门口。

我们站在深夜的路边等待出租车。这时候女孩出其不意地说出一句话：那天在火车上，我看到你哭了。我还没有来得及对这句话作出反应，就被眼前的一幕惊呆了：一辆黑色的别克车从我们的眼前疾驶而过，它驶出有五十米的样子时，突然飞速地倒了回来——它就像是撞在了一面无形的墙上，又被弹了回来。它在我们面前强硬地刹住，车轮与路面摩擦时发出的尖利之声，令夜晚都为之颤动。那个车窗在我面前再次徐徐降下，出现在那个缝隙里的依然是一双夺人心魄的眼睛。这双眼睛依然充满了我无法说明的内容，它依然像水一样泼遍了我的全身。

我的惊恐你可想而知。好在这时候出租车来了，我像一只逃命的兔子，飞快地冲上了出租车，直到车子开出很远后，我依然无法克制地觳觫不已。

九

第二天一早，我还身陷噩梦无力自拔的时候，乔戈就敲响了我的房门。和他一同到来的，还有那个名叫徐未的女孩。他向我介绍身边的女孩说，这是我的外甥女，她在柳市读大学，以后说不定还需要你提供些照顾。我和女孩相视而笑，我们不约而同都装出了一副初次见面的样子，礼貌，并且含蓄。这让我们之间有一种亲昵之感，仿佛是共同拥有了一个小小的秘密。

乔戈的脸色有些灰暗，我想这是酩酊大醉后的结果。他说他把自己的外甥女带来，是为了让女孩陪我游览一下兰城（女孩现在放着暑假）。去爬爬山吧，乔戈说，兰城是被山包裹着的城市，来兰城终究是要去爬爬山的，否则你就算是白来了。我说，恐怕我只能白来了，因为我不可能去爬山，今天还有好几个手术在等着我呢。

算了吧！乔戈不屑一顾地挥了下手说，你瞧瞧自己的这副样子，难道你也想把手术刀开错位置吗？

他的这番话理由太充分了。的确，我现在的样子一定很难看，我自己感觉得到，酒精的余威依然在我身体里肆虐，现在我比昨夜更难受了，腹腔里有种疼痛的荒芜感，连手指都微微地麻木着。这样的状态是绝对不适合上手术台的。

我去给你请假，你就安心去爬山吧！乔戈的表情有些莫名其妙的兴高采烈，我觉得在他的笑容后面，似乎有种若隐若现的嘲讽。

不过看来好像也只能这样了。

时间还早，我们三个一同出去吃早点。我们在医院外面找到一家包子铺，女孩把我和乔戈看作是两个伤员了，她让我们坐下，主动去替我们买包子。我和乔戈坐在一张桌子的两端，面面相觑。这时候我们大约都感到了对方的陌生，昨天发生的一切，昨天说过的一切，现在看来，好像都有些令人沮丧的荒谬。毕竟，我们只是两个陌生的人。所以，我有些没话找话，我说，昨晚我在你家看到那条锦鲤了。乔戈愣了一下，好像费了些力气，才听懂我说的话。噢，你看到了，他说。然后他说三年前当他结束了那个会议，乘上返回兰城的火车时，忍不住拨通了庞安的电话。他在电话里只"喂"了一声，就被庞安的哭泣打断了。庞安悲伤地呜咽起来。她说，它死了！这句话令他大吃一惊，他说他当时的第一个反应就是，死掉的是庞安的丈夫。当他终于弄清楚，死掉的其实不过是一条名叫锦鲤的鱼时，心里不免觉得庞安实在是小题大做。令他更加无法理解的是，其后的几天，庞安居然时常在深夜里把电话打给他，问他，那天清晨七点钟的时候，他们在做什么。是啊，那天清晨七点钟的时候我们在做什么？乔戈说，我回忆了无数遍，答案也只有一个，那就是，我们通宵达旦地背诵了诗歌，一直到第二天的清晨，除此之外，我们还能做些什么呢？我对庞安说我们是在背诗，可她显然对这个答案并不相信，依然不屈不挠地盘问着我。后来我搞清楚了，那天清晨七点钟的时候，庞安家里停电了，她养的一条锦鲤由于缺氧而死掉了。可我觉得这并不应当成为问题，尽管那个时候我们的确是在宾馆的房间里背着诗。难道，那些诗要为一条锦鲤的死亡承担责任吗？乔戈愤愤不平地说。

他的情绪有些不耐烦，似乎对于庞安的这个话题感到了厌倦。他似乎已经通过酒精把对于庞安的热情全部燃烧完了。他完全是凭着一股惯性继续说道：但是锦鲤这个词却在我的脑子里种下了根，我倒想看看，这究竟是种什么样的鱼。我在花鱼市场找到了这种鱼，觉得也无外如此，好像并没有什么非同小可的，我就想，也许柳市的锦鲤会有些不同吧，所以我就让徐未捎一条给我看看，结果你瞧，我还是没有看出什么玄奥，它和我们兰城的锦鲤大同小异。

我不能认可他讲的这些话。我说，既然庞安对一条鱼的死亡念念不忘，那么她一定有她自己的道理。也许这种鱼真的非同凡响，要不当年你们兰城的贩毒分子怎么也会选了这种鱼来运输毒品呢？

谁知道呢！乔戈已经彻底丧失了说下去的兴趣，他调侃道，也许，是这种鱼的肚子格外大吧。

毫无根据，我突然产生了这样一个古怪的臆想：也许，乔戈家里的那条锦鲤的肚子里，正藏着一袋沉甸甸的毒品。这当然是无稽之谈，可是依然让我感到有些紧张不安。

这时女孩给我们端来了热气腾腾的包子。乔戈的情绪很焦躁，他吃得魂不守舍。我发现，这也许不完全是酒后的症状了，他似乎怀揣着心事。然后他就接了一个电话，但是他却一言不发，只是听着，脸上似笑非笑。我觉得我从他的表情中看出了某种深不可测的冷酷和残忍，那也许是另一个我已经无力再探究的故事的序幕。

乔戈接完电话后匆匆离开了我们。我要去上班了，你们好好去爬山吧！他说。

于是只留下了我和那个女孩。女孩吃得很认真，我看到她的坐姿非常挺拔，她直直地坐在那里，身体里仿佛打着一截钢筋。她目送着自己的舅舅离开，然后向我有些不好意思地笑了笑。我舅舅对我很好，几年前我的父母在一起交通事故中死掉了，舅舅就照顾起了我的生活，是他在供我上大学。女孩说。

我知道她这是在对我表达她对自己舅舅的爱。但我也从中听出了另外的一层含义，那就是，她从自己的舅舅出发，对我也表达了一种完全的信任，因为她爱她的舅舅，而我，又是她舅舅的朋友，于是我们之间也被一种情感串在了一起。

我们吃完了包子，重新走到清晨的大街上。但是我对爬山毫无兴趣，而且，在这个清晨我突然感到了一份隐约的威胁，我觉得似乎总有一双眼睛在某个角落盯着我。我想起了乔戈昨夜的一句话，他说兰城因为那件贩毒案一下子多出了五六个寡妇。这句话令我觉得这个清晨的兰城有着一股凄怨之气。我那依然处在酒后麻痹状态的大脑，浮现出这样的画面：有一个女人，她捧着一条锦鲤在我的身边若即若离。这个女人是由若干个女人组成的，她们分别是庞安、徐未，以及那个我并未看清楚长相的女人。她们交替着轮番出现，但是扑朔迷离的她们在我的记忆里都共同地捧着一条锦鲤，这是一种水淋淋的巧合，让我觉得仿佛这个世界上每一个女人都曾经捧着一条鱼。她们捧着鱼，难免就要令我想到水。

我不想把自己暴露在光天化日之下的兰城。酒后的我是那样的羸顿。我向女孩提议，我们还是不要去爬山了，不如就去我的房间坐坐吧。女孩没有表示异议。她又把我的胳膊挽了起来，我们在盛夏里赤裸着的胳膊缠绕在一起。

我住在医院的专家楼里，房间类似宾馆标准间那样的布局，有两张床，一台电视，当然还有可供洗浴的卫生间。女孩进到房间里后，就提出要去冲个澡，她说她太热了，这也是实情，尽管还是清晨，但我们都被热气腾腾的包子搞出了黏腻的汗。她进到卫生间去冲澡，我躺在床上，有种巨大的空虚。我决定给庞安打个电话，我想告诉她，我已经完成了她交给我的任务，"看望"了她的乔戈同学。这个决定一产生，我就开始在心里面追问起来，庞安为什么要让我看望乔戈？她的用意何在？在她的意识里，我们这两个男人的会面一定是有着某种价值的。

庞安在电话那头向我"喂"了一声，她说，是你吗？

我说，是我。

她说，你的声音怎么有些奇怪？怎么了，病了吗？

我说，我见到乔戈了，昨夜我们在一起喝了许多酒。

电话那头沉默了。我也一下子觉得无话可说。我们好像都在等待着，好像都觉得是对方要说出些什么。这像是一场遥遥无期的对峙。最后是我沉不住气了，我说，乔戈告诉我，那条锦鲤死亡的时刻，你们在宾馆的房间里背诵着诗歌。你们只是在背诵着诗歌，我不由自主地又补充了一句。然后，电话那头就传来了忙音。电话被庞安挂断了。但是给我的感觉却是，我根本就没有拨通这个电话，我只是握着听筒在喃喃自语。我放下电话，重新在床上躺下。但是电话铃声却响了起来。我抓起听筒，里面传来庞安没有任何感情色彩的声音。她说，不，林楠，那个时刻，我们在宾馆的房间里做爱。

听筒里再次传来空旷的忙音。

我的手垂在床边，那只电话从我的手中滑落下去，只有红色的电话线勾在我的指头上。笼罩着我的，是一种无动于衷的孤独感。我甚至为自己的这种无动于衷和孤独感到了羞耻。我感到有些冷，这才发现悬在头顶的空调的风向正对着我，出了汗的身体被冷风一吹，有种被针刺的感觉，令我的皮肤浮起了一层鸡皮疙瘩。

数年前，当我独自走进医院的太平间时，身上也浮起过一层鸡皮疙瘩。我是去看那个男孩的，没有费什么力气，我就从那些蒙着白布的尸体中找到了他。他太小了，蒙在白布下只有一个枕头那么大。我掀起了他脸上的白布，看到他如同睡去了一般的恬静。病痛的折磨依然残留在他的脸上。那是一种没有丝毫侵犯性的狰狞，并不令人恐惧，只是令人心痛莫名。我找到了那个伤口，它恢复得很好，也许再长一长，就会和预期的一样不会留下任何痕迹了。我看到了，这个伤口的位置并不像我已经认定的那样处在一个错误的位置上，我甚至用自己的双手在心中判断了一下左右，结果是，那个伤口的位置的确是正确的。它在右面，不在左面。这个事实没有带给我丝毫喜悦和欣慰，我觉得整个人都丧失了力气。男孩生前左手的动作，也许只是一种无意识的行为，也许，只是牵拉后的眼外肌令他感到了左眼的不适，但是他的行为，却令我们如此的绝望。折磨着我们的，只是我们心中那种与生俱来的莫须有的恐惧。

我依然躺在空调的冷风里，我把自己置于冷风的覆盖之下，这种有些自虐意味的行为，不禁令我潸然泪下。

女孩在卫生间里待了很久，当她出来时，我已经昏昏欲睡了。

我依稀看到她站在我面前，正用手整理着自己肩膀上一条窄窄的吊带。她穿的是那种紧身的小背心，短短的，露出一截光滑的肚皮，那枚肚脐肉嘟嘟的，像一个饱满的旋涡。

她在我身旁的椅子上坐下来，一边摇摆着头发上残留的水迹，一边说，那天我在火车上看到你哭了。我不置可否地哼了一声。她大约觉得有些失望，认为她的话并没有引起我的足够重视。所以她继续引诱般地说，我给你讲个故事吧。我点点头，努力让自己显得兴致勃勃。

女孩说，我有一个男朋友，他是我的大学同学，来自遥远的云南。

十

我们是在学校门口的公用电话前相识的。那天我急需打一个电话给舅舅——我的宿舍被盗了，我损失惨重——但是校门口的那排公用电话都被人占着，焦急的我只能在每个人背后乱转。每一部电话的使用者都仿佛有着说不完的话，根本没有放下话筒的意思。好不容易有个家伙挂了电话，可是我恰好转到了另一头。当我飞奔过去时，另一只手已经拿起了话筒。他是一个又瘦又硬的家伙。他的瘦是我能够看得到的，而他的硬，我用不着触摸就可以确定。我认为这就是感觉了。是的，我对他有了感觉。他有着非常标准的身材，面孔算不上英俊，但很好看地有着一股孩子气。有的成年人长着一张孩子脸显得古怪，而有的却非常自然，让人觉得标致，他的脸就属于后者。其实他脸上的孩子气是由于一个缺陷造成的，他的右眼有点斜视，而这个缺陷却使得他的那张脸迷人起来，这真的是很奇怪。

我们在一部紧俏的电话前遭遇，他看了我一眼，然后把电话递

— 251 —

给了我。我真的被他打动了，他的瘦和硬，他令我喜欢的孩子脸，他友好的举动，让我在一瞬间萌生出爱意。我一下子变得心猿意马，拨通家里电话后都只是匆忙地说了几句，向舅舅汇报了我的损失后就飞快地挂断了电话。我怕我再也不会看到他，怕他从此消失掉。追出几百米后，我在一个书报亭前堵住了他。

这就是我们的开始，依靠青春的直觉和勇气，我撞开了爱情的门。原来他是化学系的，我们分别在两个不同的学区上学，如果不是盯上了同一部电话，也许我们一辈子都没有对视的机会。

可是现在我们相爱了，会热乎乎地抱在一起接吻，会粗重地喘息着抚摸对方的身体。有很多同学在恋爱后纷纷搬出校门，在校外租房子同居在一起，我们也租了一间小平房，把自己的行李和爱情都放进去。我们的同居有名无实。我们在自己的小天地里舒展着年轻的身体，彼此之间毫无秘密，可以完全赤裸着拥抱在一起。我们相互抚摸与撩拨，他的欲望我不仅能够感觉得到，而且看得非常分明。其实他是非常敏感的，往往只需要一个湿漉漉的吻就会使他坚硬。但每一次到情难自禁的关头他都会坚决地控制住自己的身体，有时还需要控制住我的身体。他会艰难地说，不！他让自己的欲望停止下来的理由是：我要你在做我新娘的那一天才给我。天！这多么让人感动！我觉得自己是遇到了一个天使，他对我的爱可以战胜肉体的欲望呢。我们疯狂地探索对方的身体，无所不包，心旌摇曳，又在身体爆裂的时刻呻吟着停顿，使之前的一切都在一种光芒中休止，没有虚空，不感到颓废，总是把那股力量蓄积在身体里。这样的同居让我产生出自豪的感觉，觉得自己与众不同，纯洁，干净，是清清白白地爱着。这是多么奇特的一种爱，它是一个奇异的秘密，给了我一种光荣的本钱，仿佛身体都骄傲起来，使自己走在校园里都是昂首挺胸的。

　　有一天早晨，我醒来后发现他慌乱地在擦拭着自己的身体。我问他怎么了，他的脸一下子涨得通红，扭捏地说他遗精了。我一阵大的感动，年轻的身体在清晨一瞬间湿润了。我突然紧抱住他说，要了我吧，今天我就是你的新娘。他的喘息一声比一声粗重，像一列轰隆隆驶来的火车。但是，他还是用两只手扳住我赤裸的肩膀，嘶哑着说，徐未，看着我的眼睛。"看着我的眼睛"，这句话是他的标志，就好像胎痣一样长在他的身上。他在每一个他认为严重的时刻都会用手扳住我的肩膀，脸对着我的脸，用"看着我的眼睛"这句话作为诉说的开始。我说过，他的右眼有点斜视，但是在他"看着我的眼睛"的强调之下，这只斜视的眼睛就有了夺人的力量，它仿佛永远目中无人着，仿佛永远注视的是另外一个神秘的方向。我看着他的眼睛听他说：我们不能够做任何有可能损坏我们爱情的事，要知道有多少爱情是被身体损坏的吗？徐未，我们不能冒这个险。我的眼泪一下子流了出来。

　　他就是这么教导我的，我常常为此感动得泪流满面。但是渐渐地，我却发现了一个问题，那就是，他居然不会哭！我说的是"不会"哭，这完全是病理性的，原来他除了右眼斜视，而且两只眼睛的泪腺都是天然闭合着的。起初我还为此很心疼他，我觉得他多不幸啊，一个不能流淌出眼泪的人，该是多么的可怜。我去医院咨询过，知道了这种病是可以治愈的，只需要一个小手术，就可以令他拥有哭泣的权利。但是，还没有让这个手术付诸实施，我对他就有了异样的情绪。我渐渐地不能接受，当我们一同看电影时，我被感动地流出了眼泪，身旁的他却无动于衷（起码看上去是这样的）；当我们偶尔发生了争吵，我委屈得泪流不止时，他依然冷眼旁观。尽管他说不是这样的，其实他也很感动，也很激动，他只是不会流眼泪。他还用了一句艾略特的诗为自己辩护——我们的无所依附的眷恋有可能被看作是无所眷恋。

在大多数的时候我是可以谅解他的，但毕竟也有一些时候，我无法接受他流不出眼泪的感动和激动，我还是愿意看到他有所依附的眷恋。我们的爱情由于他的缺乏泪水而变得微妙起来。

这次放暑假前，舅舅在电话里提出让我替他从柳市带回一条锦鲤。你知道，我和舅舅的感情很深，我们之间更像一对朋友，他几乎对我无话不谈，但是，他除了学业，从未对我提出过什么要求，所以这一次当他对我说出了这个要求后，我就明白了，那条锦鲤对舅舅一定非常重要。我当然就去积极地落实了。我在花鱼市场看上了那条锦鲤，但是一问之下却傻了眼，那个摊主居然开价三千多元。这完全出乎我的意料，显然，舅舅对此也是一无所知的，否则他不会给我出这样的难题。我并不想向舅舅要这笔钱，我觉得我自己应该送给舅舅这个礼物，所以我就开始和那个摊主纠缠起来，软磨硬泡地和他讨价还价。那个摊主是个老头，顽固而又冷酷，他根本不为我所动。但我却是下了决心的，一天不成就两天，我在那段日子几乎天天跑到花鱼市场里，围着那个摊主团团转。终于有一天，他的态度有所松动了。

那天傍晚，我照例守到了他收摊的时候。那时候已经很晚了，整个花鱼市场的人几乎都已经走空了。我还帮他把几口鱼缸抬到了房子里，就是在那个时候，他突然抱住了我，这时我才发现，他不知什么时候已经放下了外面的卷帘门。我惊叫起来，身体下意识地挣扎，于是半个身子就趴在了一口鱼缸上面。鱼缸中那种特殊的气味一瞬间灌满了我的肺，它是那种潮湿的水汽，有股生铁般的锈蚀味，吸进去后使我缺氧般地没有了一丝力气。那个老头的力气太大了，他掀起了我的裙子，从后面进入了我的身体。我没有感到疼痛。我不知道是什么使自己失去了知觉，或者是身下的那口鱼缸，或者是被男朋友无数次地抚摸之后，身体已经在一次次虚拟的高潮中丧失了灵敏。我只觉得自己在失重中被涨满，再被抽空。我的上身俯在鱼缸上，长发低垂着飘浮在了水中。

我抱着一口鱼缸回到自己租住的小屋。我甚至没有感到过分的痛苦，我只是觉得自己终于得到那条锦鲤了，至于付出的代价，因为太惨重，所以就被我不自觉地忽视着。可是，我显然不能够一直这样自欺欺人。我只有把自己所受到的伤害告诉给了自己的男朋友。听完我的话，他的眼睛都红了。他突然开始剥我的衣服，恶狠狠地，像一头狼在剥自己猎物的皮。他以爱情的名义坚守住的一块阵地却被人偷袭了，他的爱情被暗算了，他带着复仇般的决心全力以赴地要脱光我的衣服。明白到他的企图后我立刻恐惧了，我确凿地知道，一旦让他得逞，我们的爱情就真的危险了。难道用伤口可以覆盖住伤口吗？我哭号着挣扎，从他的手中挣脱，在房子里来回奔逃。最终我还是被他捉住，他把我摁在地板上，一只手揪住我的头发死命地往下扯，直到让我的半边脸紧紧地贴住了冰冷的水泥，一动也不能动。他的力气真大啊，我的脸在他的摁压下被地面挤得变了形，几乎要陷入坚硬的水泥了。我已经没有了声音，但眼泪其实还在不停地流下来。我的衣服被他粗暴地撕去。我在他凶猛的侵犯下感到了撕心裂肺的疼痛。我处女的身体被那个老头袭击时没有感觉到痛，可是现在却痛彻了肺腑。他像一匹悲愤的狼在和自己撕咬，最终从我的身上轰然倒塌下来。我们躺在地板上，月光照着我们毁坏过的赤裸的身体。以前我们也在地板上嬉戏过，在筋疲力尽后也被夜晚的月亮这样抒情地笼罩着。我的眼泪始终在流淌，我觉得我可以原谅他，我甚至那么心疼他。但是，当我借着月光去凝望他时，我的心彻底地冷却了。

是的，我看到了，他的脸尽管充斥着痛苦的风暴，但是，却没有一滴眼泪。

十一

这是我此番兰城之行听到的最后一个故事。

后来当我替女孩打开胸罩背后的扣子时，她再一次说，那天我在火车上看到你哭了。然后她就喋喋不休地重复着这句话，最后使之成为了一种节奏：哭了，哭了，哭了，哭了……

我在这种令人惊愕的伴奏中，再一次重温了我和庞安之间的那个"逃跑"之夜。最后，当我气喘吁吁地停止下来时，女孩也以一个"哭了"终止了声音，仿佛一个戛然而止的休止符，为我的兰城之旅画上了句号。

然后我把她送出了医院。我们之间的确无话可说了，连她那样青春的身体都被火焰付之一炬了，更何况我这酒后的中年男人的身体。经过医院的大门时，我看到那个门卫对我们报以了好奇的眼光。他知道我是外省来的医生，令他好奇的，当然是我身边的女孩了。他可能有些难以理解，心想我是如何勾搭上这么一个青春的女孩的。其实连我自己，对这样的局面也是难以理解的。

外面阳光酷烈，医院前的马路都被晒起了袅袅的热气。我把女孩送上了出租车，目送着她消失在我眼前。然后我就看到了马路对面的那辆黑色的别克车。我是怀着一种悲欣交集的心情看着那个女人走向我的。我依然无法看清她的脸，我的目光依然是被她胸前绣着的那条锦鲤所吸引。她来到了我的面前，以她自己的理由向我亮出了那把匕首。阳光一闪，我的一只膝盖就跪在了地上。刹那间，我感到自己眼前的那条锦鲤掉头而去，以一条鱼标准的姿态消失在

— 256 —

明晃晃的空气中。天空无限明亮，它仿佛是被那轮烈日融化了，思之不禁令人心酸，但是，在这心酸之中，我也觉得自己居然有些不可捉摸的幸福之感，这令我对自己受到的伤害不再感到委屈，其实那并没有什么玄奥，我只是无力为之申辩。

后记

我等都是寓言的主角

弋舟

有个判断，说是在我们这个时代，文学回归了她应有的位置——好像浸泡在了洗浴中心的池子里，不冷不热，恰到好处。

在我觉得，我们这个时代，文学的水温并没有这么令人惬意，同时，文学置身洗浴中心的好时代业已永不再来。这本是没有办法的事情。就好比京剧的好时代业已永远消逝在我们背后，一两出大戏，根本无法挽回一个时代的远去。无论创作者还是阅读者，我们都无法复原托尔斯泰的时代、卡夫卡的时代，乃至曹雪芹的时代和郁达夫的时代了。如今的文学，日益像一个古董或者标本，放在博物馆里供少数人瞻仰和凭吊，并且心生安慰——我们也阔过。当然，我这里所说的"文学"，是一个特指，那种范式和气派，如果还要生发与赓续，以配合这个时代，必然是另一种价值之上的东西了。

原则上讲，今天，当我力图用小说这门古老的艺术来打动所有人时，实际上，能做到打动同类就已经堪称安慰。写作之事，在心灵层面上能够给予一个作家的回报，无外乎就是这样的吧——以"文字私下结盟"，如同找到亲人般，找到属于自己的那支队列。所谓圈子，一定是不能涵盖这种情感的，起码大多数时候，圈子并不能让人支取到正当的力量。

这就有了一个诘问——假若同类越来越稀缺，你还会这么继续写下去吗？

回答这个问题，关乎现代作家和古典作家的分野。那种不期待被阅读，起码不热烈期待被阅读的杰出作家，一定有，但看来只属于古典时期；而文学到了今天，被裹挟着存在，愈发接近了一门职业，是职业，天然便有被世相认可的需要。这里面并无优劣，不能说现代作家"私下结盟"之余，盼望更为广泛的读者，就一定比古典作家埋汰了一些；当然，庸俗一些可能会有，但是没有办法，人在时代面前就是这么卑微，即使你是个野心勃勃的小说家，也不能不潜移默化地接受时代给出的一些准则和方式。

说起一个小说家的野心，我觉得往往是隐而不发的，甚至大多数时候无以自察。从我的写作经验来看，我没有明确地要去堪破或者改造什么的目的。但某种根本性的动机却一定存在，否则如此无望和辛劳，谁还会去为之颠倒生命？如果非要我再往最根本的地方说，对我就是苛求了。要知道，在如今的文学水温里，几乎已经没人敢这么追根究底，起码大多数人，是羞于甚至耻于将这个"根本"亮出来表态了——大家已经习惯语焉不详或者躲避比较高级的诉求。那么不说也罢。

好了，如果一个现代小说家的小说彻底不被读者阅读，那将如何？

可能会出现两种状况：不写了，彻底承认，自己干不了这个；继续写，写到愤世嫉俗，没准会变成个疯子。

在我，估计会是第一种局面。首先，我不能算是一个非常有恒心的人；其次，我也不算心智彻底非理性之辈——没人读便去怀疑别人的水准。但这种局面不太容易发生，写作之初，对于同类的存在，这么一点点自知，我还算是有，也因此，才有提笔的动力；何况，真要庆幸，最初我便得到了不少弥足珍贵的声援，总有些渠道，可供我承荫蒙泽。

——比如，就像现在这本集子的付梓。

这说明世上令人完全绝望的事儿还是有限的，总有些跟自己相仿的家伙吧，在"私下结盟"的同时，让我的小说兼及了更大程度地被传播，以致唤来更多同类的可能。

那么是不是可以这样说呢：像我这样的小说家，与时风背道而驰，心怀野心地写着，热烈心存被更多人阅读的妄想——而的确也会有阳光偶尔普照？

这就仿佛是一个寓言。

但殊不知，这个世界的本初，便是建立在寓言之上，神也藉着寓言来向我们显明他自己。这本书的作者、读者、出版者，在我看来，都是"我等"，并且，我等"私下结盟"的这个角落，原来就是在寓言的地盘上——在这里，我等是天然的主角。

由此，也可见今天我等主角之荣幸，在这样的文学水温里，耽情此事，并且自得其乐，享有某种"博物馆式的"、"阔气的"趣味，实在是奢侈。如果我等因此还感到了异常的幸福，那么，就是文学被上帝眷顾的一个确据——在他眼里，依然将此事看为宝贵。

2013 年 11 月 26

图书在版编目（CIP）数据

所有的故事 / 弋舟著. — 西安：太白文艺出版社，2014.2（2022.1 重印）

（中国文学新力量）

ISBN 978-7-5513-0675-1

Ⅰ.①所… Ⅱ.①弋… Ⅲ.①短篇小说—小说集—中国—当代 Ⅳ.① I247.7

中国版本图书馆 CIP 数据核字（2014）第 007747 号

所有的故事

作　　者	弋　舟	
责任编辑	周瑄璞　靳　嫦	
封面设计	焚香图文	
版式设计	高　薇	
出版发行	陕西新华出版传媒集团	
	太白文艺出版社	
经　　销	新华书店	
印　　刷	三河市华东印刷有限公司	
开　　本	880mm×1230mm　1/32	
字　　数	200 千字	
印　　张	8.5	
版　　次	2022 年 1 月第 1 版第 2 次印刷	
书　　号	ISBN 978-7-5513-0675-1	
定　　价	24.00 元	

联系电话：029-81206800

出版社地址：西安市曲江新区登高路 1388 号（邮编：710061）

营销中心电话：029-87277748　029-87217872